弗罗斯特作品集

Robert Frost

1

[美] 弗罗斯特 著
曹明伦 译

人民文学出版社

图书在版编目（CIP）数据

弗罗斯特作品集：全3册/（美）弗罗斯特著；曹明伦译．—北京：
人民文学出版社，2016
ISBN 978-7-02-012178-6

Ⅰ．①弗… Ⅱ．①弗… ②曹… Ⅲ．①诗集—美国—现代
Ⅳ．①I712.25

中国版本图书馆CIP数据核字（2016）第268665号

出版统筹　仝保民
特约策划　李江华
责任编辑　张海香
装帧设计　胡安华

出版发行　人民文学出版社
社　　址　北京市朝内大街166号
邮政编码　100705
网　　址　http://www.rw-cn.com

印　　刷　三河市祥宏印务有限公司
经　　销　全国新华书店等

字　　数　1060千字
开　　本　710毫米×1000毫米　1/16
印　　张　80
印　　数　1—5000
版　　次　2019年11月北京第1版
印　　次　2019年11月第1次印刷

书　　号　978-7-02-012178-6
定　　价　288.00元

如有印装质量问题，请与本社图书销售中心调换。电话：010-65233595

译本序言

如果说二十世纪的美国有一位民族诗人,那毫无疑问就是弗罗斯特;如果说在传统诗歌和现代诗歌的交替时期有一位"交替性的诗人",那毫无疑问就是弗罗斯特;如果说有一位既是非凡的创造者又是普通人的诗人,那就是弗罗斯特;如果说有一位懂得如何用最少的语言表达最多的思想和感情的诗人,那就是弗罗斯特。

弗罗斯特(Robert Lee Frost, 1874—1963)是二十世纪美国最有影响力的诗人,也是美国有史以来最具民族性的诗人。他的诗在美国可谓家喻户晓,就像中国学童能随口背诵"床前明月光"一样,美国学生也能张口就背"Two roads diverged in a yellow wood"(金色的树林中有两条岔路)。弗罗斯特的诗歌承袭了传统诗歌的形式,但不像浪漫派诗歌和唯美派诗歌那样矫揉造作。他诗歌的内容往往是新英格兰的自然景物和风土人情,但其中融入了他对宇宙人生的思考。弗罗斯特一生经历了整个现代主义时期,但其诗歌却遵从了传统诗歌的韵律和形式。弗罗斯特的语言朴实无华,言近旨远,读来既是一种享受,又会从中受到启迪。

一

弗罗斯特1874年3月26日生于加利福尼亚州的旧金山。他父亲是北方人(新英格兰人),但在南北战争期间却因不满北方当局而参加了南部同盟由李将军指挥的北弗吉尼亚军团(为了纪念这位南军总司令罗伯特·李将军,他后来用"罗伯特·李"作了儿子弗罗斯特的教名和中间名），并于 1873 年结婚后迁居加州，从事新闻事业。弗罗斯特的母亲是苏格兰人，曾自己写诗，还创作出版过童话故事《水晶国》。弗罗斯特从小就喜欢听母亲讲圣女贞德以及《圣经》、神话和童话中人物的故事，喜欢听她朗读莎士比亚、华兹华斯、丁尼生、司各特、彭斯、爱伦·坡、爱默生和朗费罗等人的诗篇。他是从母亲那里接受的文学启蒙和宗教启蒙。1885 年，弗罗斯特的父亲因病去世，他母亲携全家回到祖籍新英格兰。

少年弗罗斯特的人生经历非常丰富，他十一岁时曾去农场帮工，十二岁时去鞋店干活，十七岁时还在一家纺织厂当过工人。但无论是在静悄悄的田野还是机声隆隆的厂房，他心中似乎都回荡着朗费罗《失去的青春》一诗中那个叠句："少年的心愿是风的心愿，／青春的遐想是悠长的遐想"。他在多年后写过一首名为《孤独的罢工者》的诗，诗中那位因迟到而被关在工厂大门外的少年就暗自思量，"这工厂固然非常令人向往……但工厂毕竟不是神圣的地方"，"他知道一条需要去走的道路。／他知道一泓需要去饮的清泉。／他知道一种需要去探究的思想。／他知道一种需要重新开始的爱"。正是这少年的心愿使他后来走上了他在《未走之路》中选择的另一条路。

幼年的弗罗斯特独处时常听见有说话声。他母亲说这得自于她的遗传，天生就具有"超凡的听觉"和"预见力"。他十四岁迷恋上诗歌，在马萨诸塞州劳伦斯中学上学时，曾在放学回家的路上一边走一边写诗，结果没赶上祖母家的晚饭。他十六岁时在《劳伦斯中学校刊》上发表第一首诗《伤心之夜》，二十岁在劳伦斯市的《独立》周刊上正式发表诗作《我的蝴蝶：一曲哀歌》并收到第一笔稿费。他母亲为此而感到自豪，但家中其他人却深感不安。他祖父对他说："谁也不能靠写诗养家糊口，但我还是给你一年时间。如果你一年内写不出名堂，那就别再写诗了。你看怎么样？""给我二十年吧——二十年！"二十岁的弗罗斯特向祖父讨价还价。不知是命运有意捉弄，还是他自己本身就是一个天才预言家，此后他果真度过了艰苦、忧虑、甚至差点使他绝望的二十年。几乎是在二十年后的同一个月,他才在英国出版了自己的第一部诗集。

二

在那漫长的二十年中,弗罗斯特当过记者、农夫和教师。他妻子埃莉诺·怀特是他中学的同学。他俩于1892年中学毕业,1895年结婚。此后,弗罗斯特在哈佛大学就学两年,攻读英语、希腊语、拉丁语和哲学。1899年,弗罗斯特离开哈佛,来到了他祖父为他在新罕布什尔州买下的一座农场。他与妻子及四个孩子在那里一住便是十三个年头。那些日子对弗罗斯特来说是灰暗的、忧虑的,他甚至想到过自杀。但正是在那些日子里,弗罗斯特开始同乡村景色和自然风光亲近起来。他重新提笔写诗。尤其是在1906至1907年期间,他写出了后来收在《波士顿以北》(1914)和《山间低地》(1916)里的一些重要诗篇。1912年,弗罗斯特决定全身心投入创作,他卖掉了经营多年的农场,辞掉了在州立师范学校的教职,携妻带子远渡重洋,移居到了英国。

1913年,弗罗斯特在伦敦出版了他的第一部诗集《少年的心愿》。他简洁朴实的诗行和诗中寓意深刻的哲理立刻赢得了诗人和评论家的好评,叶芝读过《少年的心愿》后对庞德说:"这是很久以来在美国写出的最好的诗。"但如果说《少年的心愿》激起了评论家们的热情,那紧接着出版的《波士顿以北》可以说是让评论家和读者都如痴如迷。在二十世纪各种流派竞相标新立异、驳杂纷陈的欧美诗坛上,弗罗斯特的诗可以说是清风甘露,令人耳目一新,耐人细细玩味。评论家们从各个角度赞誉他的诗篇。但弗罗斯特对自己的成功之路有非常清楚的认识,他在1913年11月5日致一位朋友的信中说:"请时时记住一个值得记住的事实:有一种叫'受到尊重'的成功,而这种成功是靠不住的。它是指一种由少数被认为懂行的评论家吹出来的成功。但若要真正达到以诗人的身份独立于世的境地,我必须走出这个圈子去面对成千上万买我书的普通读者……我想成为一个雅俗共赏的诗人。我不能像我的准朋友庞德那样,以成为那帮高雅之士的鱼子酱而沾沾自喜。"

1915年,在英国侨居了三年之久的弗罗斯特,这位离开美国时一文不名的人,载誉归国,成为了"美国诗歌新潮流"的领袖。美国开始印行并出版他的诗。他开始稳步地成为享有世界声誉并深受读者欢迎的美国第一流诗人。他在1923年出版的《新罕布什尔》、1930年出版的《诗合集》、1936年出版的《山外有山》和1942年出版的《见证树》分别获得1924年、1931年、1937年和1943年的普利策诗歌奖。

在返回美国后的四十年间,他凭长期不懈的努力形成了自己独特的诗歌艺术风格,赢得了大洋两岸成千上万读者的心。他一生获得过多种荣誉,包括牛津、剑桥和哈佛等四十多所大学授予他的荣誉学位,但最特殊的荣誉是1961年应肯尼迪总统邀请在其总统就职典礼上朗诵诗篇。虽然凛冽的寒风和炫目的阳光使他未能朗读为此专门写的一首长达七十七行的诗,而是即席背诵了他早期的那首《彻底奉献》,但典礼后他派人送去了那首名为《为肯尼迪总统的就职典礼而作》的诗稿。他在那首诗中预言,美国将迎来"一个诗和力量的黄金时代"。

三

弗罗斯特诗作的重要特点是运用口语和具有地方色彩。他的第一部诗集刚一出版,吉卜林就指出,对英国这个"旧世界"的读者来说,弗罗斯特由于他的"异乡方言"而显得陌生。但弗罗斯特坚持认为:"语言习惯之差异可使属一种文化的人津津有味地欣赏另一种文化的说话方式,从中品出'陌生人的新鲜味'。这种由民族或地区的语言特性所造成的陌生感,从根本上讲,与由意象、隐喻、修辞和措辞技巧造成的陌生感和新奇感并无不同,而正是这些陌生感和新奇感赋予所有诗歌以特性。"

弗罗斯特坚持口语入诗是同他诗歌内容的地方色彩分不开的。在去英国之前，他在祖父为他买的那座农场上居住了十三年；重返美国后，他又先后在新罕布什尔州和佛蒙特州买下农场定居。虽然他经常外出演讲并担任过数所大学的"驻校诗人"和"文学顾问"，但他更多的时候是居住在固定的乡村环境中。他热爱乡村生活，热爱身边那些勤劳而平凡的人。他的诗着意描写日常生活，描写日常生活中的人和物，抒发对人和大自然的热爱。因此，他的诗读起来总给人一种清新流畅、朴素自然的感觉。难怪大多数评论家对他的"异乡方言"倍加赞赏，极力推崇。同样是诗人的吉布森就赞赏说："弗罗斯特先生已把普通男女的日常语言变成了诗。"的确，弗罗斯特诗歌的口语化和地方色彩使他的诗具有一种清新、美妙并使人产生联想的魅力，无论是美国人还是英国人，甚至世界上其他地方的人，都可以感受到这种魅力。

说弗罗斯特的诗给人一种清新流畅、朴素自然的感觉，并不是说他的诗都浅显易懂。其实，弗罗斯特许多诗篇所表现的情绪是难以把握的。弗罗斯特追求一种"始于欢欣，终于智慧"的诗歌理念。他说："诗始于普通的隐喻、巧妙的隐喻和'高雅'的隐喻，适于表达我们所拥有的最深刻的思想。诗为以此述彼提供了一条可行之路……我们（诗人）喜欢话里有话，指东说西。"他还说："世间有两种现实主义者：一种拿出的土豆总是粘满了泥，以说明他们的土豆是真的，可另一种则要把土豆弄干净才感到满意。我倾向于第二种现实主义者。在我看来，艺术要为生活做的事就是净化生活，揭示生活。"他始终坚持自己的理念，善于从平淡无奇的日常生活中发掘出诗的情趣和哲理，使人感受到生活的乐趣，窥见智慧的光芒。基于他的诗学理念，他的诗便成了一种象征或隐喻：《补墙》中那堵总要倒塌的墙表现了诗人欲消除人与人之间隔阂的愿望，《未走之路》道出了诗人对人生道路选择的态度，《白桦树》暗示了人总想逃避现实但终究要回到现实的矛盾，《在阔叶林中》的枯叶新芽意味着人类社会新陈代谢的规律，《摘苹果之后》

中的"睡眠"和《雪夜林边停歇》中的"安歇"则成了"死亡"的暗示。而正是这种暗示使读者自然而然地去探索他诗中所描述的难以言状的微妙关系,去寻找人与自然之间的关联,去评估一位摘苹果的人弥留之际的道德价值,去思索一片树叶、一株小草、一颗星星、一只流萤所包含的人生意义。

但有时候诗人揭示生活的意愿太强烈,把土豆弄得太干净,结果其欲述之"彼"显得太直白,这尤其表现在他后期写的一些政治讽刺诗中。例如他1936年那首"In Divés' Dive"(It is late at night and still I am losing, / But still I am steady and unaccusing. / As long as the Declaration guards / My right to be equal in number of cards, / It is nothing to me who runs the Dive. / Let's have a look at another five),为了诗名协韵,他不用英语词 Rich,而用拉丁词 Divés,使人一下就想到《新约·路加福音》第16章中那个关于狠心富人死后下地狱受苦、穷人拉撒路死后升天堂享福的寓言,而这正是大萧条时期美国穷人的精神寄托;加之第3行中首字母大写并加定冠词的 Declaration,又使人一下就想到宣称"人人平等是天赋权利"的《独立宣言》;有了这两个"败笔",结果诗中所有的"彼"都暴露无遗。人们很容易就能读出:late at night(半夜)明显是指大萧条后期;still losing(还在输钱)而且 steady and unaccusing(镇静而不抱怨)的天真赌徒当然是指美国穷人;It is nothing to me who runs the Dive(谁开赌场对我都无所谓)之"彼"即"谁当总统对我都无所谓";another five(另外五张牌)在英语中又可说 another deal(另外一手牌),而此 deal 隐喻的是彼 deal,即罗斯福 New Deal(新政)中的 Deal,所以另外五张牌当然也就指新政第二阶段出台的若干措施,于是"美国是一家由狠心富人开的大赌场"这个终极隐喻等于是被诗人和盘托出了。不过这倒证明了他所说的"诗是包含着一种思想的激情",也证明了评论家说的"弗罗斯特懂得如何用最少的语言表达最多的思想"。

弗罗斯特某些诗中表现出来的不一致,或多或少源自于他生活中的矛盾。他家祖祖辈辈从1632年起就定居在东北方的新英格兰,可他偏偏出生在西南方的加利福尼亚;他是二十世纪最伟大的美国诗人,却偏偏在英国最初被人赏识;他的诗在形式上是传统的,却偏偏被奉为"美国诗歌新时代的领袖";他从不相信也从不参加任何竞争和比赛,却偏偏四次获得普利策诗歌奖;他的"独白诗"和"对话诗"被认为是用"方言俚语"写成的,可他的抒情诗则被认为具有无比优雅的音乐美;他本人及其诗歌都表现出十足的地方色彩,但同时又具有最普遍的意义。或许他的一行诗可解释他诗中表现出来的矛盾。他在《今天这一课》最末一行写道:"我与这世界有过一场情人间的争吵。"过去、现在和将来都不会再有一位评论家能对诗人的精神做出如此精辟的总结。是的,诗人的心灵是一个沉思的世界。他忽而指东说西地与你聊天,忽而毫无遮拦地针砭时弊,但他对自己所歌颂和批评的这个世界总是怀着一种宽容的理解,怀着一份诚挚的爱心。

四

弗罗斯特的诗歌一般都遵从了传统诗歌的韵律和形式——押韵的双行诗、四行诗、素体诗和十四行诗。他始终坚持"英语诗歌实际上只有两种格律,即严谨的抑扬格和不严谨的抑扬格"。他虽然偶尔也写出一两首自由诗,但并不赞成这种诗体。他认为"如果没有多年的格律诗功底,自由诗会自由得一无是处"。他多次宣称"宁愿打没球网的网球也不愿写自由诗"。

弗罗斯特虽遵从传统但却不抱残守缺。他注意到了二十世纪的现代诗人都在走创新的道路,但他不赞成有些人写诗不用标点符号,不用大写字母,不用可调节音韵节奏的格律,甚至不要内容,不要起承转合,不要逻辑条理,他尤其不赞成意象派诗人因强调视觉意象而忽略听觉意象,因为他认为听觉意象是构成诗歌的更重要的元素。他"非常慎重地面对了这样一个事实:有时候我们会在谈话中实实在在地触及那种只有最好的文学作品才能接近的东西"。这种东西就是他说的"意义之音"。他很早就从日常语言中发现了这种音调。从1913年开始,他在给朋友们的一系列信中记录下了他关于无规则的重音与格律中有规律的节奏交错的意义之音的想法。他在致巴特利特的信中说:"在用英语写作的作家中,只有我一直有意地使自己从我也许会称为'意义之音'的那种东西中去获取音乐性……它是我们语言的抽象的生命力……对意义之音的敏感和热爱是一个作家的先决条件。"他在致布雷思韦特的信中说:"我们必须冲破禁锢,到我们的日常用语中去搜寻尚未被写进书中的音调。"他在致考克斯的信中说:"音调是诗中最富于变化的部分,同时也是最重要的部分。没有音调,语言会失去活力,诗也会失去生命。"直到1954年,他还在希伯来青年会的一次聚会上讲:"我努力要写出的就是意义之音,就像你们听隔壁房间的人说话时听到的语调。你听不清他们在说些什么,但你能通过他们的语调知其大意——是一场争吵还是一次愉快的谈话。"

尽管弗罗斯特认为"诗是日常语言的音调的复制品",但日常语言之音调毕竟是还沾着泥的土豆,而弗罗斯特的"音调"则是已经洗干净的土豆。所以他的"意义之音"和"句子之音"实际上是经他提炼过的音调,提炼的目的是为了将它们镶入传统的格律。于是弗罗斯特在艺术上走了一条他所说的"创新的老路",让人们通过传统的诗行听到了新英格兰普通男女日常聊天的音调,感受到了他们的真实情感。人们读他的诗,尤其是读他的"独白诗"和"对话诗",有时会觉得恍若置身于新英格兰乡间,在听一位睿智的新英格兰农夫聊天,所以有人把弗罗斯特称为"新英格兰的农民诗人"。然而正如艾略特1957年在伦敦为弗罗斯特祝酒时所说:"我认为诗中有两种乡土感情。一种乡土感情使其诗只能被有相同背景的人接受,对那些人来说诗歌意义非凡。而另一种乡土感情则可以被全世界的人接受,那就是但丁对佛罗伦萨的感情、莎士比亚对沃里克郡的感情,歌德对莱茵兰的感情、弗罗斯特对新英格兰的感情。"

的确,正是怀着对祖先故土的深厚感情,弗罗斯特才把方言的措辞节奏用得那么娴熟巧妙,把姿态与景物的画面表现得那么令人信服,把新英格兰乡村的日常生活和自然风光创造得那么真实,把现实与理想的题材与传统形式结合得那么完美,以致他的诗比同样亲近大自然的华兹华斯和爱默生等人的诗都更接近现实生活,更具有普遍性。评论家们认为弗罗斯特是处在传统诗歌和现代派诗歌交替时期的"交替性诗人",认为他与艾略特同为美国新诗的两大中心。

五

这套三卷本《弗罗斯特作品集》囊括了弗罗斯特一生的全部诗作共计437首(16033行),并收编有戏剧作品3部,以及讲稿、随笔、小说和书信等88篇。这是我国目前最完整的一部弗罗斯特作品中译本。

本书所依据的原著是"美国经典文学出版公司"编辑并出版的"美国文库"之一 *Frost：Collected Poems，Prose，& Plays*(《弗罗斯特集:诗全集、散文和戏剧作品》)。该书于1995年问世,笔者于1998年11月10日与获得美国文库中文版权的国内一家出版社签订"委托翻译合约",合约规定"乙方应不迟于2000年3月31日将全部译文誊清稿交付甲方"。后经协商延期两月,结果笔者历时560天,于2000年5月22日译毕全书,于5月27日交稿。因翻译时间有限,笔者功力不逮,加之当年的译稿全凭手工书写,致使2002年6月出版的拙译《弗罗斯特集》存在若干讹误,出版后有读者以不同的方式陆续提出过批评。但令人欣慰的是,香港学人马海甸在拙译出版不久后即评说:"曹译不但把弗氏的精神大致保持在译诗之中……而且维持了与原作相近的诗歌形式",台湾已故诗人及翻译家尤克强在2006年也评说:"觉得曹先生的译笔有一个很难得的特色:文字十分洁净流畅接近口语,使读者无须比对英文也可以充分体会原诗的意境——因为弗罗斯特的原诗本来就是用日常口语写出来的"。

同行认可固然令人鼓舞，但拙译存在讹误却是不争的事实，所以当人民文学出版社决定出版拙译弗罗斯特作品之后，我对照原著校阅了旧译全稿，修正了我所发现的一些讹误，甚至重新翻译了个别篇什（如《茧》《路中央》《马克思和恩格斯》以及《爱好和平的牧羊人》等）。但愿修订后的《弗罗斯特作品集》不至于让读者觉得过分拙涩难读，或不至于过分冒犯读者的文学品味。

曹明伦
丁酉年腊月十五于四川大学

牧　场*

我要出去清理牧场的泉源,
我只是想耙去水中的枯叶,
(也许我会等到水变清洌)
我不会去太久——你也来吧。

我要出去牵回那头小牛,
它站在母牛身旁,那么幼小,
母亲舔它时它也偏偏倒倒。
我不会去太久——你也来吧。

---

* 此诗原为《波士顿以北》(1914)的序诗。从1930年版《弗罗斯特诗合集》起,各种版本的弗罗斯特诗选都把这首诗印在扉页作为序诗。

目　次

《少年的心愿》(1913)

进入自我 …………………………………… 3
荒屋 ………………………………………… 3
深秋来客 …………………………………… 5
爱情和一道难题 …………………………… 6
黄昏漫步 …………………………………… 7
星星 ………………………………………… 8
害怕风暴 …………………………………… 9
风与窗台上的花 …………………………… 10
致春风 ……………………………………… 11
春日祈祷 …………………………………… 12
采花 ………………………………………… 12
红朱兰 ……………………………………… 13
等待 ………………………………………… 14
在一条山谷里 ……………………………… 16
梦中的痛苦 ………………………………… 17
被人忽视 …………………………………… 17
地利 ………………………………………… 18
割草 ………………………………………… 18

取水	19
启示	20
生存考验	21
花丛	24
潘与我们在一起	26
造物主的笑声	28
现在请关上窗户吧	29
在阔叶林中	29
风暴之歌	30
十月	31
我的蝴蝶	32
不情愿	34

《波士顿以北》(1914)

补墙	39
雇工之死	40
山	48
一百条衬衫领	53
家庭墓地	62
黑色小屋	67
蓝浆果	72
仆人们的仆人	77
摘苹果之后	83
规矩	85
世世代代	90
当家人	100
恐惧	111
谋求私利的人	116

一堆木柴	127
美好时分	128

《山间低地》(1916)

未走之路	133
圣诞树	134
一个老人的冬夜	136
暴露的鸟窝	137
一堆残雪	139
家的延伸	139
电话	149
相逢又分离	150
雨蛙溪	151
灶头鸟	151
约束与自由	152
白桦树	153
豆棚	155
下种	157
一段聊天的时间	157
苹果收获时节的母牛	158
邂逅	158
射程测定	159
山妻(组诗)	160
火堆	164
一个姑娘的菜园	168
关在屋外	171
蓝背鸟的留言	171
"熄灭吧,熄灭——"	173

布朗下山	174
采树脂的人	178
架线工	179
消失的红色	180
雪	181
树声	198

《新罕布什尔》(1923)

新罕布什尔	203
运石橇上的一颗星	221
人口调查员	224
星星切割器	227
枫树	231
斧柄	239
磨轮	243
保罗的妻子	246
野葡萄	252
第三个妻子的墓地	256
两个女巫（二首）	260
虚张声势的威胁	270
水池、酒瓶、驴耳和一些书	273
我要歌颂你哟——"一"	280
蓝色的碎片	283
火与冰	283
在一座荒弃的墓园	284
雪尘	285
致 E. T.	285
寸金光阴难留	286

逃遁	287
目的是歌唱	288
雪夜林边停歇	289
见过一回，那也算幸运	289
蓝蝴蝶日	290
袭击	291
朝向地面	292
再见并注意保冷	293
两个看两个	294
不能久留	296
城中小溪	297
厨房烟囱	298
觅鸟，在冬日黄昏	299
无限的瞬间	300
糖槭园之夜	301
收落叶	302
谷间鸟鸣	303
担忧	304
山坡雪融	305
把犁人	306
关于一棵横在路上的树	307
我们歌唱的力量	307
没有锁的门	310
熟悉乡下事之必要	311

《西流的小河》(1928)

| 春潭 | 315 |
| 月亮的自由 | 315 |

玫瑰家族 ……………………………………… 316
花园中的流萤 …………………………… 316
气氛 ……………………………………………… 317
忠诚 ……………………………………………… 317
悄然而去 ………………………………………… 318
茧 ………………………………………………… 319
匆匆一瞥 ………………………………………… 320
漫天黄金 ………………………………………… 321
接受 ……………………………………………… 321
曾临太平洋 ……………………………………… 322
曾被击倒 ………………………………………… 323
一只小鸟 ………………………………………… 323
孤独 ……………………………………………… 324
我窗前的树 ……………………………………… 324
爱好和平的牧羊人 ……………………………… 325
茅草屋顶 ………………………………………… 326
冬日伊甸 ………………………………………… 327
洪水 ……………………………………………… 329
熟悉黑夜 ………………………………………… 330
可爱者就该是选择者 …………………………… 331
西流的小河 ……………………………………… 333
沙丘 ……………………………………………… 337
大犬星座 ………………………………………… 338
士兵 ……………………………………………… 339
移民 ……………………………………………… 339
汉尼拔 …………………………………………… 340
花船 ……………………………………………… 340
乘法表 …………………………………………… 341

投资	342
最后一片牧草地	342
故乡	343
黑暗中的门	344
眼中沙尘	344
晴日在灌木林边小坐	345
怀中之物	346
五十至言	346
骑手	347
偶观星宿有感	347
熊	348
海龟蛋与火车	350

《山外有山》(1936)

·弦外有音·

孤独的罢工者	355
泥泞时节的两个流浪汉	357
白尾黄蜂	360
埃姆斯伯里的蓝绶带	363
山丘上的土拨鼠	366
金苹果	368
大暴雨之时	371
路边小店	372
各司其职	374
浓雾深处的旧谷仓	376
心开始蒙蔽大脑	378
门洞里的身影	379
在伍德沃德游乐园	380

空前的一步	382

·单声独韵·

迷失在天空	384
荒野	384
将叶比花	385
踏叶人	386
关于削顶扩基	387
它们尽可以那样以为	388
强者会沉默不语	389
最佳速率	390
弯月圆规	390
望不远也看不深	391
表达方式	392
意志	392
睡梦中唱歌的小鸟	393
雪问	394
清朗并更冷些	394
不等收获	396
大概有些地方	396
试车	397
不大合群	398
早防,早防	399

·十度磨炼·

预防措施	400
生命周期	400
莱特兄弟的飞机	400
邪恶倾向之消除	401
坚持	401

黄蜂 ………………………………………… 401
谜语一则 ……………………………………… 402
算账之难 ……………………………………… 402
并不在场 ……………………………………… 402
在富人的赌场 ………………………………… 403

·异国远山·
复仇的人民——安第斯山 …………………… 403
去送凶信的人——喜马拉雅山 ……………… 407
夜空彩虹——莫尔文的小山 ………………… 410

·培育土壤·
培育土壤 ……………………………………… 411
致一位思想家 ………………………………… 423

·遐想幽思·
已发出的信号 ………………………………… 425

《见证树》(1942)

山毛榉 ………………………………………… 431
桑树 …………………………………………… 431

·一叶知秋·
丝织帐篷 ……………………………………… 432
所有的发现 …………………………………… 433
幸福会以质补量 ……………………………… 434
请进 …………………………………………… 435
我可以把一切都交给时间 …………………… 436
及时行乐 ……………………………………… 437
风和雨 ………………………………………… 438
它的极限 ……………………………………… 440
鸟的歌声绝不该一成不变 …………………… 441

被骚扰的花 …… 441

固执的回归 …… 444

云影 …… 445

寻找紫边兰 …… 445

马德拉群岛之发现 …… 447

·以少见多·

彻底奉献 …… 452

三重铜墙 …… 453

我们对地球的影响 …… 454

致一个小坏蛋 …… 455

今天这一课 …… 456

·中途小憩·

中途小憩 …… 463

致冬日遇见的一只飞蛾 …… 464

值得注意的小点 …… 465

迷路的信徒 …… 466

十一月 …… 468

猎兔者 …… 469

松动的山 …… 470

快到2000年 …… 471

·微乎其微·

在一首诗中 …… 472

我们对失势者的同情 …… 472

一个问题 …… 472

比奥夏 …… 473

秘密安坐 …… 473

平衡者 …… 473

不彻底的革命 …… 474

自信 ········· 474
答复 ········· 475

- 回归 -

非法侵入 ········· 475
一个自然音符 ········· 476
咏家乡的卵石 ········· 477
未到上学年龄 ········· 478
轻松地迈出重要的一步 ········· 479
有文化的农夫和金星 ········· 480

《绒毛绣线菊》(1947)

一株幼小的白桦 ········· 489
总该有点希望 ········· 490
后退一步 ········· 491
指令 ········· 492
太为河流担心 ········· 494
我家乡邮信箱里一封没贴邮票的信 ········· 496
致一位古人 ········· 498

- 夜曲五首 -

长明灯 ········· 499
若是我烦忧 ········· 499
故作勇敢 ········· 500
查明有何事发生 ········· 500
在漫漫长夜 ········· 501

- 尖塔与钟楼 -

特殊心情 ········· 502
惧怕上帝 ········· 502
惧怕人类 ········· 503

屋顶上的尖塔 …… 503
天生的氦气 …… 504
更新的勇气 …… 504
艾奥特下加符 …… 505

· 远走高飞 ·

路中央 …… 506
天国玄想曲 …… 506
怀疑论者 …… 507
两盏导航灯 …… 508
一件罗杰斯群像 …… 509
有感于成为偶像 …… 510
希望顺从 …… 510
悬崖居所 …… 511
大有希望 …… 512
难以形容 …… 512
杰斐逊的一个问题 …… 512
卢克莱修对湖畔诗人 …… 513

· 刍荛之言 ·

寓言告诉我们 …… 514
寓意 …… 515
使其微妙 …… 515
干吗要等科学 …… 516
大小不论 …… 516
进口商 …… 517
设计者 …… 518
他们没有神圣的战争 …… 519
爆炸的狂喜 …… 519
美国1946"我不玩了" …… 520

欠债之巧妙	520
被间断的干旱	521
致正常人	522

《诗全集·尾声》(1949)

选择某种像星星的东西	525
永远了结	526
从水平到水平	527

少年的心愿*
1913

---

* 少年的心愿,语出朗费罗(1807—1882)《失去的青春》一诗各节末尾那个叠句:少年的心愿是风的心愿,/青春的遐想是悠长的遐想。

进入自我

我的心愿之一是那黑沉沉的树林,
那古朴苍劲、柔风难吹进的树林,
并不仅仅是看上去的幽暗的伪装,
而应伸展延续,直至地老天荒。①

我不该被抑制了,而在某一天
我该悄悄溜走,溜进那茫茫林间,
任何时候都不怕看见空地广袤,
或是缓缓车轮撒下沙粒的大道。

我看不出有何理由要回头返程,
也不知那些此刻还惦念我的友人,
那些想知我是否记得他们的朋友,
为何不沿我足迹动身,把我赶上。

他们将发现我没变,我还是自己——
只是更加坚信我思索的一切是真理。

荒 屋

我居住在一座荒僻的小屋里,

---

① "直至地老天荒"的原文 unto the edge of doom 容易使西方读者联想到莎士比亚十四行诗第 116 首第 11—12 行:爱并不因时辰短暂而生变故,/而是持之以恒直到地老天荒。

我知道小屋多年前曾经消失,
　　那时只剩下地窖的断壁残墙,
　　破败的地窖白天能透进阳光,
还生长着野生的紫梗覆盆子。

越过葡萄藤遮掩的围栏残木,
树林又在昔日的草场上复苏;
　　果树桩已长成一片萌生新林,
　　新果林中有啄木鸟啄木声声;
通往水井的小道也已经修复。

心儿怀着一种奇异的疼痛,
我住在那座曾经消失的屋中,
　　小屋远离被人遗忘的大路,
　　大路不再为蟾蜍扬起尘土。
夜晚降临,黑蝙蝠纷纷蹿腾;

那三声夜鹰①就要开始叫喊,
它爱忽静忽鸣,并振翅盘旋;
　　大老远我就听见它亮开嗓门,
　　一遍又一遍地叫个不停,
直到它最后终于畅所欲言。

这是在一个夏夜,月光阴晦。
我不知这些沉默的邻居是谁,
　　虽他们与我同住这荒郊野地——

---

① 一种夜间活动的北美飞禽,其形像鹰,其声悠扬,它每叫一声为"重—轻—重"三个音节(因此得名),而且可一口气叫上三四百声。

但肯定有被苔藓覆盖的名字
刻在屋外矮树丛下那些墓碑。

他们不会烦人，但令人伤感，
不过最近的两位是少女少男——
　　他俩没什么可以传颂的故事，
　　但考虑到这世上的诸多东西，
他们倒是一对最可爱的侣伴。

深秋来客

当我的忧愁来做客时，
　　她觉得秋雨绵绵的阴天
比任何日子都更美丽；
她喜欢掉光叶片的枯枝，
　　她爱走湿漉漉的牧场小路。

她的快活不容我抑制。
　　她爱说话，我乐于倾听：
她喜欢鸟儿都向南飞去，
她喜欢她朴实的灰色毛衣
　　被拂不开的薄雾染成银色。

她那么真切地感觉到美，
　　从地之褪色，从天之阴沉，
从树之孤单，从林之荒废。
她以为我看不出秋的秀媚，

并一再追问是什么原因。

我并非昨天才学会领悟
  在冬天的雪花飘落之前
这萧瑟秋景的可爱之处,
但告诉她这点也于事无补,
  她的赞美使秋景更好看。

爱情和一道难题

黄昏时一名异乡客来到门前,
  开口与屋里的新郎寒暄。
他手里挂着一根灰绿色拐杖,
  他心事重重,愁眉不展。
他用眼睛而不是用嘴唇
  请求让他借宿一晚,
然后他掉头遥望路的远方,
  暮色中没有灯火闪现。

新郎从屋里走到门廊,
  说"客人哟,让我和你
先来看看今晚的天色,
  然后再商量过夜的事"。
紫藤的落叶已铺满庭院,
  藤上的荚果也都变紫,
秋风中已有冬天的滋味;
  "客人哟,但愿我能确知"。

新娘正坐在昏暗的屋里，
　　独自俯身在温暖的火上，
她的脸被炉火映得通红，
　　使她脸红的还有心之欲望。
新郎望着使人困乏的远道，
　　看见的却是屋里的新娘，
他真想把她的心装进金盒，
　　再用一把银锁将它锁上。

该不该施舍金钱和面包，
　　或虔诚地为穷人祈祷，
或是诅咒天下的富人，
　　新郎认为都无关紧要；
而一个男人该不该允许
　　其新婚之夜被人打扰，
让新房里有潜在的祸根，
　　新郎真希望他能知道。

黄昏漫步

我漫步穿越收割后的草场，
　　但见草茬生发的新草
像带露的茅屋顶光滑平整，
　　半掩着通往花园的小道。

当我漫步走进那座花园，

忽听一阵凄清的鸟鸣
从缠结的枯草丛中传出，
　　比任何声音都哀婉动人。

一株光秃的老树独立墙边，
　　树上只剩下一片枯叶，
孤叶准是被我的沉思惊扰，
　　荡荡悠悠向下飘跌。

我没走多远便止住脚步，
　　从正在凋谢的紫花翠菊
采下一朵蓝色的小花，
　　要再次把花奉献给你。

星　星

不计其数，聚集在夜空，
　　在骚动的雪野之上，
在凛凛寒风呼啸的时候，
　　雪流动，以树的形状——

仿佛关注着我们的命运，
　　担心我们会偶然失足
于一片白色的安息之地，
　　天亮后难觉察之处——

然而既无爱心也无仇恨，

星星就像密涅瓦①雕像
那些雪白的大理石眼睛，
　有眼无珠，张目亦盲。

害怕风暴

当风暴在黑暗中与我们作对，
当这头野兽挟着雪
不停地撞击矮屋的东窗
并用一种压低的声音
吠叫：
"出来！出来！"——
这时要出去非得经过内心的挣扎，
啊，的确！
我计算我们的力量，
两个成人和一个孩子，
不眠的我们正忍住不去注意
炉火熄灭后寒冷爬得多近——
外面的积雪堆有多高，
门前庭院和未铺平的路，
甚至连给人安慰的谷仓都变得遥远，
于是我心中生出一种疑惑：
是否我们有力量随日出而起
并自己拯救自己。

---

① 罗马神话中司智慧、艺术、发明和武艺的女神，相当于希腊神话中的雅典娜。

风与窗台上的花

恋人们,忘却你的爱,
　来听听这段相思幽情,
她是窗台上娇花一朵,
　他是冬日里微风一阵。

当冰与霜凝成的窗纱
　在中午时分冰消霜融,
关在鸟笼中的金翅雀
　在她头顶上婉转咏诵。

他透过玻璃注意看她,
　身不由己,情不自禁,
中午才打她跟前飞过,
　可天一黑又再次飞临。

他是冬日里一阵寒风,
　关心的是白雪与坚冰,
关心的是枯草与孤鸟,
　但却几乎不懂得爱情。

可他在那窗台上叹息,
　他轻轻地摇动那窗扉,
室内的她目睹了一切,
　因为她彻夜未能入睡。

也许他差点儿就成功
　　说服她与他一道私奔，
从那温煦的火炉旁边，
　　从那火光映照的明镜。

但那花儿只微微倾身，
　　想不出应该说的话语，
而当黎明来到的时候，
　　风早已吹出一百英里。

致 春 风

携雨一道来吧，喧嚣的西南风！
带来歌唱的鸟，送来筑巢的蜂，
为冬眠的花儿带来春梦一场，
让冰封雪凝的河川解冻流淌，
从白雪下面找回褐色的土地；
但不管今晚你要做什么事，
先来冲我的窗户，让它也流动，
让它像冰解雪化一般地消融；
融化掉玻璃，只留下窗框，
让它像隐居教士的十字架一样；
再冲进我这狭窄的房间，
让墙头的图画随你旋转；
然后哗哗哗吹开书页，
让诗篇散落在地板，
再把这诗人卷到外面。

春日祈祷

啊，让我们欢乐在今日的花间，
别让我们的思绪飘得那么遥远，
别想未知的收获，让我们在此，
就在这一年中万物生长的时日。

啊，让我们欢乐在白色的果林，
让白天无可比拟，夜晚像精灵；
让我们快活在快活的蜜蜂群中，
蜂群正嗡嗡围绕着美丽的树丛。

啊，让我们快活在疾飞的鸟群，
蜂群之上的鸟鸣声忽然间可闻，
忽而用喙划破空气如流星坠下，
忽而静静地在半空如一树繁花。

因为这才是爱，真真切切的爱，
是注定要由上帝使之神圣的爱，
上帝圣化此爱是为了他的宏愿，
但此爱此愿却需要我们来实现。

采　花

别你在拂晓黎明，
在清晨的霞光之中

你曾走在我身边,
使我感到别的悲痛。
还认得我么,在这日暮黄昏,
苍白憔悴,还有漫游的风尘?
你是因不认得我而无言
还是因认得我而噤声?

随我去想?就没有半句话
问问这些凋谢的花,
它们竟使我离开你身边,
去了这么漫长的一天?
这些花是你的,请作为量尺,
量一量你珍藏它们的价值,
量一量那短短的一会儿,
我曾远远离去的一会儿。

红 朱 兰[①]

一片浸透水的草地,
　小如宝石,形如太阳,
一片圆形的草地,
　不比周围的树林宽敞;
那儿吹不进一丝风,
　那儿的花芬芳馥郁,

---

① 红朱兰是美国东部沼泽地带生长的一种植株矮小的兰科植物,其叶似矛,其粉红色的花像张开的蛇口,故又名"蛇口兰"。红朱兰的梗上只有一片独叶,长在梗之中部,其余叶片均从根部长出。

那儿的空气不流动——
　　一座供奉热的庙宇。

我们曾在炎热中俯身，
　　那是太阳应得的礼拜，
俯身采撷千朵朱兰，
　　谁也不会对它们不理睬；
因为那儿兰草虽稀疏，
　　但每一片梗叶的叶尖
似乎都长有红色的翼瓣，
　　把周围染成通红一片。

在离开那地方之前，
　　我们做了番简短的祈祷，
愿每年割草的季节，
　　那地方能被人忘掉；
若得不到长久的恩宠，
　　也望博得一时的欢心，
当花与草分不清的时候，
　　愿人人都能刀下留情。

等　待
——暮色中的一块土地

有些什么会入梦，当我像一个幽灵
飘过那些匆匆垛成的高高的草堆，
独自闯进那片只剩草茬的土地，

那片割草人的声音刚消失的土地,
在落日余晖的残霞之中,
在初升满月的清辉之中,坐下
在洒满月光的第一个干草堆旁边,
隐身在无数相同的草垛中间。

我会梦见在月亮占上风之前,
与月光对立的日光阻止黑暗;
我会梦见夜鹰充斥整个天空,
相互环绕盘旋,发出可怕的怪声,
或尖叫着从高处向下俯冲;
我会梦见蝙蝠表演滑稽哑剧,
那蝙蝠似乎已发现我的藏身之处,
只有当它旋转时才失去目标,
然后又盲目而急速地不停寻找;
我会梦见最后一只燕子掠过;梦见
因我的到来而中断的我身后
香气深处唧唧喓喓的虫鸣
在一阵沉寂之后又重试嗓门,
一声、两声、三声,看我是否还在;
我会梦见那本读旧的《英诗金库》①,
我没把它带上,但它仿佛在手边,
在充满枯草香味的空气中清晰可见;
但我最可能梦见一个不在场的人,
这些诗行就是为了要呈现在她眼前。

---

① 《英诗金库》全名为《英语最佳歌谣及抒情诗之金库》,由弗·特·帕尔格雷夫(1824—1897)编,1861年初版。该书是弗罗斯特最喜欢的诗选集之一,国内有曹明伦等人编注、四川人民出版社1987年出版的英汉对照本。

在一条山谷里

我年轻时曾住在一条山谷里,
　　在多雾并彻夜有声的沼泽旁,
所以我熟悉那些美丽的少女,
脸色苍白的少女拖着裙裾
　　穿越过芦苇丛走向一窗灯光。

沼泽地里有各种各样的野花,
　　每一种都像一张少女的脸庞,
像一种常响在我屋里的声音,
从屋外黑暗越窗而入的声音。
　　每一位都单独来自她的地方。

但她们每晚全都披薄雾而来,
　　常常都带来许许多多的消息;
她们争相述说所知晓的要闻,
一位孤独者是那么喜欢倾听,
　　往往听到星星都几乎快隐去,

最后一名少女才会披露回还,
　　披一身晨露返回她来的地方——
那儿有百鸟正等着振翮翩跹,
那儿有百花正等着昂首吐艳,
　　那儿的鸟和花全都一模一样。

正因为如此,我才这般知悉

花为何有芳香,鸟为何啼鸣,
你只消问我,而我会告诉你。
是啊,我没有白在那儿独居,
　　没有白白在长夜里用心倾听。

梦中的痛苦

我早已躲进森林,而我的歌
也总让被风吹走的树叶吞没;
有一天你来到那森林的边缘
(这是梦)并久久地张望思索,
你很想进入森林,但没进来,
你忧虑地摇头,似乎是想说:
"我不敢——他的足迹太偏——
他若迷途知返,定会来找我。"

并不远,我就站在矮树后面,
把林外一切都看得清清楚楚;
不能告诉你我所见依然存在,
这使我感到一阵剧烈的痛苦。
但我这样离群索居并非真实,
因森林会醒来,你就在这里。

被人忽视

他们把我俩丢在我们选的路上,
　　像丢下两个已证明被他们看错的人,

所以我俩有时会坐在路边张望，
用淘气、无邪、游移的目光，
　　看我们能不能觉得没被人抛弃。

地　利

要是厌了树，我又会去找人，
　　我知道去哪儿——在拂晓之时
　　去一片有牛群守护青草的坡地。
斜躺在枝丫低垂的杜松树林，
别人看不见我，而我可以遥看
　　远离人家的地方，看更远之处，
　　看对面山上白界内的座座坟墓，
生者和死者对此都不会有意见。

如果中午时我已把这些看够，
　　那我只消换只胳臂倚傍，你瞧，
　　太阳烤热的山坡使我的脸发烧，
我的呼吸像微风使野花摇头，
　　我可以闻闻泥土和草木的气息，
　　可以从蚁穴洞口看里面的蚂蚁。

割　草

静悄悄的树林边只有一种声音，
那是我的长柄镰在对大地低吟。

它在说些什么？我也不甚知晓；
也许在诉说烈日当空酷热难耐，
也许在诉说这周围过于安静——
这也是它低声悄语说话的原因。
它不梦想得到不劳而获的礼物，
也不稀罕仙女精灵施舍的黄金；
因凡事超过真实便显得不正常，
就连割倒垄垄干草的诚挚的爱
也并非没有割掉些娇嫩的花穗，
并非没有惊动一条绿莹莹的蛇。①
真实乃劳动所知晓的最甜蜜的梦。
我的镰刀低吟，留下堆垛的干草。

取　水

门边的那口井已干涸，
　　于是我俩带上水罐水桶
穿过屋后的那片田野
　　去看小溪是否还在流动。

真高兴有借口去溪畔，
　　因为秋夜虽凉却迷人，
因为那片田野是我们的，
　　因为溪畔有我们的树林。

---

① 语出柯尔律治长诗《克丽斯特贝尔》(1816)第549行，吟游诗人(勃雷西)在该处讲述他梦中见到奇异事情时说："当仔细一看，我看见了一条绿莹莹的蛇。"

我俩疾走，像是去迎月亮，
　　月亮正在树后慢慢上升，
枯枝上没有一片树叶，
　　没有鸟儿，也没有微风。

但一进树林我俩便停住，
　　像躲开月亮而匿的地神①，
只等着当她把我们发现，
　　再笑着找新的地方藏身。

我俩互相用手止住对方，
　　在敢张望之前先仔细倾听，
在我俩共创的寂静之中
　　我们知道自己听见了水声。

像从一个地方传来的音乐，
　　一道叮咚作响的细细水帘
飘挂在溪湾的水潭之上，
　　时而像珍珠，时而像银剑。

启　示

在揶揄嘲弄的话语后面，
　　我们总爱留点言外之意，
可在别人真正领悟之前，

---

① "地神"原文作 gnome，是西方民间传说中居于地下守护地下矿藏的一种精灵。

我们总会感到心中焦虑。

若情况要求(让我们假设)
　　为了让朋友一听就了然,
我们最终只能直话直说,
　　这又会使人感到遗憾。

但都一样,从遥远的上帝
　　到爱玩捉迷藏的孩子,
要是他们藏匿得过于隐蔽,
　　就只能自己说自己藏在哪里。

生存考验

就连死于疆场的最勇敢的人
　　也不会掩饰他们心中的诧异
当他们醒来发现在天国仙境
　　也像在人世一样由勇气统治;
他们赤手空拳地在天国寻找
　　那片常春花永远开放的平原,①
结果发现对勇敢的最高奖赏
　　居然还是什么都不怕的勇敢。

普照天国的光是完整的白光,
　　从不分解成赤橙黄绿青蓝紫,

---

① 常春花,一种开黄花的百合科植物,通常象征死亡;在希腊神话中,受诸神恩宠者的灵魂生活在极乐世界并喜爱这种花,极乐世界又称"常春花平原"。

天国之光永远是黎明的曙光；
　　山坡都像牧场一般青翠碧绿；
一群群活泼的天使来来往往，
　　嬉笑着把可勇敢面对的寻找——
寂静的冰雪便是所有的阻挡，
　　挡住了远方汹涌澎湃的波涛。

从悬崖顶上传来一声召唤，
　　宣布灵魂集合，准备再生，
这种再生被叫作生存考验，
　　人世间最令人费解的事情。
偏偏倒倒成群而过的灵魂，
　　来来往往川流不息的灵魂，
只能侧耳倾听那悦耳之声，
　　想听出它暗示些什么梦境！

更多的游魂会被转过身来，
　　又一次看那些魂做出牺牲，
它们为了某种已知的福分，
　　将心甘情愿地放弃这天国。
一群发出白色微光的灵魂
　　像潮水般涌向上帝的宝座，
要亲眼目睹上帝最宠爱的
　　那些虔诚的灵魂交上好运。

被选中的只有自愿的灵魂，
　　当那些灵魂第一次听见宣布
人世间交织着祸与福的生存，

心中不会有一丝一毫的疑问；
上帝把人世生存的短暂的梦
　　描绘得非常完美，充满温情，
但没有什么可减弱或冲淡
　　天国乐园至高无上的特征。

灵魂群中也不缺乏勇敢者，
　　有个灵魂愚蠢地挺身而出，
面对尘世间最遥远的地方
　　赤裸裸地显示出英雄气概。
太阳下那些极不体面的事
　　在那儿听来比世间更高贵；
于是头脑发昏，心里欢喜，
　　众灵魂齐声为那勇敢者喝彩。

但最后通常是由上帝说话：
　　"这位勇者也许有一种记忆，
由于想到冲突纷争的痛苦，
　　他曾为朋友而选择生存方式；
可你们将接受的纯粹命运
　　不允许有任何选择的记忆，
不然苦难就不是人世的苦难，
　　不是你们都齐声同意的苦难。"

于是选择必须被重新做出，
　　但最后的选择仍与先前一样；
这时候敬畏超过了惊叹，
　　喝彩声也变成了一片寂静。

而上帝已经采下一朵金花,
　　将其打碎,用花中的魔环
把灵魂缚牢,并使其具有
　　幻觉意识,直到死亡来临。

这就是人世间生存的本质,
　　虽然我们都非常认真地选择,
但仍缺乏清晰而持久的记忆,
　　记不得我们受苦受难的生活
不过是我们莫名其妙的选择;
　　于是我们被完全剥夺了自尊,
在只有一种结局的痛苦之中
　　我们任生活被捣碎并变成迷惑。

花　丛

有一次我去翻晒已被割下的牧草,
有人早在清晨的露水中将其割倒。

在我看见那块平展展的草场之前,
磨砺他那柄镰刀的露水已经消散。

我曾绕到一片小树林后把他找寻,
也期待过微风吹来他磨刀的声音。

但他早已离开草场,因草已割完,
而我只能像他刚才一样孤孤单单,

我心中暗想：正如人都注定孤单，
不管他们是一起干活儿还是单干。

我正这样思忖，一只迷惘的蝴蝶
挥舞着翅膀从我身边迅疾地飞越，

怀着因隔夜雨已变得模糊的牵挂，
它在找一朵昨天使它快活的野花。

起初我看见它老在一处飞舞盘旋，
因为那儿有朵枯萎的花躺在草间。

接着它又飞向我目力所及的远方，
然后又抖动着翅膀飞回到我身旁。

我在把一些没有答案的问题思考，
而且正打算转身翻晒地上的牧草；

可蝴蝶先飞回来，并把我的目光
引到小河岸边一丛高高的野花上，

芦苇丛生的河边被割得寸草不留，
可那柄镰刀偏对一丛花高抬贵手。

晨露中那位割草人如此喜爱它们，
留它们昂首怒放，但不是为我们，

也不是为了引起我们对他的注意，
而是因为清晨河边那纯粹的欢娱。

但尽管如此，那只蝴蝶和我自己
仍然从那个清晨得到了一种启示，

那启示使我听见周围有晨鸟啼鸣，
听见他的镰刀对大地低语的声音，

感觉到一种与我同宗同源的精神，
于是我今后干活不再是孑然一身；

而仿佛是与他一道，有他当帮手，
中午困乏时则共寻树荫同享午休；

睡梦中二人交谈，好像亲如弟兄，
而我原来并没有指望能与他沟通。

"人类共同劳动，"我由衷地对他说，
"不管他们是单干还是在一起干活。"

潘①与我们在一起

有一天潘从森林里出来——
他的皮肤、毛发和眼睛都是灰色，

---

① 潘是希腊神话中的森林和牧场之神，人身羊足，头上有角，发明并善吹芦笛，有时爱离群独居。

是墙头上苔藓的那种灰色——
　　他站在阳光下尽情观看
　　树木繁茂的幽谷和山峦。

他迎着微风,手持芦笛,
在光秃秃牧场的高处站立;
在他统辖的所有土地之内
　　他不见人家,也不见烟火。
　　这真好!他用力把蹄一跺。

他熟悉安静,因为没人来
这贫瘠的牧场,除了一年一度
有人来为野放的牛群喂盐,
　　或有提着木桶的乡下孩子,
　　他们孤陋寡闻,讲不出故事。

他扬起芦管,新世界的歌
实在难教,他力所不能及,
林中的鸟叫、天边的鹰鸣
　　已足以作为森林的象征,
　　对于他已是够美的音乐。

事过境迁,今非昔比,
这种芦管已不具魔力,
还比不上毫无目的的柔风,
　　吹不动杜松挂果的树枝,
　　吹不动一簇簇娇弱的野菊。

它们是多神教徒寻欢的乐器,
而这个世界已找到新的价值。
他在太阳烤热的土地上躺下,
　　揉碎一朵花,然后极目远望——
　　吹奏?吹奏?他该吹奏什么?

造物主①的笑声

那是在远方那座无变化的森林,
　　我高兴地发现了造物主的踪迹,
不过我知道我追寻的不是真神。
　　就在日光开始渐渐暗下来之际
我忽然听见了我须听见的一切;
那声音已伴我度过了许多岁月。

当时声音在我身后,而非在前,
　　是种懒洋洋但半嘲半讽的声音,
好像发声者对什么都不会在乎。
　　那半神从泥沼出现,发出笑声,
一边走一边擦去他眼上的污泥;
而我完全领会了他笑声的含意。

我忘不了他的笑声是怎样发出。
　　被他撞见使我觉得自己像白痴,

---

① 此诗中的造物主原文为 Demiurge,柏拉图在其对话《蒂默亚篇》中曾用此名来称呼"世界的创造者",后来诺斯替教派借用此名称"物质世界的创造者",此"造物主"不同于基督教的上帝,故诗中又将其称为半神。

于是我突然止步,并装模作样,
　　假装是在找落叶间的什么东西
(但不知他当时是否把我理睬)。
然后我就靠着一棵树坐了下来。

现在请关上窗户吧

现在请关上窗户吧,让原野沉寂;
　　如果树要摇曳,让它们摇也无声;
眼下不会再有鸟鸣,万一还有,
　　就把它算作我的损失。

要很久以后沼泽地才会复苏,
　　要很久以后最早的鸟才会飞回;
所以请关上窗户吧,别听风声,
　　只消看万物在风中摇动。

在阔叶林中

片片相同的枯叶一层复一层!
它们向下飘落从头顶的浓阴,
为大地披上一件褪色的金衣,
就像皮革制就那样完全合身。

在新叶又攀上那些枝丫之前,
在绿叶又遮蔽那些树干之前,

枯叶得飘落,飘过土中籽实,
枯叶得飘落,落进腐朽黑暗。

腐叶定将被抽芽的花茎顶穿,
定将被埋在翩跹的野花下面。
虽然这事发生在另一个世界,
但我知人类世界也如此这般。

风暴之歌

挟着风暴的破碎的乌云在飞驰。
　　大路上终日冷冷清清,
路面上数不清的白石块隆起,
　　蹄痕足迹都荡然无存。
路边野花太潮湿,蜜蜂也不采,
　　枉然度过艳丽的青春。
走过小山来吧,随我去远方,
　　到风雨中来做我的爱人。

在森林世界被撕碎的绝望之中
　　鸟儿几乎都停息了歌声,
此刻喧嚣的是那些千年的精灵,
　　虽然鸟儿仍在林中栖身;
森林的歌声全都被撕碎,就像
　　易遭摧残的野玫瑰凋零。
到这潮润的林中来吧,做我的爱人,
　　这儿枝叶滴雨,当风暴来临。

强劲的疾风在我们身后驱策,
 疾风会传播我们的歌声,
一汪汪浅水被厉风吹起涟漪,
 快撩起你那坠地的长裙。
我们径直去向西方又有何妨,
 即便让鞋袜沾上水痕?
因为滴雨的金菊——野生的胸针
 会弄湿你美丽的胸襟。

摧枯拉朽的东风从未这般劲吹,
 可这似乎像是海归的时辰,
大海复归古老的陆地,在远古
 海在这儿留下贝壳粼粼。
这似乎也像是爱情复归的时刻,
 疑惑之后,我们的爱苏醒。
哦,来吧,走进这风暴与骚动,
 到风雨中来做我的爱人。

十 月

哦,寂静而柔和的十月之晨,
你的树叶已熟成这金秋;
明天的风若是恣意放荡,
会把树叶儿全都刮离枝头。
乌鸦在森林上空成群啼叫,
也许明天就要结伴飞走。

哦,寂静而柔和的十月之晨,
开始今天要用缓慢的节奏,
使我们觉得一天不那么短暂,
让我们并不讨厌你的欺瞒,
用你所知的方法把我们骗诱;
拂晓时让一片树叶凋落,
中午时再让另一片飘悠;
一片零落在我们跟前,
一片飘坠在天的尽头;
用淡云薄雾缠住急行的太阳,
用紫霞碧霭迷住平原山丘。
缓缓,悠悠!
为了那些葡萄,即使只为葡萄,
它们的蔓叶已被严霜烧透,
为了那些攀缘在墙头的葡萄——
不然它们的果实定难存留。

我的蝴蝶

你狂恋过的花儿如今也都凋谢,
那经常恐吓你的袭击太阳的疯子
如今也逃走,或者死去;
除我之外
(如今这对你也不是悲哀!)
除我之外
原野上没人留下来把你哀悼。

灰色的草上才刚刚洒落有雪花，
两岸还没有堵住河水流淌，
但那是很久以前——
仿佛已过了很久——
自从我第一次看见你掠过，
和你那些色彩艳丽的伙伴，
轻盈地飞舞嬉戏，
轻率地相亲相恋，
追逐，盘旋，上下翻飞，
像仙女舞中一个软软的玫瑰花环。

那时候我惆怅的薄雾
还没有笼罩这整片原野，
我知道我为你高兴，
也为我自己高兴。

当时高高翻飞的你并不知道
命运创造你是为了取悦于风，
用你无忧无虑的宽大翅膀，
而且我那时候也不知道。

还有一些别的情况：
似乎上帝曾让你飞离他轻握的手，
接着又担心你飞得太远，
飞到他伸手不及的地方，
所以又过于热切地一把将你抓走。

啊！我记得

与我作对的阴谋
曾如何充满我的生活——
生活的柔情,梦一般的柔情;
波动的芳草搅乱我的思绪,
微风吹来三种香气,
一朵宝石花在嫩枝上摇曳!

后来当我心烦意乱时,
当我不能说话时,
鲁莽的西风从侧面吹来,
把什么东西猛然抛在我脸上——
那竟然是你沾满尘土的翅膀!

今天我发现那翅膀已破碎!
因为你已死去,我说,
不相识的鸟也这么说。
我发现破碎的翅膀和枯叶一道
散落在屋檐下面。

不 情 愿

我已穿过原野和树林,
　我已越过那些石墙,
我已登过视野开阔的高地,
　看过这世界又步下山冈,
我已沿着大路回到家里,
　瞧!凡事都有个收场。

大地上的树叶都已凋零，
　　只有一些橡叶还残留树枝，
等着被一片一片地吹落，
　　窸窸窣窣飘坠落地，
慢慢擦过冻硬的积雪，
　　当其他枯叶正在安息。

枯叶无声地挤作一团，
　　再也不会被风四处吹散；
最后一朵寂寞的翠菊已枯萎；
　　金缕梅的花儿也都凋残；
心儿依然在苦苦寻求，
　　但脚步却问"该去哪边？"

唉，识时知趣地顺水行舟，
　　体体面面地服从理智，
不管是爱情或季节到头，
　　都听从天命，接受现实，
不知这样做在世人心中
　　何时才不被看成一种叛逆？

波士顿以北[*]
1914

---

* 弗罗斯特在《波士顿以北》初版的献词中把这本诗集称作"写人的书"。从这本诗集开始,弗罗斯特不断增强他刻意追求的让诗说话(make verse talk)的能力,把新英格兰普通男女的日常语言融入他的诗篇。

补　墙

有一种不喜欢墙的东西，
它总让墙脚的泥土冻得膨胀，
它在光天化日之下掀掉墙头的砾石，
它撕开的豁口两人能并肩来往。
猎人们毁墙则用另一种方式，
我常跟在他们身后垒石补墙，
他们总不把掰开的墙石垒回原处，
却常常把野兔赶出藏身的石缝，
让狂吠的猎犬欢畅。我是说
没人见过石墙裂塌或听见裂塌的声响
可一到春天那些墙总是百孔千疮。
我与山那边的邻居相约，
同一天双双来到那残垣断墙。
我们又让那道墙隔在我俩之间。
我们一边走一边把豁口补上。
各自拾起掉在自家墙脚的石块。
石块有的像面包，有的呈球状，
要放稳它们我俩不得不念句咒语：
"好好待着吧，直到我们转过身去！"
搬垒石块磨粗了我们的手掌。
唉，这真像又一种室外游戏，
一人在一边，这只算是一种游戏，
因为这垒墙之处我们并不需要墙；
他那边种的松树，我这边栽的苹果，
我的苹果树绝不会越过边界

去偷吃他树下的松果,我对他讲。
可他只说:"篱笆牢实邻居情久长。"
春天对我真是一场灾害,我纳闷
我能不能让他也这样想想:
"篱笆为什么使邻里和睦? 难道它
不是该竖在有牛的地方? 可这儿没牛,
我在垒墙之前就应该问清楚
我会围进什么,又把什么围在墙外,
我有可能把谁的感情挫伤。
世上有一种不喜欢墙的东西,
它希望墙都倒塌。"我可以对他说
那是"精灵",可又不尽然,我宁愿
他自己能说出那是什么。我见他
一只手抓紧一块石头,就像
旧石器时代的野蛮人手持武器一样。
我觉得他仿佛进入了一片黑暗,
那黑暗不仅仅因树荫遮蔽了日光。
他不愿去推敲父辈的那句格言,
倒喜欢把那句老话常记心上,
他还会说:"篱笆牢实邻居情久长。"

雇工之死

玛丽若有所思地盯着桌上的油灯,
等沃伦回家。一听见他的脚步声
她就踮起脚尖跑过黑洞洞的走廊
去门口迎住他,告诉他一个消息,

好让他有所预防。"赛拉斯回来了,"
她一边说一边推着他一起到门外,
并关上身后的房门,"请对他好点。"
她接过沃伦从市场上买回的东西,
将它们放在门廊上,然后拉着他
并肩在门廊前的木制台阶上坐下。

"我究竟什么时候对他不好过?
但我不会让这家伙回来,"他说,
"夏天割草时我难道没告诉过他?
我说他那时要走就永远别再回来。
他有什么本事?别人谁会雇他?
年纪一大把,能干的活儿已不多。
即使他还能干活儿也完全靠不住。
他总是在我最需要他时离我而去。
他老觉得我应该付他一份工资,
至少应该够他买点烟草,
这样他就不会因讨烟而欠下人情。
'好哇,'我说,'我希望我能付,
但我付不起任何固定工资。'
'有人付得起。''那有人将不得不付。'
如果他那样说仅仅是为了抬高自己,
那我本不该介意。但你可以相信
他开始那样说时他背后总会有人
在设法用一点零花钱哄他过去——
在割草晒草难找帮工的时候。
到冬天他又回来。可我的活已干完。"

"嘘！小声点！他会听见的。"玛丽说。

"我就想让他听见,他迟早都会听见。"

"他累坏了。他正在火炉边睡觉。
我从罗家回来就发现他在这儿,
在牲口棚门外缩成一团睡得正香,
那模样真可怜,也真可怕——
你可别笑——当时我没认出他来——
我没想到会看见他——他完全变了。
待会儿你自己看吧。"

"他说他这阵子在哪儿?"

"他没讲。我把他拽进了屋子,
让他喝茶,还想让他抽烟。
我也试过让他谈谈自己的经历。
但什么都没成。他只是不停打瞌睡。"

"他说过什么？他说过任何话吗?"

"没说什么。"

"没说什么？玛丽,老实讲
他说他想来为我的草场挖沟排水。"

"沃伦!"

"他说了吗?我只是想知道。"

"他当然说了。你想要他说什么呢?
你肯定不会不让那可怜的老人
用某种卑微的方式保全他的自尊。
他还说,如果你真想知道,
他还打算清理高处的那片牧场。
这听起来和你以前听到过的一样?
沃伦,你要是也能听他说就好了,
他当时东拉西扯,有好几次
我都停下来看——我觉得他很古怪——
看他是不是在睡梦中胡言乱语。
他老是说起威尔逊——你记得——
四年前你雇来割草的那个小伙子。
他已念完了书,现在学校当老师。
赛拉斯断言你将不得不弄他回来。
他说他俩将成为一对干活儿的搭档,
他们会把这牧场收拾得平整漂亮!
他认为威尔逊是个有出息的小伙子,
只是傻乎乎地要念书——你知道
那年七月他们在日头下如何斗嘴,
当时赛拉斯在马车上装草,
威尔逊则在下面把草叉上马车。"

"是的,我当时尽量避开他们的吵声。"

"唉,那些日子像折磨赛拉斯的梦。
你想不到会这样。可有些事忘不掉!

威尔逊那种大学生的自信惹他生气。
都过了这么多年,他却还在搜寻
他觉得他当时本可以用上的巧辩。
我体谅他。我知道那是种什么感觉,
当你想到该说的话却为时太晚。
他老把威尔逊和拉丁语连在一起。
威尔逊曾说他学拉丁语就像学提琴,
他问我认为威尔逊这话是什么意思。
因为他喜欢学呗——那是个理由!
他说他没法让那个小伙子相信
他可以用一柄榛木草杈找到泉水——①
这说明上学念书对他是多么有好处。
他想认真考虑这点,不过
他想得最多的是他能否再有机会
教威尔逊怎样装好一车干草——"

"我知道,那是赛拉斯的拿手绝活。
他把每一杈干草都堆在该堆的地方,
就像替草捆贴了标签,加了编号,
这样卸车时他就能依序找到它们。
赛拉斯干这活儿真是无可挑剔。
他卸草捆就像是在取一个个鸟巢。
你绝不会看见他站在他在堆的草上
他总能尽力使自己的手抬得够高。"

"他认为如果他能教会威尔逊堆草,

---

① 有些乡下人迷信榛木草杈有魔力,认为如果掌握了某种诀窍,便可用它找到地下水。

他也许就对这世上的某人有过用处。
他不愿看到一个只会念书的傻小子。
可怜的赛拉斯,他那么关心别人,
可自己的过去却没有什么值得自豪,
自己的将来也看不到任何希望,
所以他永远都不会有任何变化。"

半个月亮正在西天慢慢坠落,
正拽着整个天空一道坠下山坡。
柔和的月光洒在她怀中。她看见了它
并向它挥了挥围裙。她把手
伸在被露水绷紧的牵牛花藤之间,
从花台爬向屋檐的花藤像竖琴琴弦,
仿佛她奏出了一支无声的曲调,
一支对身边的他有影响的曲调。
"沃伦,"她说,"他是回家来死,
这次你不用担心他会离你而去。"

"家。"沃伦讥讽道。

　　　　　　　　　"对,不是家是什么?
这完全取决于家在你心中的意义。
当然,他与我们毫无关系,就像
那条从森林中来过我家的陌生猎犬,
它当时因追猎已累得筋疲力尽。"

"家就是在你不得不进去的时候,
他们不得不让你进去的地方。"

　　　　　　　　　"我倒想把家叫作
某种不一定非要值得才享有的东西。"

沃伦俯身向前走了一两步，
拾起一根枯枝，又走回台阶，
然后将枯枝折断并扔在一边。
"你认为赛拉斯更有理由投靠我们
而不是找他兄弟？只有十三英里远，
路上的风吹也能把他吹到那里。
赛拉斯今天肯定也走了那么多路。
他干吗不去那儿？他兄弟有钱，
是个人物——在银行里当经理。"

"他没给我们讲起过。"

　　　　　　　　"可是我们知道这事。"

"我当然认为他兄弟该帮他一把。
有必要我会去过问这事。他按理
该把他接去，而且说不定他愿意——
他也许比他看上去更慷慨仁慈。
但替赛拉斯想想。难道你认为
如果他对声称有兄弟感到自豪，
如果他指望从他兄弟得到任何东西，
这么些年来他还会对他只字不提？"
"真不知他俩之间是怎么回事。"

　　　　　　　　"我可以告诉你。

赛拉斯就是这样,我们不常在意他,
但他正是亲戚们难容忍的那种人。
他从没干过一件真正的坏事。
他不明白为什么他不能和别人
一样好。虽说他一文不名,
他却不屑低三下四去讨好他兄弟。"

"我倒真想不出他伤害过什么人。"

"是呀,可他今天却使我伤心,
那样躺着,头在硬椅背上转动。
他无论如何也不让我扶他到床上:
你必须进去看看,看你能做什么。
我已为他铺好床让他过夜。
你看见他定会吃惊——他完全垮了。
他再也不能干活——这点我敢肯定。"

"我倒不想急着下结论。"

"我也不想。去吧,自己去看看。
可是,沃伦,记住是怎么回事,
他来是想要帮你为草场挖沟排水。
他有一套想法。你千万别笑话他。
他也许不会提这事,可也许会提。
我就坐在这儿,看那片小小的浮云
是撞上还是错过月亮。"

     浮云撞上了月亮。
于是三者在朦胧的夜色中排成一行——

半轮月亮,银色的小小浮云,和她。

沃伦回来——她觉得回来得太快——
悄悄坐到她身边,握住她的手等待。

"沃伦?"她问。

"死了。"便是他的全部回答。

山

大山把小城罩在一片阴影之中。
有次我羁留小城,临睡前看山,
发现我看不见西天的星星,
那黑沉沉的山体挡住了西方天际。
山显得很近,我觉得它像一堵墙,
一堵使我免遭风吹的高墙。
但当我清晨出去观光的时候,
我发现在小城与大山之间
有田野,有河流,河那边还有田野。
那条河当时正值枯水季节,
河水漫过大卵石哗哗流过,
但仍能看到它春天泛滥过的痕迹:
被冲出沟壑的草场,草丛间的
沙埂,还有被剥了皮的漂流木。
我过了那条河,转身朝向大山
迎面见一人赶着一辆重载的牛车,

头上有白斑的公牛走得慢慢腾腾,
看来让赶车人把车停下也无妨。

"这是哪个镇区?"①我问。
　　　　　　"这儿吗？卢嫩堡。"②

如此说来我错了,我所羁留的
桥那边的小城不属这座山的镇区,
只是在夜里会感到山影的存在。
"你们的镇子在哪儿？离这儿远吗？"

"这儿没镇子,只有零散的农场。
上次选举我们镇区有六十人投票。
实际上我们这儿不可能人丁兴旺,
因为那家伙太占地方!"他一边说
一边挥动赶牛棒指了指那座大山。
山脚下的牧场往上延伸了一小截,
然后就是一排可见树干的大树,
大树后面只见层层叠翠的树梢,
葱茏林海中有悬崖峭壁时隐时现。
一条干溜的冲沟从山脚树林
伸进牧场。

　　　　"那看上去像是条路。
那就是从这儿通往山顶的路吗？——
我今天不上山,但下次会上的;

---

① "镇区"指美国新英格地区诸州由镇选民大会授权的县以下一级的自治行政区。
② 卢嫩堡是马萨诸塞州伍斯特县东北部的一个镇区,在伍斯特城以北约40公里处。

这会儿我必须赶回去吃早饭。"

"我可不主张你从这边上山。
这边没有正经的路,但据我所知
那些上过山的人都从拉德客店出发。
往回走五英里,你能找到那地方,
就在山坡上,他们去冬才开店。
我倒想把你捎去,可惜不顺道。"

"你没爬上过山顶?"

        "我爬上过山腰,
去猎鹿钓鱼。那儿有条小河
就从山间流出——我听人家说
那源头正好在山顶上——真是怪事。
但让你觉得更怪的是那条河的水,
它永远是夏天清凉,冬天暖和。
而它最值得人亲眼见见的奇观
是它冬天会像牛喷气一样冒蒸气,
蒸气会使小河两岸低矮的灌木
都裹上一英寸长的针状的凝霜——
你知道那种霜。然后让阳光照在上面!"

"要不是森林一直覆盖到山顶,
这样一座山倒应该是天下一景。"
透过深林茂叶的屏障,我看见了
光影交错之中的花岗岩阶地,
突出的岩石可供人攀登时踏脚——

何惧身后就是百呎悬崖深渊。
攀登者也可转身坐下极目眺望,
手肘挨着从岩缝间长出的羊齿蕨。

"天下一景我不敢说。但在峰顶
有一股泉水,差不多像个喷泉。
那倒应该值得一看。"

    "要是真有那泉水的话。
你从没亲眼见过?"

    "我猜山上肯定
有那股泉水。但我从没亲眼见过。
它也许并不是恰好在山头顶上,
因为从山间流出来的一些水源
并不一定就非要从老高的山顶冒出,
而那些爬了老长一段路的登山人
也很可能没注意到头上还有很远。
有一次我请一位来爬山的游客
到顶上看看并告诉我那股泉如何。"

"他都说了些什么?"

   "他说在爱尔兰什么地方
有一个湖就正好在山头顶上。"

"可湖是另一码事。那股泉水呢?"

"他爬得不够高,没看见泉水。
这也是我不主张你从这边爬的原因。
他就是从这边上山的。我一直都想
上去亲眼看看,可你知这是咋的:
一辈子都围着这山脚打圈圈,
所以真要去爬它倒觉得挺没意思。
我上山干吗呢?要我穿着工装裤,
拿着赶牛棒去赶到挤奶时间
还没从山坡上回牲口棚的奶牛?
要我拿着猎枪去找迷路的黑熊?
只为爬山而爬山好像挺不实惠。"

"要是我不想爬山我也不会去爬——
不会为爬山而爬山。这山叫啥名?"

"我们管它叫霍尔山,但不知对不。"

"可以绕山而行吗?绕一圈远吗?"

"你可以驾车绕一圈而不出卢嫩堡,
不过你能做到的也就是这点,
因为卢嫩堡镇界就贴着山脚环绕。
霍尔山就是镇区,镇区就是霍尔山——
有些零星的房舍散布在山脚四周,
就像从悬崖上崩裂的一些岩石
顺着山坡朝前多滚了一截。"

"那河水冬暖夏凉,你刚才说?"

"其实我并不认为水温有什么变化。
你我都非常清楚,要说它暖
是同冷比,要说它冷是同热比。
但有趣的是对一件事你怎么个说法。"

"你一辈子都住在这山下?"

        "自从霍尔山
还不如……"不如什么,我没听见。
他挥棒碰了碰牛的鼻子和肋腹,
拽了拽缰绳,吆喝了两声,
然后赶着那辆牛车慢悠悠地远去。

一百条衬衫领

兰开斯特[①]生了他——那样一座小镇,
这样一个大人物。但最近些年小镇
不常见他,不过他保留着原有家宅
并爱让妻子儿女去那儿过夏季,
过无拘无束、稍有点放纵的夏季。
有时候他也会去陪家人待一两天,
并看看他不知何故难以亲近的老朋友。
朋友们爱晚饭后在杂货店与他相会,
满脑子都想着难以对付的邮件,[②]
他说话时他们也在偷偷看信。

---

① 兰开斯特,美国新罕布什尔州西部一小城。
② 当时小镇上的人在杂货店收取邮件。小镇人识字不多,故觉得邮件"难以对付"。

他们显得有顾虑。他本不想这样，
因为他虽是大学者，但有民主精神，
若非发自内心，至少也出于原则。
最近在北上去兰开斯特的途中，
他的火车晚点，误了换乘的列车，
这样在夜里已过十一点的时候，
他得在伍兹维尔①站等上四个小时。
他太累，不想在候车室里受折磨，
于是他转身去旅店想睡上一觉。

"没房间，"夜班接待员说，"除非——"

伍兹维尔充满了喧嚣、游动的灯光
和轰隆隆的车辆，但只有一家旅店。

"你说'除非'。"

       "除非你不介意
与另一个人共住一个房间。"

        "什么人？"
"男人。"

    "我想也是。什么样的男人？"

"我认识他，人不错。男人就是男人。

---

① 伍兹维尔，美国新罕布什尔州西隅一城市，在兰开斯特东南方约 70 公里处。

当然是各睡各的床,这你明白。"
接待员挑战似的冲他眨动眼睛。

"睡在接待室椅子上的男人是谁?
难道他拒绝了我现在这个机会?"

"他害怕被人抢窃,或被谋杀。
你怕吗?"

     "我得上床睡觉。"

接待员领着他上了三截楼梯,
然后穿过一条有许多门的走廊。
他敲了敲尽头一扇房门,进了房间。
"莱夫,有个人想与你分租这房。"

"领他进来吧。我可不怕他。
我还没醉到不能照顾自己的地步。"

接待员拍了拍一张卧床的床架,
"你睡这张床。晚安。"说完离去。

"我想莱夫是姓?"

      "对,莱夫耶特。
你听一遍就明白了。你姓什么?"

       "马贡。

马贡博士。"

"博士？"

"也是个教授。"

"绞尽脑汁异想天开的教授？
等等，我脑子里好像有件什么事，
一直想问问我碰巧结识的第一人，
不过我现在一下子又想不起来。
我待会儿再问你——请别让我忘了。"

博士打量了一下莱夫后移开目光。
男人？粗人？上身一丝不挂，
醉醺醺地坐在灯光下，格外刺眼，
正笨手笨脚地在解一件衬衫的纽扣。
"我正想换一件大一点的衬衫。
我近来觉得不舒服，但不知原因。
今晚我才发现毛病出在哪里：
我一直就像苗圃里的一棵样本树，
树干长粗了但名牌箍却没换大。
我以前只怪我们这儿天气太热。
可原来只是我这该死的背
不肯坦白地承认我已经长胖了。
这是十八号衬衫。你穿多大尺寸？"

博士突然嗓子发哽，结结巴巴：
"哦——呀——十四号——十四号。"

诗 歌

"你说十四号!
我还记得我穿十四号的滋味。
细想起来,我家里肯定还有
一百多条衬衫领,十四号的。
浪费了真可惜。你应该拥有它们。
它们是你的了,请允许我寄给你。
你干吗像那样一条腿站在那里?
凯克离去后你就没挪动过一步。
你那模样好像是不想进这房间。
坐下或躺下吧,朋友:你让我紧张。"

博士很顺从地快步冲到床前,
像走投无路似的一下靠上枕头。

"你不能把鞋放在凯克的白床单上。
你不能穿着鞋睡,让我帮你脱掉。"

"别碰我——我说请别碰我。
我不会让你侍候我上床,老兄。"

"随你便吧。你想咋睡就咋睡。
你叫我'老兄'?你说话像个教授。
不过说到咱俩究竟谁怕谁,
我想如果碰巧出点什么差错,
我会比你遭受更大的损失。
谁想砍断你穿十四号领的脖子呢!
让我们都露个底,作为互相信任
的证明。这儿是九十美元,

过来看看,如果你不害怕。"

          "我不害怕。
这是五美元,我就带了这么多。"

         "我可以搜搜你吗?
你往哪儿挪?躺着别动。
你最好把你的钱压在身下,
像我通常那样把钱压在身下睡觉,
夜里有生人睡在一旁我总不放心。"

"要是我就把钱放在这床罩上,
你能信任我吗?——我就信任你。"

"你可以这么说,老兄。我是收款员,
我这九十美元不是我的,这你想不到。
我东奔西走为《新闻周报》
一个美元一个美元地收款,
那报在鲍镇出版。你知道那报吗?"

"我从年轻时就读它了。"

       "这下你就了解我了。
现在咱俩正聚在一起——一起交谈。
我是为《新闻周报》当先锋的角色。
我的差事就是了解读者的想法,
他们花钱订报,所以应该有想法。
费尔班克对我说——他是编辑——

'摸清公众的感情'——他总这么说。
说到底,我的待遇还算不错。
唯一的麻烦是我与他政见不同,
我是佛蒙特州的民主党人——
可知这意味着什么,有点彻头彻尾;
而《新闻周报》则持共和党观点。
费尔班克对我说:'今年帮帮我们。'
意思是要我们的选票。'不,'我说,
'我不能也不会!你们上台已够久,
现在该转过来支持一下我们。
如果你想要我选比尔·塔夫脱,
你付我的周薪就必须多于十美元。
何况能否那样做我还拿不准呢。'"

"你似乎可以左右那份报的方针。"

"你会看出我与谁都相处得很好。
我几乎和他们一样熟悉他们的农场。"

"你走南闯北?这肯定非常有趣。"

"这是跑公事,但我不能说它没趣。
我最喜欢的是农场的位置各不相同,
有时候你钻出树林就突然看见一座,
有时翻过一座山或转过一个弯道。
我喜欢春天看见人们走出屋子,
用耙清理庭院,在房前屋后干活。
后来他们便到远离房屋的田野里。

有时除了牲口棚所有的门都关着,
一家人都在某处边远的草场。
时辰一到,会有一车车干草回来。
再后来他们全都被冬天赶回屋里:
那时牧场被割成了草坪,小块菜地
变得光秃秃的,枫树也只剩下
树干和树枝。四处看不见人影。
只有屋顶的烟囱继续冒着轻烟。
我爱懒洋洋地信马由缰。只是
当迎面有人来,或我那匹母马
想停步时才收缰,我知道它何时想走。
杰迈玛已在许多方面被我惯坏。
它已习惯一见到房舍就转弯,
仿佛它有某种偏腿的毛病,
也不管我去那些房舍是否有事。
它以为我好交际。我也许是那样,
不过除了吃饭时间我很少下马。
人们通常在厨房门阶前款待我,
往往是全家人出来,小孩也在内。"

"一般人会认为他们并不像你
喜欢见到他们那样喜欢见到你。"

"噢,
因为我要他们的钱?我并不想要
他们拿不出的东西。我从不催债。
我来了,他们想付就顺便付给我。
我上哪儿都不为收款,只是路过。

可惜这儿没杯子,不能让你喝一杯。
我爱就着瓶口喝——不是你的风格。
你也来一口?"

    "不,不,不,谢谢。"

"悉听尊便。那就祝你健康。——
现在我必须离开你一小会儿。
也许我不在你会睡得更安稳——
别起来——轻松点——睡个好觉。
但让我想想——我想问你什么来着?
哦,那些领子,要是我回来你没醒,
我该按什么地址寄它们呢?"

"朋友,我不要——你也许还用得着。"

"除非我变瘦,那时它们早过时了。"

"可说实在的,我有不少衬衫领。"

"我真不知我愿给的人谁会要它们。
它们只会在那儿慢慢地发黄。
但还是一句老话,要不要由你决定。
我这就熄灯。你不要等我回来,
我的夜晚才开始。你睡一会儿吧。
我回来时这样敲门并会嘟嘟两声,
这样你就知道是谁在敲门。
我最怕的就是被吓破胆的人。
我可不想让你一枪打掉我的脑袋。

我这是干吗,拎着酒瓶往外走?
好啦,你睡一会儿吧。"

         他关上了房门。
博士稍稍放平了枕头。

家庭墓地

他从楼梯下面看见了她,在她
看见他之前。她当时正要下楼,
可又回过头去看什么可怕的东西。
她迟疑地走了一步,接着又退回,
然后又踮起脚张望。他一边上楼
一边问她:"你总是站在楼上看,
究竟在看什么——我倒想知晓。"
她转过身来,随即坐在裙子上,
脸上的神情从骇然变成了木然。
"你在看什么?"他用问话稳住她,
直到爬上楼让她蜷缩在他跟前。
"这次我要弄清楚——你得告诉我,亲爱的。"
她坐在地板上,拒绝了他的搀扶,
倔强地扭开脖子,一声不吭。
她任他张望,心想他肯定看不见,
这个睁眼瞎果然好一阵啥也没看见。
但最后他终于轻轻地"哦"了两声。

"看到什么啦——什么?"她问。

　　　　　　"看到我正看到的。"

"你没有,"她质疑道,"告诉我是什么。"

"奇怪的是我没能一眼就看出来。
以前我打这儿经过时从没去注意。
我肯定是熟视无睹——定是这原因。
那块埋着我亲人的小小的墓地!
小得这窗户把它整个框在里面。
比卧室大不了多少,你说是不是?
那儿有三块灰石和一块大理石墓碑,
就在那儿,在阳光照耀的山坡上,
宽宽的小石碑,我们一直忽视了它们。
但我明白,你不是看那些旧碑,
而是在看孩子的新坟——"

　　　　　"别,别,别说了。"她嚷道。

从他扶着楼梯栏杆的手臂下
她缩回身子,悄悄下了楼梯,
并用一种恐吓的目光回头看他,
他在回过神来之前已说了两遍:
"难道男人就不能提他夭折的孩子?"

"你不能!哦,我的帽子在哪里?
唉,我用不着它!我得出去透透空气。
我真不知道男人能不能提这种事。"

"艾米!这时候别上邻居家去。

你听我说。我不会下这楼梯。"
他坐了下来,用双拳托住下巴。
"亲爱的,有件事我想问问你。"

"你不懂怎样问事。"

"那就教教我吧。"

她的回答就是伸手去抽门闩。

"我差不多是一说话就惹你生气。
我真不知如何开口才能让你高兴。
但我认为我或许能学会跟你说话。
我不能说我已知道怎样才能学会。
与女人一起生活,一个男人就得
做出点让步。我们可以商量商量,
这样我就能够管住自己的嘴巴,
不提任何你特别介意提到的事情。
不过我并不喜欢相爱的人来这一套。
不相爱的夫妻不来这套会没法生活。
但相爱的人来这一套真没法过日子。"
她稍稍抽动门闩。"别——别走。
别这个时候把心事带到邻居家去。
跟我说说吧,只要那是能说的事。
让我分担你的忧伤。我与别人
并没有什么不同,不像你站在
一边想象的那样。给我个机会吧。
不过我真认为你稍稍有点儿过火。

你作为母亲失去了第一个孩子,
但爱情还在,那到底是什么
使你这般伤心不已地想不开呢?
你总认为老想着他才算——"

"你这是在取笑我!"

      "没有,我没有!
你会叫我生气的。我下楼来跟你谈。
天哪,这种女人! 事情竟会是这样,
一个男人竟不能说起他夭折的孩子。"

"你不能,因为你不懂该怎样说。
你要有点感情该多好! 你怎么能
亲手为他挖掘那个小小的坟墓?
我都看见了,就从楼上那个窗口,
你让沙土飞扬在空中,就那样
飞呀,扬呀,然后轻轻地落下,
落回墓坑旁边那个小小的土堆。
我心想那男人是谁? 我不认识你。
当时我下了楼梯又爬上楼梯
再看一眼,你的铁铲仍然在挥舞。
然后你进屋了。我听见你粗声大气
在厨房里说话,我不知为什么,
但我来到了厨房边要亲眼看看。
你的鞋底还沾着你孩子坟头上
的新土,可你居然能坐在那儿
大谈你那些鸡毛蒜皮的事情。

你早把铁铲竖着靠在了墙上,
就在外面门厅,我都看见了。"

"天哪,你可真要让我笑掉大牙。
我要不信我倒霉那我真倒霉透了。"

"我可以重复你当时说的每一个字。
'三个有雾的早晨再加上一个雨天
就能让编得最好的白桦篱笆烂掉。'
想想吧,在那个时候说那种事情!
白桦树条要多久才会烂掉
跟家里办丧事有什么关系呢?
你可以不在乎!但亲朋好友本该
生死相随,那么叫人失望,
他们倒不如压根儿就没去墓地。
是呀,一个人一旦病入膏肓,
他就孤独了,而且死了更孤独。
亲友们装模作样地去一趟墓地,
但人没入土,他们的心早飞了,
一个个巴不得尽快回到活人堆中,
去做他们认为理所当然的事情。
可世道就这么坏。要是我能改变它
我就不这么伤心了。哦,我就不会!"

"好啦,都说出来就好受些了。
现在别走。你在哭。把门关上。
心事已经说出,干吗还想它呢?
艾米!有人顺着大路过来了!"

"你——你以为说说就完了。我得走——
离开这所房子。我怎么能让你——"

"要是——你——走!"她把门推得更开。
"你要去哪儿?先告诉我个地方。
我要跟去把你拽回来。我会的!——"

黑色小屋

那天下午我们路过那儿的时候,
偶然发现它像在一幅别致的画里,
掩映在涂有沥青的樱桃树林间,
坐落在远离大道的荒草丛中,
当时我们正在谈论的那幢小屋,
那幢正面只有一门二窗的小屋
刚被阵雨冲过,黑漆光洁柔和。
我们——牧师和我——停下来看。
牧师径直上前,仿佛要去摸摸它,
或是要去拂开那些遮住它的枝叶。
"真美,"他说,"来吧,没人会在意。"
通往屋子的小路几乎隐没在草中,
我俩循路来到遭风雨侵蚀的窗前。
我们把脸贴近窗口。"你看,"他说,
"一切都和她生前一样原封未动。
她的儿子们不愿卖掉这房子或家具。
他们说想回这曾度过童年的地方
过夏天。他们今年还没回来。
他们住得很远——有一个在西部——

所以要他们履行诺言其实也很难。
但至少他们不会让这地方被搅乱。"
一张马尾衬躺椅伸着其雕花扶手,
躺椅上方的墙头有一幅炭笔肖像,
肖像是据一帧银板法老照片绘成。
"画上就是那父亲出征前的模样。
每当她谈起那场迟早都要爆发的
战争①,她总会在肖像前半跪下,
靠着那张有纽扣装饰的马尾衬躺椅,
不过我说不准,在这么多年之后,
那并不逼真的肖像是否还有力量
在她的心灵深处激起什么感情。
他死在葛底斯堡或弗雷德里克斯堡,
我应该知道——这毕竟是两码事,
弗雷德里克斯堡当然不是葛底斯堡。②
但现在我要说的是这样一幢小屋
怎么会一直都显得早已被人遗弃;
因为她永远离去,可在那之前——
我并非完全是说被离它而去的
那些人遗弃(先是那位父亲,
然后是两个儿子,直到她独守空屋。
她无论如何也不肯跟随儿子离去。
但她尊重这种深思熟虑的弃置,
而她费了些口舌时间才说服他们。)
我意思是说被打这儿路过的世人——

---

① 指美国的南北战争(1861—1865)。
② 弗雷德里克斯堡和葛底斯堡均是南北战争中的著名战场。前者是弗吉尼亚州东北部一城市,1862年12月南军在此重创北军;后者是宾夕法尼亚州南部一小镇,1863年7月北军在此大败南军并一举扭转战局。

譬如今天下午我俩就差点把它漏过。
它在我看来永远都是一个标志，
可量出五十年把我们带走了多远。
干吗不坐下来，如果你不忙的话？
这些门阶已很少有客人来光顾。
要是没人来踩踏，使它们保持位置，
这些变形的木板会使钉子自行脱落。
她凡事都有主见，我说那老太太。
而且她喜欢聊天。她见过加里森①
和惠蒂埃②，而且对他们自有说法。
一个人要不了多久就可以了解到
她认为那场内战还有别的什么目的，
战争不仅仅是为了保持国家统一
或解放奴隶，尽管这两者都实现了。
她从不相信那两个目的就足以
使她完全献出她献出了的一切。
她的奉献多少触及了那个基本信念：
所有的人都生而自由并平等。
你听听她那些奇谈怪论——那些
与今人对那些事的看法相左的言论。
这就是杰斐逊那句话的费解之处。
他想说什么呢？最简单的理解
当然就是认定那压根儿不是真话。
可能真是如此。我听人这么说过。

---

① 威廉·L.加里森(1805—1879)，美国废奴主义者，在南北战争中支持林肯的《废奴宣言》。
② 约翰·G.惠蒂埃(1807—1892)，美国诗人，废奴主义者，著有诗集《自由之声》和《劳工之歌》等。

但不用担心,那威尔士人①播下的
信念将会使我们烦恼上一千年。
每一代人都得把它重新审视一番。
你没法告诉她西部人在说些什么,
或南方人对她的看法持什么观点。
她有某种听话的诀窍,但从来
不听这个世界最新的观点意见。
白种人是她熟悉的唯一人种,
她很少见过黑人,黄种人从没见过。
可那同一双手用同一种材料
怎么可能把人造得这么不一样
她曾一直认为是战争决定了这点。
对这样一个人你有什么办法呢?
奇怪的是这种无知如今却大行其道。
如果有朝一日这世界上由武力
占上风,我也不会为此感到惊奇。
你知道吗,要不是因为她的缘故,
我有段时间会稍稍改动信经措辞
去迎合教堂里那些年轻的信徒,
更准确地说,去迎合我们今天都
不得不想到的教堂里的非教徒?
这并不是因为她曾要求我不改,
事情还没到那地步;但只要想到
教堂会众中她那顶抖动的旧帽子
和她那半睡的模样,我就没法改了。

---

① "人生而平等"之基本信念见于北美十三州第二次大陆会议于 1776 年 7 月 4 日通过的《独立宣言》。杰斐逊在其自传中说,根据他的家族传统,他的祖先是从威尔士来美洲的。

唉,我可能会把她惊醒,吓她一跳,
因为要改的那句话是'降入冥府',①
而这对我们自由的青年显得太异端。②
你知道这句话曾受到普遍的攻击。
可要是这句话不真实,为什么老是
说它像异教信仰？我们可以删掉它。③
只是——教堂会众中有那顶女帽。
这样一个措辞也许对她意义不大。
可假设她没听到信经中这个措辞
会像孩子没听到大人说晚安那样
伤心地入睡——我会作何感想呢？
我现在真高兴她使我没作改动,
因为,啊,为什么要抛弃一个信仰,
仅仅因为它不再显得真实？
只要持久地坚信,毫不怀疑,
它又会变真实,因为事情就是这样。
我们以为亲眼目睹的生活中的变化
大多都因为世人对真理时信时疑。
当我坐在这儿的时候,我常希望
我能成为一片荒凉土地的主宰,
我能将那片土地永远奉献给
那些我们可以不断回归的真理。
那土地必须荒凉贫瘠,必须
被夏天峰顶也有雪的山脉围绕,

---

① "信经"指《使徒信经》,其中"阴间"一词有的版本作"冥府"。
② 《使徒信经》有言道:"……耶稣被钉于十字架,死去,被埋,降入冥府,三天后复活,升入天堂……"冥府一词见于希腊神话,会使人联想到多神教。
③ 《尼西亚信经》中就删去了"他降入阴间"一句。

这样就没人觊觎,或认为它值得
花力气去征服并迫使它改变。
那儿应有零星的供人住的绿洲,
但大部分是柽柳轻轻搂住的沙丘,
在安闲中一再忘却自己的沙丘。
在初降的露水中,沙粒应使
诞生于荒漠的婴儿可爱,沙暴
应把我畏缩的旅行队阻在半路——
这墙里有蜂。"他敲了敲护墙板,
好斗的蜂探头探脑,转动小小身躯。
我俩起身离去。晚霞在窗上燃烧。

蓝 浆 果

"你早该见过我今天在路上看见的,
就在穿过帕特森牧场去村里的路上;
一粒粒蓝浆果有你的拇指头那么大,
真正的天蓝,沉甸甸的,就好像
随时准备掉进第一个采果人的桶中!
所有的果子都熟透了,不是一些青
而另一些熟透! 这你早该见过了!"

"我不知你在说牧场上哪个地方。"

"你知道他们砍掉树林的那个地方——
让我想想——那是不是两年前的事——
不可能超过两年——接下来的秋天

除了那道墙一切都被大火烧得精光。"

"嗨,这么短时间灌木丛还长不起来。
不过那种蓝浆果倒总是见风就长;
凡是在有松树投下阴影的地方,
你也许连它们的影子也见不到一个,
但要是没有松树,你就是放把火
烧掉整个牧场,直到一丛蕨草
一片草叶也不留,更不用说树枝,
可眨眼工夫,它们又长得密密茂茂,
就像魔术师变戏法叫人难以猜透。"

"它们结果时肯定吸收了木炭的养料。
我有时尝出它们有一股炭烟的味道。
说到底它们的表面实际上是乌黑色,
蓝色不过是风吹上去的一层薄雾,
你只要伸手一碰蓝光就无影无踪,
还不如摘果人晒红的脸可保持几天。"

"你认为帕特森知道他地里有浆果吗?"

"也许吧,可他不在乎,就让红眼雀
帮他采摘——你了解帕特森的为人。
他不会用他拥有那片牧场的事实
作为把我们这些外人赶开的理由。"

"我真惊讶你没看见洛伦在附近。"

"可笑的是我看见了。你听我说,
当时我正穿过牧场藏不住的浆果丛,
然后翻过那道石墙,走上大道,
这时他正好赶着辆马车从那儿经过,
车上是他家那群叽叽喳喳的孩子,
不过当父亲的洛伦是在车下赶车。"

"那么他看见你了?他都做了什么?
　　他皱眉头了吗?"

"他只是不停地冲我点头哈腰。
你知道他碰上熟人时有多么客气。
但他想到了一件大事——我能看出——
实际上他的眼神暴露了他的心思:
'我想我真该责备自己把这些浆果
留在这儿太久,怕都熟过头了。'"

"他比我认识的好多人都更节俭。"

"他似乎很节俭;可难道没必要,
有那么多张小洛伦的嘴巴要喂?
别人说那群孩子是他用浆果喂大的,
就像喂鸟。他家总会储存许多浆果,
一年到头都吃那玩意儿,吃不完的
他们就拿到商店卖钱好买鞋穿。"

"谁在乎别人说啥?那是种生活方式,
只索取大自然愿意给予的东西,

不用犁杖钉耙去强迫大自然给予。"

"我真希望你也看见他不停地哈腰
和那些孩子的表情!谁也没掉头,
全都显得那么着急又那么一本正经。"

"我要懂得他们懂得的一半就好了,
他们知道野浆果都长在什么地方,
比如蔓越莓生在沼泽,树莓则长在
有卵石的山顶,而且知道何时去采。
有一天我遇见他们,每人把一朵花
插在各自提的鲜灵灵的浆果中;
他们说那种奇怪的浆果还没有名字。"

"我告诉过你我们刚搬来的时候,
我曾差点让可怜的洛伦乐不可支,
当时我偏偏就跑到了他家门前,
问他知不知道有什么野果子可摘。
那个骗子,他说要是他知道的话
会乐意告诉我。但那年年景不好,
原本有些浆果树——可全都死了。
他不说那些浆果原本长在哪儿。
'我肯定——我肯定——'他无比客气。
他对屋里的妻子说:'让我想想,
当妈的,我们不知道何处能采果子?'
他当时能做到的就是没有露出笑脸。"

"要是他以为野果子都是为他长的,

那他将发现自己想错了。听我说，
咱俩今年就去摘帕特森牧场的浆果。
我们一大早就去，如果天气晴朗，
出太阳的话，不然衣服会被弄湿。
好久没去采浆果，我几乎都忘了
过去咱俩常干这事；我们总是先
四下张望，然后像精灵一般消失，
谁也看不见谁，也听不到声音，
除非当你说我正使得一只小鸟
不敢回巢，而我说那应该怪你。
'好吧，反正是我俩中的一个。'小鸟
围着我打转抱怨。然后一时间
我们埋头摘果，直到我担心你走散，
我以为把你弄丢了，于是扯开嗓门
大喊，想让远处的你听见，可结果
你就站在我身边，因为你回答时
声音低得像是在闲聊。还记得吗？"

"我们可能享受不到那地方的乐趣，
不大可能，如果洛伦家孩子在那里。
他们明天会去那儿，甚至今晚就去。
他们会很礼貌——但不会很友好——
因为他们认为在他们采果子的地方
别人就没有权利去采。但那没啥。
你早该看见了它们在雨中的模样，
层层绿叶间果子和水珠交相辉映，
小偷若看花眼会以为是两种宝石。"

诗 歌

仆人们的仆人①

我先前没让你知道我有多高兴,
真高兴你把帐篷搭在我家农场边。
我曾打算哪天去你那儿看看,
看你怎样过日子,但说不准哪天!
有一屋子饿着肚子的男人要喂,
我想你会发现……我似乎觉得
我不能表露自己的感情,就像
我不能提高嗓门或不想抬手一样
(哦,我不得不抬手时也能抬起)
你有过这种感觉吗?但愿你没有。
有时候我甚至没法清楚地知道
我是高兴还是难过,或别的感受。
心里只剩下一种像声音的东西,
它似乎要告诉我该怎样去感觉,
而要是我不完全犯病也会感觉。
就说这个湖吧,我朝它看呀看呀。
我看出它是一片明净可爱的水。
我可以站起来使自己大声说出
它所有的优点,那么长那么窄,
就像一条流淌的大河被砍去了
一头一尾。它足足有五英里长,
从我洗碗的那个水槽前的窗口,

---

① 语出《旧约·创世记》第 9 章第 25 节:"迦南必遭诅咒,必成为他兄弟家仆人们的仆人。"

一直向前伸进那座大山的峡谷,
这儿的风暴都从湖面扑向这房子,
风会把缓缓的波浪吹得越来越白。
它曾使我忘掉炸面圈和苏打饼,
在一个阳光明媚的早晨走到屋外
去抓耀眼的水,或当一场风暴
气势汹汹地从龙穴那边逼过来,
一阵寒气掠过湖面,我会去抓
绕在我身边并钻过我衣服的风。
我看出它是一片明净可爱的水,
我们的威洛比①!你是怎么知道的?
不过我猜想人人都会知道它。
从一本写蕨菜的书?它没写错!
你多像候鸟有规律地去去来来,
来这儿小住。你喜欢这个湖吗?
我看得出你喜欢。但我就说不准!
要是有更多的人来情况就不同了,
因为那样这儿就会有更多的活干。
莱恩照旧会建些小屋,我们有时出租,
有时则不。我们有片好湖滩,
它应该有点价值,而且也可能。
但我不像莱恩抱那么大希望。
他凡事都只看到好的一面,
看我也是。他认为我吃点药
就会好起来。但我需要的不是药——
敢说这话的大夫只有洛厄——

---

① 威洛比湖位于美国佛蒙特州北部奥尔良县境内,湖面长 6 英里,最宽处 2 英里,是著名的避暑胜地。

我需要的是休息——你看我都说了——
我不想再为空肚的雇工们做饭,
不想再洗他们的盘子——不想再做
那些似乎永远都做不完的杂事。
按理说,我不该有这么多事
压在肩上,但看来没有别的办法。
莱恩说要稳步发展更应该这么干。
他说最好的出路都是走出来的。
我赞成他的说法,要不然我自己
就只能看到走路而看不到出路——
这至少是为我——而且他们会相信。
莱恩也不是不想让我过得好些。
这都是因为他把家搬到湖边的计划,
从那天我指给你看过的那个地方,
那个去哪儿都得走上十英里的地方。
我们搬家并不是没有付出些代价,
但莱恩立即着手要弥补损失。
他干的当然是男人的活,起早贪黑,
可他干起活来和我一样拼命——
虽说这种比较没多少好处,
(可男人女人仍然会进行比较。)
莱恩不光干活儿,他揽事太多。
镇上的事他样样都插手。今年
是修路的事,他为太多的帮工
提供食宿,这就造成浪费。
他们不知羞耻地占他的便宜,
而且还因此暗中扬扬得意。
我们家住了四个,全都一无是处,

只知道摊手摊腿地在厨房里闲聊,
等我替他们煎肉。他们啥也不在乎!
即使我压根儿就不在屋里,
他们的言行也不能更令人难堪。
他们总是一拨一拨来来去去,
我不知他们姓甚名谁,更不知
他们的品行,也不知让他们住进
这四门不锁的房子是否可靠。
不过我并不怕他们,只要他们
不怕我。有两个人能装出不怕。
我爱胡思乱想,这是家族遗传。
我父亲的兄弟不对劲,他们把他
关了许多年,在原来那座农场上。
我离开过家——是的,离开过家,
去州立精神病院。我当时很反感,
我就不会把家里人送到那种地方。
你知道那个老观念——疯人院
就是贫民院,那些家里有钱的人
宁愿把病人留在家里也不肯往
那儿送;那显得更有人情味。
但事实并非如此,那是精神病院,
那儿有各种适当的治疗措施,
而且你不会搅乱家里人的生活——
你犯病时对他们更糟,而他们
也没法帮你;你不可能了解
在那种状态时的意向和需要。
过去对疯子的办法我已听得太多。
我父亲的兄弟很年轻时就疯了。

有人认为他曾经被一条狗咬过,
因为他发疯时就像一条狗,
会用嘴叼着他的枕头跑来跑去;
但更有可能他发疯是因为失恋,
据说是这样的。是为某个姑娘。
总之他满口说的都是爱情。
他们很快就看出若不严加管束,
他就可能对其他人造成伤害,
结果父亲用桃木替他做了个笼子,
或者说在房间里又建了个房间,
像牛棚的隔栏,从地板到屋顶——
四周只剩下一条窄窄的走道。
放进去的家具都被他砸成了碎片,
连给他睡觉的一张床也没能幸免。
于是他们像铺牲口棚一样在那儿
铺上干草,以安慰他们的良心。
他们不得不允许他吃饭不用盘子。
他们设法让他穿衣,但他把衣服
缠在胳膊上炫耀——所有的衣服。
听起来真惨。我想他们也尽力了。
而就在他疯得最厉害的时候,
父亲娶了母亲,新娘子母亲来了
来帮着照料这样一个小叔子,
来让她年轻的生命适应他的。
那就是她嫁给父亲的意义。
夜里她不得不躺在床上听他
用可怕的声音大叫大嚷爱情。
他叫呀叫呀,用号叫来消耗精力,

直到他精疲力竭声音才慢慢消失。
他常常像拉弓一样拉笼子的木条,
直到它们像弓弦那样嘣一声滑脱,
他的手把木条磨得像牛轭般光滑。
后来他爱学鸡叫,仿佛他觉得
那种小孩玩的把戏是他唯一的乐趣。
不过我听说他们设法止住了他啼叫。
他死在我出世之前,我没见过他,
但那个木笼子仍然和过去一样,
仍然在厢房楼上那个房间里,
像阁楼一样堆满了杂乱的东西。
我常常想到那些被磨光的桃木条。
我甚至曾常说——你知道这有点傻——
"该是轮到我进楼上牢笼的时候了"——
正如你所想,后来竟说成了习惯。
怪不得我很高兴搬离那个地方。
但听我说,我是等莱恩提出搬的。
我不想事情万一出错怪到我头上。
不过我们搬走时我高兴得要死,
而且也显得快活,如我所说,
我快活了一阵子——但现在难说了。
不知咋的,变化像药方一样失效。
我需要的不仅仅是窗前的风景
和住在湖边。这已帮不了我的忙——
除非莱恩想到这点,但他想不到,
而我又不会求他——太没把握了。
我想我不得不忍受现在这种生活,
别人都得忍受,干吗我不能忍呢?
我差点儿想我是否能像你一样,

丢开一切到外面去过一阵子——
但天也许会黑,我不喜欢夜晚,
或下场霖雨。我很快就会受不了,
就会高兴头顶上有个坚实的屋顶。
最近有几夜我睡不着,老想到你,
我敢说比你想到自己的时候还多。
奇怪的是当你睡在床上的时候,
你头顶上的帐篷竟没被风刮走。
我从来都没有勇气去冒那种风险。
上帝保佑你,当然,你在耽误我干活,
但重要的是我需要有点儿耽误。
要干的活够多的——永远都干不完;
耽搁就耽搁吧。你所能做的错事
也就是让我稍稍多耽搁一点儿。
反正在这世上我永远也赶不上趟。
我真不想让你走,除非你非走不可。

摘苹果之后

我高高的双角梯穿过一棵树
静静地伸向天空,
一只没装满的木桶
在梯子旁边,或许有两三个
没摘到的苹果还留在枝头。
但我现在已经干完了这活。
冬日睡眠的精华弥漫在夜空,
苹果的气味使我昏昏欲睡。

抹不去眼前那幅奇特的景象：
今晨我从水槽揭起一层薄冰
举到眼前对着枯草的世界
透过玻璃般的冰我见过那景象。
冰化了，我让它坠地摔碎。
但在它坠地之前
我早已在睡眠之中，
而且我能说出
我就要进入什么样的梦境。
被放大了的苹果忽现忽隐，
其柄端、萼端
和每片锈斑都清晰可辨。
我拱起的脚背不仅还在疼痛，
而且还在承受梯子横掌的顶压。
我会感到梯子随压弯的树枝晃动。
我会继续听到从地窖传来
一堆堆苹果滚进去的
轰隆隆的声音。
因为我已经采摘了太多的
苹果，我已非常厌倦
我曾期望的丰收。
成千上万的苹果需要伸手去摘，
需要轻轻拿，轻轻放，不能掉地。
因为所有
掉在地上的苹果
即使没碰坏，也未被残茬戳伤，
也都得送去榨果汁儿，
仿佛一钱不值。

谁都能看出什么会来打扰我睡觉
不管这是什么样的睡觉。
要是土拨鼠还没离去，
听到我描述这睡觉的过程，
它就能说出这到底是像它的冬眠
还是只像某些人的睡眠。

规　矩

三个人在小河边的草场上干活，
把摊晒的干草收拢，垛成草堆，
他们不时抬眼去看西边的天色，
西天有一团镶有金边的不规则的
乌云在移动，而在乌云中央
始终横着一柄闪亮的匕首。忽然
一名雇工把干草杈往地上一扔，
转身朝家里走去。另一名则没动。
那位城里长大的牧场主大惑不解。

"出什么事啦？"

　　　　　　　　"你刚才说的话。"

"我刚才说什么来着？"

　　　　　　　　"说我们得使把劲。"

"使劲儿堆草?——因为天快下雨?
我说这话至少是在半小时以前。
我那么说也是在为我自己加劲儿。"

"你不懂行。但詹姆斯也是个傻蛋。
他以为你在暗示说他干活不卖力。
一般主人喊加油干都有那种意思。
当然,詹姆斯得把话嚼上半天
才会做出反应;他已经嚼出那味。"

"他要那样理解,那他真是个傻瓜。"

"别为这事心烦。你已学到点东西。
对懂行的雇工有两个要求莫提——
一是叫干得快点,二是叫干得好些。
我和其他好把式一样也难侍候,
但我很可能照样对你尽心尽力,
因为我知道你并不懂我们的规矩。
你只是想到什么就说什么,甚至
说出我们想的,可你并没有暗示。
我给你讲一件曾经发生过的事情,
那时我就在这北边的塞勒姆镇区①
和四五个雇工一道替一户人家收草,
那家人姓桑德斯。谁也不喜欢那老板。
他长得活像是蜘蛛的某个变种,
四条胳膊腿儿又细又长又弯,

---

① 塞勒姆镇区在新罕布什尔州罗金厄姆县境内。

有驼背的躯干却胖得像个烤圆饼。
但说到干活,那家伙可真拼命,
尤其是在他拼命也能让雇工跟着
拼命的时候。我现在也不想否认
他对自己很苛刻。我发现他自己
从来就没有固定的作息时间。
太阳光和灯光对他都是一回事,
我曾听见他整夜都在谷仓里干活。
可他就是喜欢催他的雇工加劲儿。
对那些带不动的人他就紧逼紧催——
你知道在割草时可以来这一手——
镰刀紧跟着他们的脚后跟,威胁
  要把他们的双腿割掉。
我一直很留神他那套挤压把戏
(我们管那叫挤压)并一直防着他。
所以当有次收草时他要我做搭档,
我就暗想得留心别招什么麻烦。
我装好一大车干草并捆压结实,
老桑德斯耙去浮草,说了声'好嘞!'
直到我们进入谷仓一切都很顺利,
只等把干草卸进堆草的隔仓。
你知道虽说堆草又慢又费劲儿,
可卸草却是再轻松不过的事情,
卸车人只消站在车上往下扔草,
一车草要不了多会儿就可卸光。
你该不会认为干这种轻松活儿
也需要大声敦促,你说是吧?
可当时那个老傻瓜双手紧握草杈,

从堆草坑里抬起满脸胡须的脸,
像个军官似的吼道:'让他妈的来吧!'
我心想你真要他妈来?我没听错吧?
于是我大声问:'你刚才嚷什么来着?
你说让他妈来?''对,让他妈的来吧。'
他又说了一遍,但声音温和了一些。
你就绝不会对雇工说这种脏话,
自重的人都不会说。老天做证,当时
我真恨不得把他和他的臭嘴一同除掉。
那车草是我装的,我知道怎样卸。
我先试着轻轻叉出两三捆草,好像
在考虑从何下手,然后我一叉到底
把整车干草朝他头上倾卸下去。
透过腾起的灰尘我朝下瞥了一眼,
只见他像个溺水者仰着头在挣扎,
像一只被夹住的老鼠大声尖叫。
'他妈的,'我说,'你这是活该!'
随即他就没了影子也没了叫声。
我弄干净草架便赶车出仓去消气。
我坐下来一边拭去脖子上的草籽
一边等着有人来问我出了什么事,
这时有人高声问:'那老家伙在哪儿?'
'我把他埋在谷仓里的干草堆下了。
你们要找他,可以去把他挖出来。'
见我拭脖子上的草籽,他们意识到
肯定发生了什么不该发生的事情。
他们跑向谷仓,我则待在原地。
后来他们告诉我,他们把草坑里

的干草叉了一大半出来。不见人影！
他们仔细倾听，也未闻丝毫动静。
我猜他们以为我刺穿了他的脑袋，
不然我不可能把他埋在干草下面。
他们继续挖掘。'别让他妻子来谷仓。'
去拦他妻子的人朝一扇窗户里看，
真他妈的，他居然已在厨房里，
瘫在一把椅子上，双脚靠着火炉，
尽管那是那年夏季最热的一天。
从背后也能看出他气急败坏，
所以没人敢进去惊动他，甚至
不敢让他察觉有人在背后看他。
显而易见，我没能把他埋掉
（我也许只把他撞倒了）但是
我想埋他的企图伤了他的面子。
他径直回到了屋里，以免碰上我。
那天下午他一直远远躲着我们。
我们继续为他收草。晚些时候
我们看见他到菜园里去摘豌豆，
因为他老闲不住，总要找点事做。"

"发现他没死你该松了口气吧？"

"对！可也说不准——这很难说。
我当时的确是恨不得要他的命。"

"你来了这么狠一手。他辞了你吗？"

"辞我？不！他知道我是按规矩行事。"

世世代代

既然所有要来新罕布什尔
寻祖觅宗的人有可能一起来，
所以这次便宣布了一位主管人。
于是姓斯塔克的都聚集在鲍镇①——
一个农业已衰退、遍布岩石的镇区，
一片斧子已过时、只剩萌芽林的土地。
有人曾实实在在地住在这土中，
在小路旁一个古老的地窑洞里，
那儿就是斯塔克家族的发源地。
他们从那儿繁衍成许多分支，
以至于现在镇上留下的所有房屋
怎么安排也不够让他们避风躲雨，
只好在树林和果园中搭起些帐篷。
他们聚集在鲍镇，但这还不够，
他们还必须在规定的一天，聚集到
那个使他们来到世上的地窖边缘，
努力去追根溯本，探究过去，
从中获得某种不平凡的东西。
但雨毁了一切。那天开始就不顺，
乌云低垂，不时有点蒙蒙细雨。
那些年轻人都互相抱有一点希望，

---

① 鲍镇在新罕布什尔州梅里马克县境内。

直到日近中午暴风骤起,吹得草
沙沙作响。"即使其他人在那儿又
有啥关系,"他们说,"这天不会下雨。"
只有一个从附近农场来的青年
信步去那儿,但只是去闲逛,
他并没指望会见到其他任何人。
一人,两人,对,那儿有两人。
沿着弯弯山路走来的第二位
是个姑娘。她在远处停下脚步
观察了一阵,然后拿定主意
至少应走过去看看那人是谁,
而且说不定还能听他说说这天气。
那人是某个她不认识的斯塔克。
"今天没有聚会。"他点头道。

       "看来是没有。"
她扫视了一眼天空,忽然转身。
"我只是来闲逛。"

       "我也是来闲逛。"

考虑到这同一世系的成员互不相识,
有人早就为此做好了必要的准备,
某位热心者精心设计了一份家谱——
一种像护照般的卡片,卡片上
详细记载了持有人所属的分支。
她猛然伸手去摸她上衣的胸襟,
像要掏心似的。他俩同时笑了。

"斯塔克?"他问,"卡片无关紧要。"

"对,斯塔克。你呢?"

"我也姓斯塔克。"他掏出卡片。

"你知道我们或许不是或仍然是亲戚;
这镇上许多人姓蔡斯、洛厄和贝利,
全都声称具有斯塔克家族的血缘。
我母亲家姓莱恩,但她也许可以嫁给
任何一个男人,而她的孩子
依然属于斯塔克家族,今天无疑
　　也可以来到这里。

"你说起家世就像在打哑谜,
活像薇奥拉①,叫人听不明白。"

"我只是想说在几代人之前,
我母亲家也姓斯塔克,她嫁给父亲
只是让我们恢复了斯塔克这个姓。"

"一番如此清楚的家世陈述
不该让一个人觉得不得要领,
但我承认你说的使我脑袋发昏。
这是我的卡片——看来你熟悉家谱——

---

① 在莎士比亚的《第十二夜》第1幕第5场第278—280行中,化装成侍童的薇奥拉被奥丽维娅问及家世,她回答说:"比我眼下的地位高,可我眼下的地位也不低。我是一名绅士。"

看看你能否算出我俩的亲缘关系。
干吗不在这地窖墙头坐上一会儿,
让双脚悬荡在那些山莓藤中间?"

"在家谱的庇护之下。"

"正是如此——那应是充分的保护。"

"可保不住不淋雨——我看就要下雨。"

"正在下雨。"

"不,正在下雾;请公正一些。
你觉得雨会使眼睛失去热情吗?"

那个地窖周围的环境是这样的:
小路弯弯曲曲通向半山腰,
然后在不远处终止,消失。
没人会从那条路回家来。他俩
身后唯一的房舍是一片废墟。
废墟下方有条树丛遮掩的小河,
小河的流水声对那地方是种寂静。
他聆听着水声直到她开始推算。

"从父亲一方来看,似乎我俩是——
　　让我想想——"

"别太抠字眼——你有三张卡片。"

"四张,你一张,我三张,
每张都记载了一个我属于其中的家族分支。"

"你可知道,如此攀附自己的家世,
你会被人认为是疯子。"

　　　　　"我也许是个疯子。"

"你看上去也是,这样坐在雨中
同你从未见过的我一道研究家谱。
具有祖先如此过分的骄傲,我们,
我们新英格兰人会有什么结果呢?
我想我们都疯了。请你告诉我
我们为何被拉进这镇子来到这洞边,
就像暴风雨之前野鹅聚集在湖面?
我真想知道从这个洞里会看见什么。"

"印第安人有个芝加莫茨托神话,
芝加莫茨托意为人诞生的七个洞穴。
我们斯塔克人就是从这个洞出来的。"

"你真有学问。这是你从洞里看见的?"

"那你会看见什么呢?"

　　　　"是呀,我会看见什么呢?
先让我瞧瞧。我会看见山莓藤——"

"哦,要是你只想用眼睛看,那就
先听听我看见什么。那是个小男孩,
朦朦胧胧就像是阳光下的火柴光;
他正摸索着在地窖里找果酱,
他以为洞里很黑,其实充满了阳光。"

"他算啥!听我说,我这么一斜
就能清楚地看见老祖父斯塔克——
嘴里叼着烟斗,还有他的水罐——
噢,哎呀,那不是老祖父,是老祖母,
但仍有烟斗、烟雾和那个水罐。
她在找苹果汁,那个老太婆,她渴了;
但愿她找到喝的并平平安安地出来。"

"跟我讲讲她。她长得像我吗?"

"她应该像,不是吗?你从那么多
家族分支中继承有她的血缘。我认为
她的确像你。请保持你的姿势。
鼻子简直一模一样,下巴也相同——
考虑到应该考虑的客观情况。"

"你可怜的亲爱的曾曾曾曾祖母!"

"注意说对她的辈分。别让她掉辈儿。"

"是呀,这很重要,可你并不这样想。
我不是好戏弄的。但看我淋得多湿。"

"对,你得走;我们不能老待在这儿。
但等我帮你一个忙再走。
头发上多少挂点银色的水珠
不会有损于你夏天的容貌。
我很想利用空谷间那条小河
哗哗的流水声做一点实验。
我们已见过幻象,现在来听其声音。
我小时候坐火车时肯定得到过某种启示。
过去我习惯利用轰鸣声
使那些声音清晰地说出启示,
说出,唱出,或是用音乐奏出。
或许你也具有我所说的这种本领。
可我从没在河水的喧嚣声中倾听过,
而这条小河又流得如此湍急。
它应该给出更明确的启示。"

"这就像你把一个图案映在纱窗上,
图案的意思全凭你自己去想象;
那些声音会给你你希望听到的。"

"真奇怪,它们想给你的是任何东西。"

"这我就不知道了。那肯定够奇怪
我真怀疑这是不是你的虚构。
你觉得你今天可能会听见什么呢?"

"根据我俩一直在一起的感觉——
可干吗要说我可能会听见的呢?

我可以告诉你那些声音真说了什么。
你最好还是在原来的位置稍稍
多坐一会儿。我不能感到匆促,
不然我就没法用心去听那些声音。"

"你是要进入某种催眠状态?"

"你得非常安静,千万别说话。"

"我会屏住呼吸。"

    "那些声音似乎说——"

"我在洗耳恭听。"

   "别说话!那些声音似乎说:
管她叫瑙西卡娅,那个敢于冒险、
不怕与生人结识的瑙西卡娅。"①

"我允许你这么说吧——经过考虑。"

"我看不出你怎么能不允许我说。
你想听真话。我只是重复那些声音。
你明白它们知道我不知你的名字,
不过在我俩之间名字有什么要紧——"

---

① 据荷马史诗《奥德赛》第6卷记述,菲埃克斯公主瑙西卡娅和侍女们在河口偶遇沉船脱险后赤身裸体的奥德修斯,侍女们四散惊走,瑙西卡娅却对他以朋友相待,领他去见她父亲,后来她父亲派船把奥德修斯送回了伊塔刻岛。

"我应该怀疑——"

     "请别作声。那些声音说：
管她叫璐西卡娅,并取一块木料,
你会发现它躺在烧焦的地窖里
那些山莓丛间,然后将它劈成
在这古老的宅基上修建的新屋
的门槛,或劈成新屋的其他部件。
生命还没有从这古宅完全消失。
你可以来把它作为你夏天的住所,
可能她也会来,仍然无所畏惧,
会在敞开的门口坐在你跟前,
怀里捧着鲜花,直到花儿枯萎,
但她不会跨过那道神圣的门槛——"

"我真纳闷你的神谕想说什么。
你看得出这个神谕有点破绽,
或者说它应该讲方言。它到底想
假充谁的声音？想必不是老祖父,
也不是老祖母。请想到他们吧。
在这儿最该听到的是他们的声音。"

"你好像特别偏爱我们的老祖母
(已过了九代。我说错了请纠正)
她说的任何话都有可能被你
当作神谕。但让我提醒你,
她那个时代的人听到的都是大白话。
你认为此时你应该吸引她回来？"

"引不引她来总是取决于我们。"

"那好,这下是老祖母在说话:
'我说不好!也许我这么说不对。
不过今天的族人与过去的不大相同,
他们绝不会按我的思维方式想问题。
虽说老祖宗不该过分地影响后代,
但今天贪图舒适的人也太多了一些。
要是我能多见到些能使他们的生活
有点艰辛的风险,我会感到轻松些。
孩子,照我的话去做!取那块木料——
它同它当初被伐倒时一样结实——
重新开始——'好啦,她该在此打住。
不过你看得出是什么使老祖母苦恼。
你难道不觉得我们有时过分看重
这古老的血缘?可重要的是其理想,
那些理想可以使一些人继续努力。"

"我看得出我们就要成为好朋友。"

"我喜欢你说'就要'。你先前说过
天就要下雨。"

"我知道,当时正在下雨。
我允许你这么说。但我现在得走了。"

"你允许我这么说?经过考虑?
在这种情况下我们怎么会说再见呢?"

"我们怎么会?"

"你愿意把路留给我吗?"

"不,我不相信你的眼睛。你已说够了。
现在帮我那个忙吧——替我摘那朵花。"

"我们下次见面该在哪儿?"

"在去别处相会之前,
我们得在这儿再见上一面。"

"在雨中?"

"应该在雨中。雨中的某个时候。
在明天的雨中,好吗,如果天下雨?
但非要再见,阳光下也行。"她说着离去。

当 家 人

我不请自入地进了那道厨房门。

"是你,"她说,"我起不来。原谅我
没应你敲门。我再也不能请人进屋,
就像我再也不能不让人进屋一样。
我快老得不中用了,我告诉他们。
我现在还能活动的大概只有手指,

所以得找点乐趣。我能做针线活,
帮人家镶这种珠边凑合着还行。"

"你镶边的这双软底鞋可真漂亮。
它们是谁的?"

  "你是说——哦,某个小姐的。
我可没法把别人家的女儿了解清楚。
啊,要是我能想象出都是谁会穿着
我装饰过的鞋去跳舞,那该有多好!"

    "约翰在哪儿?"

"你没见到他?这可真怪,他上
你家去找你,你却来他家找他。
按理你们不可能错过。我知道了,
他肯定改变主意去了加兰家。
他不会去得太久。你可以等等。
不过你或任何人还能起啥作用呢——
太晚了。你可听说埃丝特尔已走了。"

"听说了,到底咋回事?她几时走的?"

"走了两星期了。"

    "看来她真铁了心。"

"我肯定她不会回来。她藏在某个地方。

101

我不知道在哪儿。约翰以为我知道。
他以为只消我发个话她就会回来。
可是,哎哟,我虽然是她母亲——
却没法跟她说话,哦,但愿我能!"

"这下约翰会够难的。他会怎么办呢?
他不可能找到任何可替代她的女人。"

"哦,你要问我这个,他会怎么办呢?
他会只吃烘饼,而且三餐并一餐,
他会坐下来让我告诉他每一件事:
需要什么,要多少,问题所在。
可等我一走——我当然不能留这儿,
埃丝特尔一安顿好就会来接我。
约翰和我只会是彼此的累赘。
不过我告诉他们不能赶我出门,
因为我一直都是这个家的一部分。
我们在这儿已十五年了。"

        "在一起
生活了这么久,现在却要拆散。
你看你们走了他怎样过日子呢?
你们俩一走,就只剩一座空屋了。"

"我看他也过不了几年日子,
这儿除了家具就再没别的东西。
我们走后我可不愿再想起这破地方,
不愿想起从庭院旁边流过的小溪,

不愿想起只有几只鸡的空空庭院。
他要早卖了这地方该有多好,可现在
　　　他想卖也卖不掉了,
因为没有人愿意在这儿过日子。
这儿已破败不堪,已到了末日。
我想他要做的就是让这一切完蛋。
他将靠咒骂度日。他这个坏种!
我从没见过,一个男人让家庭纠纷
如此影响他应该处理的事务。
他一切都撒手不管,简直像个孩子。
我看这都怪他只是由母亲养大。
他已让割下的干草淋了三场雨。
昨天他为我锄了一小会儿地,
我想干点菜园活会对他有好处。
又有什么不称心。我见他把锄头
往空中一扔。我这会儿还能看见——
过来,我指给你看,在那苹果树上。
这可不是他那把年纪的人该干的事,
他都五十五了,还从没得意过一天。"

"你该不是怕他吧?那枪干啥用的?"

"哦,那是小鸡出巢时用来唬鹰的。
约翰会碰我!除非他不知谁好谁歹。
我该替他说句话,约翰从不耍威风,
不像有些男人。谁也不用怕他;
问题的关键是他早已拿定主意
不承担他必须承担的责任。"

"埃丝特尔在哪儿?
没人能跟她说上话吗?她会说什么?
你刚才说你不知道她在哪里。"

"不想知道!
她认为既然同他过日子没有脸面,
离他而去就应该是理所当然。"

"她这么想是错的!"

"嗯,可是他本来应该同她结婚。"

"这倒也是。"

"这些年来那种关系一直让她够受,
这事我无论如何也说不清楚。
有个男人是不同,至少约翰这种男人,
他知道他比一般男人更温和。
'好得像结了婚一样比结了婚还好,'
这就是他经常挂在嘴边的话。
我知道他怎样感觉——但一切照旧!"

"我真不知道他为什么不同她结婚,
从而结束那种关系。"

"现在太迟了。她不会要他了。
他已经给了她时间去想别的事情
这是他的错。那宝贝知道我的心思

一直都是想阻止这个家被拆散。
这个家不错,我不求更好的。
但每当我问'你们干吗不结婚呢?'
他都只是一句话,'干吗要结婚?'"

"为什么非结婚不可呢?我认为
约翰历来都公道。他的就是她的。
他们从没为财产发生过争执。"

"原因很简单,压根儿就没财产。
这农场差不多也归一两个朋友拥有,
就这个摊子,作抵押都没人要。"

"我是说埃丝特尔一直管着钱袋。"

"这当中的真情就更难被人知晓。
我想是埃丝特尔和我装满那钱袋。
是我们使他有钱,不是他使我们。
约翰是个蹩脚农夫。我这不是怪他。
一年又一年,他总挣不了多少。
你知道我们来这儿只图我有个家,
埃丝特尔干家务挣我俩的伙食。
可你看事情后来变成了这样:
她不但包揽了家务,好像户外活儿
也揽了一半,不过说到这点,
他总说她多干活儿是因为她喜欢。
你看我们值点钱的东西都在门外。
与像我们这样有点副业的人家相比,

我们养的鸡牛猪都总是最棒的。
周围比我们富一倍的人家也比不上。
他们的副业总没法与农场并驾并驱。
说到约翰有一点你不得不欣赏,
他喜欢好东西——有人会说太喜欢。
但埃丝特尔不抱怨,这点上她像他。
她想把我们的鸡养成这一带最好的。
你绝不会看到在一次家禽展览会前,
这屋里会满是半浸在水里发抖的瘦鸡,
一只一个笼子,羽毛都经过修饰。
热天里湿羽毛的那股味可真难闻!
你刚才说与约翰同住一屋不安全。
你是不知道我们这家人有多温和,
我们连鸡都不会伤害!你应该看看
我们怎样把鸡从一处挪到另一处。
我们从不允许把鸡倒提起来,
我们能做的只是抓住鸡的双脚。
一手抱一只,一次挪动两只,
不管挪动的地方有多远,也不管
我们得走多少趟。"

"你想说这是约翰的主意?"

"反正我们遵守这规矩,要不然
我不知他会发什么小孩子脾气。
他总会设法支配他自己的农场。
他是当家的。但说到那些鸡,
我们把花园鸡舍都圈在篱笆以内。

　　　　啥也不比它们值钱。我们说了算。
　　　　约翰喜欢提起别人向他开的价,
　　　　这只公鸡值二十元,那只二十五。
　　　　可他从不出卖。既然这些鸡能卖
　　　　那么多钱,养在家里也值那么多。
　　　　可你知道这都是花费。帮我个忙,
　　　　把橱柜架子上那个小盒子递给我,
　　　　上边一排,铁皮盒子,就是那个。
　　　　我让你看看。在这儿。"

　　　　　　　　　"这是什么?"

"花五十美元买只狼山鸡①的收据。
那只公鸡这会儿就在院子里。"

"这么说不用玻璃笼子?"

　　　　　　　　"那它需要个大的,
因它从地上啄食一顿能吃上一桶。
正如你会说,它住过玻璃笼子——
伦敦的水晶宫②。它非常名贵。
约翰买回它,用我们镶珠的钱——
我们管那叫贝壳串珠③。我们不抱怨。

---

① 一种原产于中国江苏如东、南通一带的著名蛋肉兼用鸡,以南通南部的狼山命名,1872年输往海外后很快分布各国。
② 为举办1851年万国博览会而建于伦敦海德公园内的一座铁架玻璃结构的大型建筑;该建筑于1854年拆迁到伦敦以南的悉登汉姆供游人参观,其间举办过家禽展览。1936年水晶宫被大火烧毁。
③ 北美印第安人曾把贝壳串珠用作货币。

可你看见了,不是吗?我们得照料它。"

"而且喜欢照料。这会使事情更糟。"

"好像是的。可这还不够,我简直
没法给你说他那种一筹莫展的样子。
有时他像着了魔似的——记账,
想看这么快钱都花在了什么地方。
你知道男人会多么荒唐可笑。
可他着魔时那副模样真是滑稽——
你想他不修边幅会是什么样子?"

"那会使事情更糟。你只能闭上眼睛。"

"那该是埃丝特尔。你用不着对我说。"

"你我就不能来找找问题的根子?
症结在哪儿?怎样才会使她满意?"

"我已说了,她甩了他,就这么回事。"

"可为什么呢,在她过好日子的时候?
是因为邻居?因为没朋友?"

"我们有我们的朋友。
那不是原因。邻居不怕与我们交往。"

"她为这种关系发愁。你曾听之任之,

而你是她母亲。"

      "但我并非历来如此。
一开始我也不喜欢这种关系继续。
但后来也就习惯了。再说——
约翰说我太老,不该抱孙子。
但事到如今说这些还有什么用呢?
她不会回来,更糟的是她不能回来。"

"你干吗这么说话? 你知道些啥?
你在说什么? ——她把自己弄伤了?"

"我是说她结婚了——同另一个男人。"

"喔唷!"

    "你不相信我?"

      "不,我相信,
太妙了。我就知道肯定有什么原因!
原来原因在这儿。她是个坏女人!"

"碰上结婚的机会结婚算是坏女人?"

"荒唐! 瞧她干了什么! 可那人是谁?"

"谁会来这个烂鸡窝把她娶走呢?
直话直说吧——是她母亲也无妨。

那人是她找的。我最好不说出名字。
约翰自己也想象不出那人是谁。"

"那这事就完了。我想我该走了。
你等着约翰吧。我可怜埃丝特尔,
而且我也认为她值得一点同情。
这下你应该独占这间厨房,
把这告诉他,他会得到这份活的。"

"你没必要认为你这会儿就得走。
约翰就快回来了。我早已看见有人
下了莱恩山。我想那人就是他。
正是他!这个盒子!快把它放好。
还有这收据。"

"慌什么?他还要卸套呢。"

"不,他不会。他只会把缰绳一扔,
让多尔连车带套自己去草场。
它走不多远车轮就会被什么挡住——
不会出事的。你瞧,他过来了!
天哪,看上去他肯定已听说了!"

约翰推开了房门,但他没有进屋。
"你好哇,老邻居?我正找你哩。
这难道不是地狱?我真想知道。
到这儿来吧,要是你想听我说话。
老太婆,我待会儿再跟你说。

我听到一个也许不算新闻的新闻。
这两个女人,她们想对我干吗呢?"

"快跟他去吧,快止住他嚷嚷。"
她随后冲关上的房门大声吼道:
"谁稀罕听你的新闻,你这讨厌的白痴?"

恐　惧

提灯的灯光从牲口棚的深处
照射到大门边一男一女的身上,
把他们的身影投向旁边的一座房子,
那座房子的窗户全都黑洞洞的。
一只马蹄叩了叩发出空响的地板,
他俩身边那辆轻便马车的车尾
动了一动。那男的一把抓住车轮,
那女的厉声喝道:"吁,别动!
我刚才看见它清楚得像个白盘子。"
她说:"就在挡泥板的反光晃过路边
灌木丛的时候———张男人的脸。
你肯定也看见了。"

　　　　　　"我没看见。
你真看清了?"

　　　　　"对,看清了!"

　　　　　　　　　　"一张脸?"

"乔尔,我得去看看。我不能进屋,
我不能让一件蹊跷事那么不明不白。
门锁着窗帘拉着也不说明问题。
每次夜里回家,走近这幢空了
大半天的黑屋,我都感到不安,
而钥匙在锁孔里格嗒格嗒的响声
就好像是在警告什么人赶快溜走,
趁我们进前门时从后门溜走。
要是我感觉是对的,有人一直——
别拽我的胳膊!"

　　　　　　"我说那是有人路过。"

"照你说来这好像是条公行道啰。
你忘了我们是在哪儿。再又说了,
谁会在深更半夜这样的时候,
在这儿来来去去,而且是步行?
他过路干吗要站在灌木丛中不动?"

"这天不算太晚——只是有点黑。
其实事情也许并不像你想要说的。
他是不是长得像——?"

　　　　　　　　"他像任何人。
我要不弄清楚今晚就绝不睡觉。
把提灯递给我。"

　　　　　　　　"你用不着灯。"
她推开他,自己把灯取在手上。

"你不用来,"她说,"这事算我的。
如果解决它的时候到了,就让我来
解决它。叫他永远也不敢——
听!他踢响了一块石子。听啊,听!
他正朝我们走来。乔尔,你进屋去。
听!我听不见他了。但你进去吧。"

"首先你没法叫我相信那是——"

"那——或许是他派来侦察的人。
现在该是同他摊牌的时候了,
只要我们准确地弄清他在哪里。
这次让他溜掉,那他将在我们周围
的任何地方从树丛中朝我们窥望,
直到我夜里再也不敢跨出房门。
这我受不了。乔尔,你让我去吧!"

"可认为他那么关注你真是荒唐。"

"你是说你不能理解他的关注?
哦,可你看他还没有关注够呢——
乔尔,我不是那意思,我向你保证。
我们都别说气话。你也不能说。"

"如果真要去看看,也该是我去!

可你提着这灯倒让他占了优势。
我们站在明处,他有什么不能干呢!
不过要是他想干的就只是看看,
那他早已看到了一切,然后走了。"

他似乎忘记了他的主力位置,
而是紧跟在她身后穿过草丛。

"你想干什么?"她对着黑夜高喊。
她昂然举手,忘了手中的提灯,
灼热的灯罩挨上了她的裙袖。

"这儿没人,看来你弄错了。"他说。

       "有人——
你想干什么?"她高声问,接着
她被一声真正的回答吓了一跳。

"不干什么。"声音顺着马路传来。

她伸手抓住乔尔以站稳身子,
因为烤焦的毛线味令她发晕。
"你深更半夜在这房子周围干什么?"

"不干什么。"然后好像再没后话。

接着那声音又说:"你们好像吓着了。
刚才我碰巧看见你们使劲儿抽马。

我这就走到你们的灯光跟前来
让你们看见。"

"好,过来吧——乔尔,到后边去!"

她迎着逼近的脚步声坚持着没动,
但她的身体有点微微发抖。

"你看见啦?"那声音问。

    "噢。"她使劲儿张望。

"你没看见——我牵着一个孩子。
强盗可不会带着家人出来行劫。"

"深更半夜带孩子出来干什么?"

"出来散步。每个孩子至少都应该
有一次深夜散步的记忆。
什么,孩子?"

"那我认为你应该设法找个
散步的地方——"

    "碰巧上了这马路——
我们在迪恩家做客,要待两星期。"

"原来是这样——乔尔——你明白——

你不该胡思乱想。你能原谅吗?
你知道我们不得不小心谨慎。
这是一个非常、非常荒僻的地方。
乔尔!"她说话时好像不能掉头似的。
摇摇晃晃的提灯坠到了地上,
磕磕撞撞,叮叮当当,然后熄灭。

谋求私利的人①

"威利斯,今天我本不想见到你,
因为公司的那位律师今天要来。
我要卖我的灵魂,准确地说是卖脚。
你知道,这双脚值五百美元。"

"对你来说这双脚几乎就是灵魂,
如果你打算把它们卖给那个魔鬼,
我倒想亲眼看见。他什么时候来?"

"我差点儿还以为你知道哩,以为
你来是要帮我做一笔更好的买卖。"

"喔,就算这样吧!你的脚可不一般。
那律师并不知道他要买的是什么:
你没法再走那些你也许曾走过的路。"

---

① 此诗是根据弗罗斯特的朋友卡尔·伯勒尔 1895 年在一家制箱厂工作时遭遇的一场严重事故写成的。

你还没找到你要找的四十种兰花。①
他懂什么呢？——这双圣足②怎样？
医生肯定你今后还能够走路吗？"

"他认为会有点跛。腿脚都不灵便。"

"它们肯定挺可怕——我是说看上去。"

"我一直不敢看它们解开绷带的样子。
透过床上的毯子我会联想到
一只摊开身体满背尖刺的海星。"

"没伤着你的脑袋可真是个奇迹。"

"很难告诉你我当时是怎样躲过的。
当我发现轮轴缠住了我的外套，
我没有死抱着用力挣脱的念头，
也没想去摸出小刀把外套割掉，
我只是紧抱着轮轴和它一起旋转——
直到韦斯切断了轮槽的水源。
我想正是这样我才保住了脑袋。
但我的双腿却被天花板撞伤。"

"见鬼？他们干吗不扔掉那根皮带，
而让它完全滑进了那个轮槽？"

---

① 当时伯勒尔正在写一本关于新罕布什尔本土花卉的书，事故发生时他正在调查当地的兰花品种。
② 参阅莎士比亚《亨利四世》上篇第 1 幕第 1 场第 24—27 行："……神圣的土地／那双圣足曾行于其上／那双一千四百年前为了我们／而被钉在十字架上的圣足。"

"他们说那根皮带已有些日子了。
那根条纹旧皮带不怎么喜欢我,
因为我让它在我的连轴上爆出火花,
就像富兰克林当年玩风筝线那样。①
肯定是皮带。它不正常已有些日子。
那天有个女工就拿它没有办法。
当时它转动时带头老是压带尾,
过那银色皮带轮时总左偏右滑。
现在没我那儿的一切仍一如既往。
你仍能听见小锯低声唱歌,
大锯则向村子周围的山岭发出呼喊,
当它们锯木的时候。那是我们的音乐。
你应该像个好村民那样喜欢它。
它无疑具有一种兴旺繁荣的声音,
而且它是我们的生机。"

"是呀,如果它不是我们的死亡。"

"听你说来它好像并非总是生机。
须知我们赖以生者即赖以死者。
我的律师在哪儿?他的火车已到了。
我想早点了事。我觉得又热又累。"

"你是在准备去做一件蠢事。"

"去看看他好吗,威尔②?领他进来。

---

① 指本杰明·富兰克林于 1752 年用风筝研究大气电并发明避雷针的实验。
② 威利斯的昵称。

我倒宁愿科尔宾太太不知道这事,
我寄宿她家太久,她把我当家里人。
你抛开她来应付,你可真够糟的。"

"我打算应付得更糟而不是更好。
你得告诉我这事已进行到什么地步,
你答应过任何开价吗?"

"五百美元。
五百——五——五!一二三四五。
你用不着盯住我看。"

"我不相信你。"

"威利斯,你一进来我就告诉过你。
别对我太苛刻。我不得不接受
我能得到的。你看他们都有脚,
这使他们在那个行当占有优势。
我无论如何也不会有双好脚了。"

"可你有花,朋友,你可以把花卖掉。"

"是呀,那也是条路——所有的花,
这个地区每个地方的每一种花,
为今后的四十年——就说四十年吧。
可我不会卖它们,我会献出它们,
它们绝不会为我赚回一个美分,
因为若失去了它们金钱也没法弥补。
不,那五百美元是他们说的数,

用来支付医疗费并帮我渡难关。
不然就打官司,而我不想打官司——
我只想安安稳稳地过我的日子,
就像将要过的日子,尝尝它的艰辛,
或者甜蜜——那也许不会太糟。
公司还答应给我我想钉的套板①。"

"可你关于那山谷的花卉谱呢?"

"你算问住我了。可你——你不会
认为它对我也值钱吧?但我得承认,
要是不完成它,为了那些它可能会
带给我的朋友,那将对我不利。
顺便说说,我收到伯勒斯②的来信,
我告诉过你吗?关于我的女王兰;
他说在这么靠北的地区还没有记载。
听!门铃响了。是他。你下去
接他上来,但别让科尔宾太太——
哦,我们将很快了结此事。我累了。"

威利斯带上来那位波士顿律师,
还带上来一位赤着脚的小姑娘,
木板房里响起一阵沉重的脚步声
和那位律师傲气十足的男中音,
小姑娘一时未被注意,她背着双手
羞涩地站在一旁。

---

① 指已经过加工、可以用来装配家具等物的成套木材板料。
② 约翰·伯勒斯(1837—1921),美国博物学家及作家。

"啊,怎么样,这位先生——"

律师已经打开了他的皮包,
好像要找出文件,看看上面
他没记住的那个名字。"你得原谅我,
我顺便去工厂耽搁了一会儿。"

"我想是去到处看看。"威利斯说。

　　　　"是呀,喔,是的。"

"打听到什么可能有用的情况吗?"

那受伤者看见了小姑娘,"嗨,安妮。
你要啥,亲爱的?过来,到床边来。
告诉我那是什么?"安妮只是用背着
的双手晃了晃裙子。"猜猜。"她说。

"哦,猜哪只手?哎哟!从前
我知道个诀窍,只消朝耳朵里
一看就能猜中。但我现在忘了。
嗯,让我想想。我想该猜右手。
就猜右手吧,哪怕是猜错。
拿出来呀!别换手——一株羊角兰!
羊角兰!我真想知道,要是我猜
左手会得到什么。伸出左手来呀。
又一株羊角兰!你在哪儿找到的?

在哪棵山毛榉下?在哪个旱獭窝上?"

安妮瞥了一眼身旁的大个子律师,
觉得她不应该冒险回答这问题。

"那儿就这两株?"

        "那儿有四五株。
我知道你不会让我把它们都采来。"

"我不会——不会。你真是个好姑娘!
你们看安妮已记住了她学的课程。"

"我希望明年那儿还会有羊角兰。"

"你当然希望。你留下了其余的结籽,
也为旱獭留下了籽壳。真是好姑娘!
旱獭特别喜欢羊角兰籽的荚壳,
对一只胃口挑剔的旱獭来说,
那可比农场上的豆荚还好吃。
不过羊角兰很少被大批发现——
所以你花钱也难买到。可是,安妮,
我感到不安;你对我说出了一切吗?
你还有所隐瞒。那可和撒谎一样。
不信你问这位律师先生。当着
律师的面发现你说谎可不太好。
对有个人你应该毫不隐瞒,安妮。
你该不是要告诉我在你发现羊角兰

的地方你竟然没发现一株黄杓兰?
我是怎么教你的? 我该替你脸红。
你不想解释? 如果那儿有黄杓兰,
那现在它在什么地方?"

"这嘛,等等——黄杓兰太一般了。"

"一般? 那紫杓兰更一般啰?"

"我没给你带紫杓兰来。我想——
对你来说——它们都太一般。"

律师一边翻文件一边笑出声来,
仿佛是因为安妮话中的责备意味。

"我已经使安妮改掉了采花束的习惯。
这对孩子不公平,但也没有办法,
因为干一行就得有干一行的样子。
我会设法补偿她的——她会看到。
她将替我到野外去搜寻兰花,
在一道道石墙和一根根木头上;
她将替我去河边找水生花卉,
有种漂心莲,小叶片就像一颗心,
而且在水面下的弯节处有只拳头,
四根指头握紧,一根指头翘起
并伸出水面在阳光下开出小花,
仿佛在说:'你哟! 你是心之欲望。'
安妮善于弄花,以此来弥补
她所失去的:她爱一条腿跪下,

用双手轻轻把花凑到她面前,
呼唤它们的名字,然后留它们在原处。"

那位律师有一只奇特的怀表,
其表壳设计精妙,在这种时刻
他把表一关,表壳就会发出一种
枪响的声音。此刻他就把表一关。

"好啦,安妮,去吧。我们等会儿再聊。
这位律师先生在担心他的火车。
他走之前想给我很多很多的钱,
因为我把自己给弄伤了。
我不知道这事会费他多少时间。
你先把花放在水里。威尔,帮帮她;
那水罐太满。这儿没有杯子吗?
就把它们挂在水罐内壁吧。
现在开始——请拿出你的文件!
你看我不得不坚持讨安妮喜欢。
我是个会考虑自身利益的大孩子。
而就我的处境,你不能责备我。
除了我自己,谁还会关心
我的需要呢?"

"一段美妙的插曲,"
律师说,"真对不起,可我的火车——
有幸的是条款内容大家都同意。
你只消签上大名。这里——这里。"

"你,威尔,别扮鬼脸。到这边来,

在这儿你就不能再扮。你想要什么?
你要么规矩点,要么就出去陪安妮。"

"你没打算不读一下文件就签字吧?"

"那你就别闲待着,念给我听听。
难道这不是我以前看过的东西?"

"你会发现是的。让你朋友看看吧。"

"嗯,可那太费时间,而我和你
一样也巴不得这事早点办完。
但读吧,读吧。不错,到此为止,
因为我几乎不知是什么在使我不安。
你想说什么,威尔?别干蠢事,
你,把人家的法律文件揉成了一团。
你真有什么异议,不妨直言。"

"五百美元!"

     "那你说该是多少?"

"一千美元也不会多要了一美分;
你清楚这点,律师先生。在他
确知自己还能不能再走路之前,
要他接受任何协议都是罪过。
我觉得这是一种不光彩的欺诈。"

"我认为——我认为——据我今天

亲自所见所闻——他历来都不谨慎。"

"你听到什么,举个例吧?"威利斯说。

"喏,事故发生的现场——"

那受伤者在床上扭了扭身体。
"这看来好像是你俩之间的事。
我倒想知道我究竟算什么角色。
你俩面面相对就像一对公鸡。
要斗到外边去斗。别碰着我。
等你们斗完回来我会签好字。
铅笔行吗?那请把你的钢笔给我。
请你们中的一位把我的头扶起。"

威利斯从床边冲开。"我不斗了——
我不是对手——也不想假装是——"

律师庄重地拧紧钢笔笔帽。
"你这是明智之举,你不会后悔的。
我们都替你难过。"

　　　　　　　　威利斯讥讽道:
"我们是谁——波士顿那群股东?
见鬼!我得出去,再也不进来了。"

"威利斯,进来时把安妮带回来。
哦,多谢关照。别介意威尔的粗鲁。
他认为你还应该赔偿我那些花。

你弄不懂我说那些花是什么意思
但别停下来弄懂。你会误车的。
再见。"他说着挥了挥双臂。

一堆木柴

一个阴天,我在冰冻的沼泽地散步,
我停下脚步说:"我将从这儿折返。
不,我还在往前走——咱们得看看。"
除了在有人不时走过的地方,冻雪
使我行走困难。身前身后能见到的
都是一排排整齐的又细又高的树,
景色都那么相似,以致我认不出
也叫不出一个地点,没法据此断定
我在此处或彼处,我只知离家已远。
一只小鸟飞在我前面。当它停落时,
它总小心地让一棵树隔在我俩之间,
并且一声不响,不告诉我它是谁,
而我却傻乎乎地去想它在想什么。
它以为我在追它,为了一片羽毛——
它尾巴上白色的那片;就像一个
会把每一片羽毛都据为己有的人。
其实它只要飞出来就会明白真情。
接着出现了一堆木柴,我因此而
忘记了那只小鸟,让它那点恐惧
把它带离了我本可以再走走的路,
甚至没想到要给它说一声晚安。

它飞到柴堆后面,最后一次停下。
那是一考得槭木,砍好,劈好,
并堆好——标准的四乘四乘八。①
我不可能见到另一个这样的柴堆。
柴堆周围的雪地上没有任何足迹。
它肯定不是今年才砍劈的木柴,
甚至不是去年砍劈或前年砍劈的。
木色已经发灰,树皮已开始剥落,
整个柴堆也有点下陷。铁线莲
曾用茎蔓把它缠得像一个包裹。
柴堆一端的支撑是一棵还在生长
的树,另一端是由斜桩撑着的竖桩,
这两根木桩已快被压倒。我心想
只有那种一生老爱转向新鲜事的人
才会忘记他自己的劳动成果,忘记
他曾为之消耗过斧子、劳力和自身,
才会把柴堆留在远离火炉的地方,
任其用缓慢的无烟燃烧——腐朽
去尽可能地温暖冰冻的沼泽地。

美好时分

我独自漫步在冬日黄昏——
身边没有做伴交谈的友人,
但我有那排小小的茅屋

---

① 考得是英美人采用的木柴体积单位,1考得相当于128(4×4×8)立方英尺,折合3.62立方米。

和它们在雪地里闪烁的眼睛。

我想我拥有小屋中的邻居：
我听见小提琴的琴声响起；
我透过窗帘的花边看见
年轻的身影和年轻的容颜。

我有关系如此亲密的朋友。
直到不见村舍我还在漫游。
我转身并后悔，但往回走时，
我看见所有窗户都黑洞洞的。

我在雪地上咔嚓作响的脚步，
惊扰了已入睡的乡间马路，
请你们原谅我亵渎这安宁，
在一个冬夜，在十点时分。

山间低地*
1916

---

* 《山间低地》初版有弗罗斯特写给妻子埃莉诺的献词:"献给你——你无须提醒便记得,在有这片黑山下南河畔的低地之前,我们有过另一片低地,位于普利茅斯的上游低地,春天我们曾到那座廊桥的另一边去散步;但我们有过的第一片低地是那个旧农场,把它卖给我们的那个人把它叫作'我们的河边低地'。"

未走之路

金色的树林中有两条岔路,
可惜我不能沿着两条路行走;
我久久地站在那分岔的地方,
极目眺望其中一条路的尽头,
直到它转弯,消失在树林深处。

然后我毅然踏上了另一条路,
这条路也许更值得我向往,
因为它荒草丛生,人迹罕至;
不过说到其冷清与荒凉,
两条路几乎是一模一样。

那天早晨两条路都铺满落叶,
落叶上都没有被踩踏的痕迹。
唉,我把第一条路留给将来!
但我知道人世间阡陌纵横,
我不知将来能否再回到那里。

我将会一边叹息一边叙说,
在某个地方,在很久很久以后:
曾有两条小路在树林中分手,
我选了一条人迹稀少的行走,
结果后来的一切都截然不同。

圣 诞 树

——一封寄给亲友的圣诞贺函①

城里人都已经回城里去了,
终于把乡村留给了乡下人;
当飞舞的雪花还没堆积的时候,
当纷纷落叶还没被覆盖的时候,
一个陌生人驱车来到我家庭院,
他像是城里人,但懂乡下规矩,
他坐在车里等,直到引我们出去
一边扣外套纽扣一边问他是谁。
他果然是城里人,现在是回来
寻找一种城里人留在乡下的东西,
一种过圣诞节非用不可的东西。
他问我愿不愿卖些圣诞树给他,
因为我的树林,那些小小的冷杉
活像一座座耸着尖塔的教堂。
我还从没想过它们就是圣诞树。
我说不清当时是否受到过诱惑,
是否想把小树卖掉,装上汽车,
而让屋后留下一片光秃秃的坡地,
此时那儿的阳光和月光一样清冷。
我若动过此念也不愿让它们知道。

---

① 弗罗斯特于 1915 年圣诞前夕亲笔将此诗写在一种自制的圣诞卡上。1929 年,他的合作人、印刷商约瑟夫·布卢门菲尔德在寄给亲友的圣诞卡上也印了此诗。

但除非和别人一样留着树不卖,
我更不愿老留着我那些冷杉
直到过了有利可图的销售时间——
因任何东西都得经受市场的检验。
我轻率地想着出售这个念头。
然后不知是出于不合时宜的礼貌
还是担心显得笨口拙舌,或是
因为希望自己的东西被人夸奖,
我说:"它们不够多,不值得费事。"

"我很快就能说出可以砍多少,
你领我去看看吧。"

     "你可以看看,
但别指望我会把它们卖给你。"
小树长在牧场内,有些长得太密,
以致它们互相修剪了对方的树枝,
但长得稀疏、树叶匀称的也不少。
他对长得匀称的树点头称道,
或是停在某棵更可爱的树下
用买主节制的口吻说:"这还可以。"
我想也可以,但不想当着他的面说。
我们爬上南坡的牧场,横穿而过,
然后下到北坡的牧场。

     "一千棵。"他说。

"一千棵圣诞树!——每棵多少?"

他觉得有必要对我公道一点：
"一千棵树可以给你三十美元。"

于是我确信我绝没有过要把树
卖给他的意思。千万别显诧异！
但与我要砍光的一大片牧场相比，
三十美元显得太微不足道：三美分
（因为算下来每棵树只值三美分）
与城里朋友要掏的钱相比太不起眼，
因为我马上就要写信去的那些朋友
买这么好一棵圣诞树得花好多钱，
这种树可摆在主日学校的教室里，
足以挂够供孩子们摘取的礼物。
我以前并不知道我有一千棵圣诞树！
正如稍稍一算便可明白的那样，
卖三美分一棵还不如留下送人。
只可惜我不能把圣诞树装进信封。
我真希望我能给你们寄来一棵，
同此信一道祝你们圣诞快乐。

一个老人的冬夜

透过凝在空屋窗格上的薄霜，
透过一片片几乎呈星形的凝霜，
屋外的一切都阴险地朝他窥视。
阻止他的目光朝外回看的
是他手中那盏朝眼睛倾斜的灯。
不记得是什么引他进那吱嘎作响的屋子，

而阻止他记忆的是悠悠岁月。
他站在一些木桶间——茫然困惑。
他的脚步声刚惊吓过脚下的地窖，
当他咯噔咯噔出来时又把它吓了
一跳——而且还惊吓了屋外的夜，
夜有它的声音，很熟悉，很平常，
像林涛呼啸树枝断裂的声音，
但最像是猛敲一个木箱的声音。
他是盏只能照亮他自己的灯，那个
此时已坐下、与他所知有关的自己，
一盏静静的灯，然后连灯也不是。
他把屋顶的积雪和墙头的冰柱
托付给月亮保管，虽然那是一轮
升起得太晚而且残缺不全的月亮，
但说到保管积雪和冰柱，它
无论如何也比太阳更能胜任：
然后他睡了。火炉里的木柴挪动
了一下位置，惊得他也动了一动，
缓和了他沉重的呼吸，但他仍沉睡。
一个年迈的男人不能照料一所房子、
一座农场、一片乡村，即使他能，
也不过像他在一个冬夜里之所为。

暴露的鸟窝

过去你总是能发现新的游戏。
所以那次我看见你趴在地上
在新割下的牧草堆里忙乎时，

我还以为你是要把草重新竖起，
于是我过去，若你真想那样做，
我会教你怎样让草迎风竖立，
要是你求我，我甚至会帮你
假装让草重新生根重新生长。
可那天你并非在玩什么游戏，
你真正关心的也不是那些草，
尽管我发现你手里尽是干枯的
蕨草、六月禾和变黑的红花苜蓿。
地上是一个挤满小鸟的鸟窝，
割草机刚刚从那里咀嚼而过
（它没尝尝肉味真是个奇迹）
把无助的小鸟留给了灼热和阳光。
你想使它们马上恢复正常，想把
什么东西隔在它们的视线和
这个世界之间——办法会有的。
我们每次移动那窝小鸟，它们
都直起身来仿佛把我们当作妈妈，
当作那个迟迟不回家来的妈妈，
这使我问，那鸟妈妈会回来吗，
遭此变故之后它还会关心它们吗，
我们管这闲事会不会使它更害怕。
那是一件我们没法等到答案的事。
我们看到了行善要担的风险，
但尽管做这件善事也许会有害，
我们却不敢不尽力去做；于是
建起了屏障，还给了小鸟阴凉。
我们想知道结果。那为何后来

不再提那事？我们忙于其他事情。
我记不得——你记得吗？——
我们在任何时候回过那地方
去看小鸟是否活过了那天晚上，
看它们最后是否学会了用翅膀。

一堆残雪

一个角落里有一堆残雪，
　我居然一直猜想
那是被风刮走的一张报纸
　被雨冲在那儿休息。

雪堆上有点点污迹，像是
　报上小小的铅字，
像我已忘记的某天的新闻——
　如果我读过它的话。

家的延伸

她站在厨房里靠在水槽边，透过
水槽上方一扇积满灰尘的窗
看窗外因水槽的污水而长高的杂草。
她身上围着披肩，手里拿着帽子。
她身后那间厨房里乱七八糟，
一些椅子被翻过来重在别的椅子上，

就像是些什么人坐在那里,
一些其他房间——客厅、饭厅、
卧室——的东西也被胡乱堆进厨房。
不时有一张被弄得乌鼻皂眼的脸
从她身后的一道门探进来冲着她的
背影说话。她回应时总是头也不回。

"这个桃木衣柜该放哪儿,女主人?"

"放在什么东西顶上的什么东西顶上,"
她笑着说,"哦,哪里能放下就放在
哪里,然后走吧。这天都快黑了;
你们要回城里必须得马上动身。"

另一张灰头土脸笑嘻嘻地探进来,
见她没有回头,便温和地问道:
"你在看窗外的什么呀,女主人?"

"以前我从没这样被人叫作女主人。
我真想知道,被人这样无数次地
称作女主人,会不会使我成为
事实上的女主人。"

    "可我问的是:
你在看窗外的什么呀,女主人?"

"看我今后将常常看到的东西,
在今后的岁月,我会无数次地站在

这儿用毛巾洗擦一个又一个的盘子。"

"可那是什么呢?你只是问东答西。"

"是荒草,乔,是像某些女人喜欢
洗碗槽那样喜欢洗碗水的荒草;
与你的牧场相连的一小块荒草地,
可望不了多远视线就被树林遮挡。
这几乎不足以被叫作一道风景。"

"但你觉得你喜欢这道风景,亲爱的?"

"这就是你急于想知道的!你希望
我喜欢。楼上有大家什撞出声响。
对这样一座木质结构的小房子,
那些大块头男人的每一步都使它
摇摇欲坠。等他们走后,亲爱的,
你我上楼下楼穿堂过室都必须
放轻脚步;除非阵风使我们脱手,
谁也不许砰砰地使劲儿关门。"

"我认为你所看见的,比你喜欢
承认的那窗外的东西多得多。"

"不,除了我告诉你的那些东西,
我只看见岁月。它们来来去去,
随着荒草、田野和树林的变化。"

"什么样的岁月?"

　　　　　"后来的岁月呗——
不同于以前的岁月。"

　　　　　　"我也看见了。
你没有清点过它们?"

　　　　　　"没有,过去的岁月
那么搅成一团,所以我不想去清点。
而且那些岁月绝不应该是我们想去
知道的数字,因为我们已不再年轻。
那边又有什么砰砰的撞击声。
听上去像是那些男人下楼来了,
仿佛每声撞击都意味着又有一人要
回到我们很熟悉、但为乡下的黑暗
而要放弃的灯火通明的城市街道。"

"来,离开那扇你已经看够的窗户,
到这边来看看更能使人轻松的场景。
他们要走了。你看那个大块头
正翻过车轮坐上那个高耸的座位,
这会儿他在点烟斗,当他吸烟时,
他眯缝着眼睛看他鼻尖下的火光。"

"你看烟斗映亮了他的鼻子,这
说明天已多黑。你能根据那火光
说出几点了吗? 要么就根据月亮!

那新月映出的是谁的肩头？也不能。
新月像一截银线，新得就像我们
对于这里的一切。月光会很快隐去。
不过要知道，在我们最初的两星期，
我们每天晚上都可以看见那月光，
而且它会一晚比一晚更亮。可是，
乔，炉子！快敲窗，叫他们等等！
请他们帮你把炉子立起来。快！
我们只顾遐想。快！快叫他们回来！"

"他们还没走。"

     "不管我们缺什么
也不能没有炉子。还要一盏灯。
我们有蜡烛吗，万一灯和油
混在杂物中找不出来？"

       于是
屋子里顿时又充满了脚步声，身影
朦胧的高大男人们冲进屋抬起炉子。
墙头上有一个炮口般大小的洞，
他们凭目测将炉子对着洞安好，
然后一齐动手举起连接好的烟筒，
对他们的力气来说烟筒实在太轻，
轻得几乎就像充满气的气球
从他们笨拙的手中滑脱升上天花板。
"严丝合缝！"一个人拍着烟筒说。
"你们一搬进来装炉子就这么运气，

这可是好运的开始。不用担心,
乡下也并不是那么糟,安心过吧,
既然人人都在过日子。你们会喜欢的。"

乔说:"你们这些大小伙子也应该
找座农场当个好农夫,让别的家伙
去干城里的活儿。城里的活儿不多,
不是人人都能找到活儿干。"

"天哪!"只有一个人粗声大气地说,
"这话对杰米说吧。他需要一座农场。"
可杰米扮了个鬼脸,装出一副傻相,
骨碌碌转动眼睛,仿佛是说他认为
自己是农夫。接着一位法国小伙子
用一番一本正经的话把他们逗笑,
"我的朋友,你不知你在建议什么。"
他说着摘下帽子用双手捧在胸前,
行了个不伦不类的鞠躬礼:"我们
愿把我们在农场上的机会让给你。"
然后他们转身,脚步声震耳欲聋,
互相推着碰着搡着出了那幢房子。

"跟他们再见吧!我们使他们困惑了。
他们以为——我不知他们会怎么看
我们在这里看到的:那片好像是
某座农场后坡的坡地牧场,还有你
在水槽窗边看见的朝北延伸的树林
仿佛都在等着,一旦我们垂下目光

或别顾他事，它们就会偷偷朝我们
走近一步，就像小孩在玩'十步'带戏。"

"他们看上去都是好小伙子，让他们
去爱城市吧。当你建议他们来乡下
做有用的农夫，他们只会说'天哪！'"

"他们有没有使你感到几分孤单寂寞？
不过他们还不足以使你——使我们
厌倦我们的农场。但他们这样留下
我们，像留下一对不可理喻的白痴，
这差点儿使我动摇。"

      "这一切正是
我们一直所希望的，但我承认
正是一时间看起来的糟糕使得这
好像更糟糕，结果使人心情抑郁。
这没啥，只是因为他们在夜里离去。
人们离去时我心里历来都不好受。
搬家第一天晚上客人走后，房子
总显得有幽灵出没或无遮无掩。
我总会留心在睡觉前亲自锁好门窗，
不过这种陌生感很快就会消逝。"

他从一道门后面取出一盏旧提灯。
"这儿有我们没失去的！还有这些，"
他从口袋里摸出几根火柴，"至于食物，
我们已经吃进肚里的谁也拿不走。

我希望这世上的每样东西都像我们
已吃下肚的一样稳当。至少我希望
我们尚未吃的一日三餐会是这样。
你知道你能在哪儿找到什么吃的吗?"

"我们路过那家商店时买的面包。
大概还能找出些黄油。"

      "让我们就吃面包吧。
我这就生起炉火,让它与你做伴,
你近段时间不会有其他的伙伴,
直到埃德开始在星期天出城来
看我们并开始给我们出主意:
什么地方需要修整、翻盖或拆除。
他总能一下就知道如果他是我们
他应该做什么。他会为我们计划,
并计划帮我们,但他会以此抵债。
好吧,你可以先把面包摆上桌子。
让我们看你找出面包。我这就生火。
我希望这些重在其他椅子上的椅子
不会给女主人——"

      "你又来了,乔!
你累了。"

      "我都累得稀里糊涂了。
别介意我的话。这一天可真够呛,
把一幢房子里的所有家具搬空,

再把十五英里外的另一幢房子填满,
不过只是把它们倾倒在这屋里。"

"我们被倾倒进了乐园,而且快活。"

"这可正好是我一直所希望的,
我简直不敢相信你对此也向往。"

"难道你不想知道?"

      "我想知道
这是不是你所希望的,你向往它
在多大程度上是为了我。"

     "一颗不安的良心!
要是我说不出,你不会要我说吧?"

"我并不想弄清不可能弄清的事。
但是谁最先说起要到这里来呢?"

       "亲爱的
是最先想到这个念头的人。乔,
你在寻求不存在的东西;我是说开始。
结束和开始——世上没有这种东西。
只有中间的过程。"

    "那这是什么?"

　　　　　　　　"这种生活？
我俩一起坐在这盏提灯的灯光下，
在原来那个家的这堆破烂中间？
你不能否认这盏灯并不是新的。
这炉子也不是，你对我也不是，
我对你也不是。"

　　　　　　"也许你从来就不是？"

"要详说在我们存在的地方一切都不
是新的，那我可能一辈子也说不完。
新只是城里那些白痴们的一个字眼，
他们以为新服装新思想的更迭终将
达到什么目的。我听你也这么说过。
不，这绝不是开始。"

　　　　　　　"那这是结束？"

"结束是一个忧伤的字眼。"

　　　　　　　"现在会不会太晚，
如果我拉你出去看看土丘上
那些老桃树，向它们道声晚安，
借着星光在草丛中找最后一颗桃，
当这座房子没人住时，邻居们也许
没把它给捡去？我一直在留神：
不知他们是否给我们留下许多葡萄。
明天上午在动手收拾这房子之前，

我们要做的第一件事就是出去看看,
看看我们的苹果、樱桃、桃树、
松树、桤树、牧场、水井和小溪。
这些就是一座农场。"

    "这我知道得很清楚。
我现在打算让你上床睡觉,即使
我首先得让你搭床。来吧,灯。"

当厨房里不再有提灯的灯光时,
点点火光从炉子的缝隙中透出
像一个个金色的小人在天花板上跳舞,
跳得那么自在,仿佛那儿一直是家。

电　话

"今天,我在我从这儿刚好能
步行到的远处,
曾有过一小段
静寂的时辰,
当时我正把头凑向一朵花,
忽然听见你在说话。
别说我没听见,因为我听见了——
你的话是从窗台上那朵花传来的——
你还记得你当时说的什么吗?"

"你先告诉我你认为你听见了什么。"

"发现了那朵花并赶走一只蜜蜂之后,
我朝花低下头,
托起那枝花梗,
我仔细聆听,我想我听清了那个词——
那是什么来着?你叫过我的名字吗?
或是你说——
有人说'来吧'——我俯身时听见的。"

"我也许那么想过,但没说出声。"

"这不,所以我就来啦。"

相逢又分离

在我顺着那道石墙下山的途中
有一道栅门,我曾倚门看景致,
刚要离开时我第一次看见了你。
当时你正走上山来。我俩相逢。
但那天我们只是在夏日尘埃中
结合了我们俩大小不同的足迹,
像把我们的存在描成了大于一
但小于二的数字。你的伞一捅
就标出了那个深深的小数点。
我们交谈时你似乎一直在偷瞧
尘土中的什么并对它露出笑脸。
(哦,那对我并没有什么不好!)
后来我走过了你上山时走过的路,
而你也走过了我下山时走过的路。

雨 蛙 溪

到六月我们的小溪就不再奔腾喧哗。
在那之后寻找溪流,你将会发现
它要么是潜在地面之下摸索向前
(带着小溪里各种各样的雨蛙①,
那些雨蛙一个月前还曾在雾中噪鸣,
就像朦胧雪地里隐约的雪橇铃声)——
要么是微微冒出来浸润凤仙花
和娇弱的枝叶,枝叶迎风弯腰,
甚至逆对着上月水流的方向弯腰。
小溪的河床如今像一页褪色的纸——
由被热粘在一起的枯叶拼成的纸。
只有牢记它的人才知它是条小溪。
这条小溪,正如可以看出的一样,
远远比不上歌中唱的别处的小溪。
但我们爱我们之所爱是因其真相。

灶 头 鸟②

有一位人人都听过其歌声的歌手,
它爱在仲夏时的树林中亮开歌喉,

---

① 北美雨蛙又称树蛙或春雨蛙,它们在春夜之鸣叫犹如铃声。北美大陆的雨蛙有四百多种。
② 一种北美鸣禽,它用枯草筑在地上的巢像用土砌的炉灶,故名"灶头鸟"。

让高大结实的树干又发出回声。
它说树叶已苍老,它说对于花,
若春天开放十成,仲夏只开一成。
它说当大晴天里不时来一阵阴天,
当梨花樱桃花在阵阵雨中落下,
最初的花飘花落时节就已经过完;
然后被叫作飘落的另一个秋天将至。①
它说那时路上的尘土将遮天蔽日。
若非它懂得不在百鸟啼鸣时歌唱,
它也许早就息声,像其他鸟一样。
它那个并非用字眼提出的问题
便是该如何去利用事物的衰替。

约束与自由

爱有她所紧紧依附的大地,
有拥抱的手臂和环绕的山冈——
能阻挡恐惧的墙中之墙。
但思想并不需要这些东西,
因为思想有双无畏的翅翼。

在雪地,在沙滩,在草坪,
我看见爱都留下一种迹印,
因为被这世界拥抱得太紧。
爱就是这样并因此而满足。

---

① 美国人说"飘落"和"秋天"都用 fall 这个单词。

但思想已经摆脱这种约束。

思想能穿过星际的黑暗，
整夜坐在天狼星的表面，
直到白昼来临才迅速回还，
他经过太阳,回到尘世，
根根羽毛发出烧焦的气息。

他在天空获得的便是他的拥有。
然而有人说爱拥有美的一切
就因为她被约束并真正持久，
而思想得远行至另一个星座，
发现爱拥有的一切在那儿融合。

白 桦 树

每当我看见白桦树或左或右地弯下
与一排排较直且较黑的树木相交，
我都会想到有位男孩在摇荡它们。
但摇荡不会像冰暴①那样使白桦树
久久弯曲。在晴朗的冬日早晨，
在一场雨后,你肯定看见过它们
被冰凌压弯。当晨风开始吹拂时，
当风力使它们表面的珐琅裂开时，
它们会喀嚓作响并变得色泽斑驳。

---

① 冰暴指严寒地区或严寒季节的暴风雨,雨水与地面或物体一接触就马上结冰。

太阳很快会使它们的水晶外套滑落，
落在冻硬的雪地上摔得粉碎——
若要你清除这样的一堆堆碎玻璃，
你会以为是天堂的内顶塌落人世。
重压可使它们触到枯萎的蕨丛，
它们看上去不会折断，不过一旦被
长久压弯，它们就再也不会长直；
在以后的岁月里，你会在树林中
看见它们树干弯曲，树叶垂地，
就像姑娘们手脚并用趴在地上
任洗过的头发散在头上让太阳晒干。
但我要说的是，即使真相已大白，
白桦树弯曲是由于冰暴的原因，
我仍然更喜欢有个孩子弄弯它们
在他走出农舍去林中牵牛的时候——
一个离城太远没法学棒球的孩子，
他唯一的游戏就是他自己的发明，
夏天或冬日，他能独自玩得开心。
他把他父亲的白桦树当作马骑，
一遍又一遍地挨个儿制服它们，
直到他除掉了那些白桦树的硬性，
没剩下一棵不能弯曲，没留下一棵
不能征服。他学会了应该学会的
技艺，开始爬树时不要太快，
这样就不会使树过于弯向地面。
他始终都能保持住身体的平衡，
平稳地爬向树梢，爬得很小心，
就像你平时往酒杯里斟啤酒，

想让酒满杯,甚至稍稍冒出一点。
然后他嗖地一下蹬脚向外跳出,
踢着双腿从半空中落到地面。
我曾经就是这样一个荡树的孩子。
而且我做梦都想回到少年时代。
那是在我厌倦了思考的时候,
这时生活太像一座没有路的森林,
你的脸因撞上蜘蛛网而发痒发烧,
你的一只眼睛在流泪,因为一根
小树枝在它睁着时抽了它一下。
我真想离开这人世一小段时间,
然后再回到这里重新开始生活。
但愿命运别存心误解我的意思,
只成全我心愿的一半,把我攫去
而不送回。人世是适合爱的地方,
因为我不知还有什么更好的去处。
我喜欢凭着爬一棵白桦树离去,
攀着黑色树枝沿雪白的树干上天,
直到那棵树没法再承受我的体重,
低下头把我又重新送回地面。
那应该说是不错的离去和归来。
而人之所为可以比荡白桦树更有害。

豆　棚

星期天做完礼拜后我独自溜达
　去约翰刚刚砍过树的那个地段,
亲自去料理那些白桦树枝丫,

约翰说我可以用来搭豆棚围栏。

在刚砍了树的那片狭长的空地
　　就五月一日来说阳光实在太热，
树桩还在流出其生命的液汁，
　　闷人的炎热与树汁气味混合。

无论在何处只要有潮湿的洼地
　　就有青蛙发出成千上万的尖鸣，
它们听到我的脚步便息声屏气，
　　静观我到这儿来做什么事情。

空地上到处都堆有白桦树条！
　　刚被斧子砍下，新鲜而结实。
不时有人赶着双驾马车来到，
　　把白桦树条从野花背上搬去。

树条对菜园里的豌豆会有益处，
　　它们会伸出一根小指①盘绕其上，
（就像你玩翻线戏②时把线勾住，）
　　然后攀着树条离地向上生长。

树条对野生花草几乎没好处，
　　它们会使得许多延龄草弯腰，
延龄草在堆树条前就已抽芽，

---

① "小指"喻豌藤的卷须。
② "翻线戏"是一种儿童玩的游戏，一根两端接拢的线可在游戏者的十指间变出各种花样。

而既然已经抽芽就必须长高。

下　种

今天晚上你来叫我停下活回去，
说晚餐已上桌，可我们将看看
是否我能停止掩埋这些白色的
从苹果树上落下的娇嫩的花瓣
(娇嫩的花瓣，但非完全无益，
可与这些或光或皱的豆种做伴)
而跟你回家，或是否你已忘记
来地里干什么，变得和我一般，
成为对土地怀一腔春情的奴仆。
这腔春情多炽热，当你把豆种
埋入土中并等待它们破土而出，
那该是在土里生出杂草的时候，
茁壮的籽苗将弯曲着身子抽芽，
顶开它的路，抖掉身上的泥渣。

一段聊天的时间

当一个朋友从路上叫我
并意味深长地放慢马步，
我那片坡地还没有锄完，
所以我没停下来张望，
而是原地大声问："什么事？"

不,虽然没有聊天的时间,
我还是把锄头插进沃土,
五英尺长的锄头锄口朝上,
然后我慢慢走向那道石墙,
为了一次友好的聊天。

苹果收获时节的母牛

近来有某种东西使那头母牛
不利用大门就像不利用墙头,
不考虑修墙人就像不考虑傻瓜。
她脸上总是到处都沾着苹果渣,
嘴边滴着苹果汁。尝到了果鲜,
她不屑再去牧草已枯萎的草原。
她从一棵树到一棵树,树下落
有因枝戳虫蛀留下疤痕的苹果。
当她不得不逃走时落果已被咬。
她爱在一个土丘上对着天吼叫。
她的乳汁已枯竭,乳房已缩小。

邂 逅

在一个孕育着暴风雨的晴天,
当酷热慢慢凝固,当太阳
似乎要被它自己的力量毁灭,
我正艰难地半挤半爬穿过一片

长满雪松的沼泽。松油和
树皮的气味令我窒息，又累
又热，真后悔离开我熟悉的路，
我停下来坐上一根弯曲的树干，
垫着外套树干坐起来挺舒服，
既然四周没有什么别的可看，
我仰起头来，但见衬着蓝天
眼前立着一棵死而复生的树，
一棵早倒下又重新竖起的树——
一个没有树皮的幽灵。他也
停下，仿佛是担心会踩上我。
我见他两只手的姿势很奇怪——
他肩头上拽着个黄色网兜，
兜里装有些男人们用的东西。
"你在这儿？"我说，"你从哪儿来？
有啥新闻吗，要是你知道的话？
告诉我你要去哪儿——蒙特利尔？
我？我从没打算要上哪儿去。
有时我爱到僻静的地方闲逛，
顺便寻找卡吕普索兰花①。"

射程测定

在战斗弄污一个人的胸膛之前
它撕裂了一张亮晶晶的蜘蛛网

---

① 即匙唇兰。

并把地上鸟巢边的一株花折断。
被折断的花弯下腰耷拉下脑袋。
鸟妈妈依然频频回到小鸟身边。
花折时被暂时撵走的一只蝴蝶
在空中飞舞寻找它的栖息之地,
然后轻轻降回花上拍动着翅膀。
昨夜,在那片光秃的高地牧场,
在野毛蕊花和拉紧的电缆之间,
那张蜘蛛网被银色的露珠湿润。
一粒突然穿过的子弹把它抖干,
网中央那只蜘蛛冲出来迎接苍蝇,
但什么也没发现,只好悻悻退回。

山 妻

孤 独
她的话

一个人不该非要这般挂念
　像你和我这般挂念
当那对鸟儿飞来绕屋盘旋
　仿佛是要说声再见;

或这般关心,当它们回来
　唱着我们不懂的歌;
实情是我们因为一件事情
　总会感到过分快活

就像为另一件事情过分悲伤——
　　因为鸟儿心里只想着
它们彼此，只想着它们自己，
　　只想着筑巢或弃窝。

害怕空屋

我要告诉你他们学会了害怕——
每天晚上当他们从地里回家，
从远处回到那孤零零的房子，
此时灯尚未点亮而炉火早熄，
他们学会了弄响钥匙和锁孔，
提前警告任何偶然溜进屋中
的入侵者，使其能溜之大吉；
更喜欢户外而非屋内的黑夜，
他们学会了进屋后敞开房门
直到他们点亮屋里的那盏灯。

笑　容
她的话

我不喜欢他离去时的那种神情。
那种笑容！那绝不是出自高兴。
你看见了吗？我敢说他是偷笑！
也许是因为我们只给了他面包，
所以那流浪汉知道我们很窘迫。
也许是因为他使我们主动施舍，
免去了他也许本想进行的抢劫。
他也许是嘲笑我俩过早把婚结，

嘲笑我们太年轻(而且他乐于
想象看见我们日渐衰老并死去)。
我不知他已顺这条路走了多远。
说不定他正从树林朝我们窥看。

一再重复的梦

她找不出任何恰当的字眼
　来形容窗外那棵黑松，
黑松永远在试图拨开窗闩，
　他俩就睡在那间屋中。

那些永不疲倦但徒劳的手
　用每一次无益的手势
使那棵大树仿佛是只小鸟
　隔着窗玻璃显得神秘！

黑松从来没进过那个房间，
　而这两人中只有一人
在一个一再重复的噩梦中
　害怕黑松会做的事情。

冲　动

那里对她来说真太寂寞，
　而且太荒僻，
因为那里只有他们两人，
　他俩没孩子，

那屋里的家务活实在太少，
　　她毫无约束，
她常跟他到地头看他犁地
　　或看他锯树。

她爱倚着一根原木抛撒
　　新鲜的锯末，
嘴里轻轻哼着一支唱给
　　自己听的歌。

有一次她想去折黑桤树
　　的一根枝丫。
她走得太远差点没听见
　　他大声喊她——

她没有回应——没有吭声——
　　没往回移动。
她呆呆站着，然后跑开
　　藏进了蕨丛。

他没找到她，尽管他找遍
　　了所有旮旯，
最后他去到她母亲家询问
　　她是否在娘家。

娘家人说话那么突兀迅疾
　　又那么随便，
他终于知道了后来的一切，
　　在她的墓边。

火 堆

"啊,让我们上山去吓唬吓唬自己,
今晚就像他们最棒的那样无所顾忌,
去点燃我们亲手堆积的所有枯枝,
别等着哪天下雪,或哪天下雨。
哦,别为了什么安全而等雨雪天。
那堆枯枝是我们的,是我们从
黑魆魆的松林一根一根拖出来的。
今晚我们犯不着在乎把它怎么样。
分成小堆?不!就让它作一堆烧,
像我们堆它时那样。让人们去说吧,
一团火光将从某处映亮他们的壁纸,
将把他们统统都吸引到窗户跟前。
把他们都惊醒吧,任他们直率或
不那么直率地说要怎么处置我们,
为了那件他们最好等我们做完的事。
让我们叫这座古老的火山重新喷发,
如果这座山过去真是一座火山的话——
吓吓我们。让野火蔓延,我们要……"

"那也会吓住你吗?"孩子们齐声问。

"怎么不会吓住我呢?让一场火

从熏烟火堆①开始,而同时又知道
我可能还会记起,如果我后悔的话,
但不是在此刻:熊熊的火堆只要
有一点儿蔓延,那就只有火本身
才能灭火,而且我知道,火灭火
靠的是烧光一切,而在烧光之前
火将呼啸蹿腾,火星会碰上星星,
火焰会像一柄旋转的火剑横扫一切,
使树林向四周后退让出一个大圈——
因此我不知要是我能够控制火,那
有什么我想造成的毁坏它不能造成。
好啦,但愿它今晚别从什么地方
引来一阵势头强劲的大风,别像
有一年四月里它给我招祸那样。
当时刮了一冬的风势头已减弱,
弱得似乎令蓝背鸟也感到失望,
怎么老也飞不到要去的栖息之地;
而当我绕着我的火堆巡视之时,
它还像一根尖柱似的直冲云天。
可屋外总有风,你们知道这格言。
一阵风骤起。你们过去习惯以为
是树煽动空气而生风,因为你们
知道只要有风就会看见树木摇动。
但那阵风是由某物或某人引起。
风使火舌倾斜向地面并用其舌尖
舔食地上刚过了冬天的枯草,

---

① "熏烟火堆"原文为smudge,特指为驱虫或使作物免受霜冻而设在上风处的产生浓烟的火堆。

就像你们用舌头舔手上的糖或盐。
火焰所到之处顿时就被烧黑。
在大白天看那儿几乎是一片黑色,
与此相比浓烟不过是一缕青烟,
火焰则细得像是一根根獐耳草、
血根草,很快又像是朵朵紫罗兰。
但那黑色就像黑死病一样蔓延,
我认为当时天空也是一片漆黑,
仿佛冬天和夜晚都一起降临。
当时要考虑的事真是太多太多。
我来不及细想就把那片土地朝北
伸延的方向和太阳落下的小溪
的方向留给了火去蔓延,还把
朝公路那个方向也留给了火焰,
尽管我担心路边枯萎的灌木丛、
深深的野草、已经变白的金穗花
以及被野葡萄藤缠纠的桤树
会成为烈火冲过公路所需的燃料。
我选择的阻火方向是朝镇子这边。
我跪下来动手灭火,并把脸避开。
灭这种火要靠轻捂而不能重拍。
最好是用宽木板,如果你有的话。
我是用外套。哦,我知道,我知道,
并大声喊出,我受不了这么近的
烟熏火烤;但一想到所有树林
和整个镇子将被我点燃,想到
全镇人要找我算账——我仍坚持。
我相信小溪会挡住火,但却担心
公路会失败;实际上在公路那边

火灭前发出过木头噼啪的声响——
烧着的不仅仅是易燃的杂草——
那使我站起身来去那边阻火,
我仍然俯下身子,就像有缰绳
缠在我脖子上,而我在犁地。
我赢了!但我敢说,与我那天
弄黑的那一大片空间相比,
没人能用另一种颜色涂十分之一。
从镇上赶来的邻居们简直没法
相信,怎么他们刚刚才转过身
那儿就变成了一片黑土,因为
当他们一小时前经过那儿拐上另
一条路时,他们并没有看见黑色。
他们到处寻找那个闯此大祸的人。
但周围不见人影。我正在某个地方
惊叹我的疲劳哪儿去了,为什么
穿着笨重的鞋我却走得那么轻松,
虽说我有种被烤焦的独立日感情。
想起那事我怎么会不感到害怕?"

"要是你都怕火,我们会怎么样呢?"

"害怕!但要是你们因害怕而退缩,
那么战争降临你们会怎么办呢?①
而这正是我有理由想知道的——
你们是否能给我一个满意的回答。"

---

① 1916 年的美国正在积极准备对德宣战。

"可战争与孩子无关,那是大人的事。"

"眼下我们几乎要自掏腰包给中国。①
亲爱的孩子们,你们想过那事——
我们都想过。所以你们的错是我们的。
但你们难道没听说过被战争击沉的
民船,没听说过那些被战争蹂躏的
城镇(战争在夜晚从云端呼啸而至,
而在那之前云端只有天使和星星)?
你们没听说过船上和城镇里有孩子?
没听说过人类用生命换来的教训?
这教训并不新鲜,只是被我们忘了:
战争人人都有份,孩子也不例外。
我不打算也不可能给你们讲清战争。
最好的办法就是随我一道上山,
去点燃火堆并欢笑,同时也害怕。"

一个姑娘的菜园

我们村里有一位邻居
　爱讲她做过的一桩傻事,
那是在某一年的春天,
　当她还是个农家少女。

有一天她要求她父亲

---

① 美国参战前曾许诺向中国北洋政府提供贷款和军援,以鼓励中国站在协约国方面参战。

诗 歌

  给她一小块菜园
让她自己耕种自己收获，
  父亲说："干吗不呢？"

在寻找地角旮旯的时候，
  他想起一块有墙的空地，
空地上曾有过一家商店，
  他说："就是这里。"

他说："这地应该叫你弄成
  你设想中的单人农场，
而且它会给你一个机会
  锻炼你瘦弱的臂膀。"

她父亲还说那菜园太小，
  不适宜使用耕畜，
所以她干活儿只能用手，
  但她现在并不在乎。

她沿着一条延伸的小路
  用手推车运去肥料；
但她常常丢下运肥小车
  一个人掉头就跑，

为的是躲开来往的行人。
  然后她要来了种子。
她说她打算除野草之外
  什么作物都要种植。

于是一个坑只栽一种作物；
　　萝卜莴苣豌豆马铃薯
甜菜蚕豆南瓜玉米西红柿，
　　甚至还有各种果树。

是的，很久以来她一直不相信
　　今天还长在那里的
一株挂果的苹果树是她的，
　　或至少可能是她的。

在一切都说了并做了之后，
　　她的收获真是五花八门，
每样东西都有那么一点点，
　　但没有一样够斗量秤称。

如今每当她在村里看见
　　各种事务在如何进行，
每当事情显得有点眉目，
　　她总会说："这我知道！"

"这就像我当年种地时一样——"
　　但她绝非是有何高见！
而且她绝不会对同一个人
　　把这个故事讲上两遍。

关在屋外①
——写给一个孩子

当我们在晚上关门闭窗,
我们总会把花儿关在屋外,
使它们照不到窗内的灯光。
每次我幻想有人试图开门,
袖口上的纽扣擦着门响,
这时花儿就在小偷身旁。
但我们谁也没去惊走小偷!
我们曾发现一朵旱金莲
折断了花梗倒在脚印上。
我也许因此责备过自己,
因为我常想,它说不定
就是我曾逗弄过的那朵花,
当我坐在暮色中看月亮落下。

蓝背鸟的留言
——写给一个孩子

我出门时遇见只乌鸦

---

① 此诗和下一首都是弗罗斯特于十九世纪初居住在新罕布什尔州德里镇区的农场上时为他的儿女们写的。

用一种低嗓门对我说话：
"嘿，我正在找你呢。
你好吗？我就是来
叫你去告诉莱斯利①
（你会告诉她吗？）
她那只小小的蓝背鸟
要我帮它把口信捎，
说昨晚的那场北风，
那场使星星明亮的北风，
那场使水槽结冰的北风
使得它咳嗽，差点儿没
咳掉它尾巴上的羽毛。
所以它只好飞走！
但它跟她说再见，
并叫她多多保重，
叫她要戴好红兜帽，
去雪地找臭鼬的踪迹时
要带上一把斧子——
它还祝她事事顺利！
也许等明年春暖花开
它又会唱着歌回来。"

---

① 弗罗斯特的大女儿名叫莱斯利。

"熄灭吧,熄灭——"[①]

场院里的电锯时而咆哮时而低吟,
溅起锯末并吐出适合炉膛的木条,
微风拂过时木条散发出阵阵清香。
人们从场院里抬眼就可以看见
有五道平行的山脉一重叠一重
在夕阳下伸向远方的佛蒙特州。
电锯咆哮低吟,电锯低吟咆哮,
当它或是空转,或是负荷之时。
一切平平安安,一天活就要干完。
他们要早点说一天活结束就好了,
给那孩子半小时空闲让他高兴,
一个孩子会非常看重半小时空闲。
那孩子的姐姐系着围裙站在一旁
告诉他们晚餐好了。此时那电锯,
好像是要证明它懂得什么是晚餐,
突然跳向孩子的手——似乎是跳向——
但想必是他伸出了手。可不管怎样,
电锯和手没避免相遇。那只手哟!
那男孩的第一声惨叫是一声惨笑,
他猛地转身朝他们举起那只手,
像是在呼救,但又像是要阻止生命
从那只手溢出。这时他看清了——

---

① 语出莎士比亚悲剧《麦克白》第5幕第5场第23—24行中麦克白听到妻子的死讯后所说的话:"熄灭吧,熄灭,短促的烛光!／生命不过是走动的影子。"

因为他已经是大孩子,已经懂事,
虽说有孩子的心,但干的大人的活——
他看见血肉模糊。"别让他砍我的手——
姐姐,医生来了别让他砍掉我的手!"
好吧。可那只手已经与胳膊分离。
医生来了,用麻醉药使他入睡。
他躺在那儿鼓起双唇拼命喘息。
后来——听他脉搏的人猛然一惊。
谁都不相信。他们又听他的心跳。
微弱,更弱,消失——到此为止。
不再有指望了。于是他们都转身
去忙各自的事,因为他们不是死者。

布朗下山

或:身不由己的滑落

布朗的农场在高高的山上,
　　冬日里一过下午三点半时分,
只要他在干农场上的杂活,
　　人们老远就能看见他的提灯。

想必许多人都看到有天夜里
　　他曾疯狂地冲下那座高山,
越过耕地、石墙和一切,
　　手中的提灯划出道道光环。

当时他在农舍与谷仓间搬东西,

忽然间有一阵狂风刮来
把他吹向了包裹着地面的冰壳，
　　于是他就开始连滚带摔！

石墙都被雪掩，树木也稀少，
　　他看出除非靴跟能凿孔
不然他就没法在冰面上停住。
　　可尽管他一直口脚并用

一边跺脚一边自语，可有时
　　有些事似乎只能顺其自然，
他跺脚没能跺出立足之处，
　　而是继续其旅程，滑行下山。

有时他的双臂像翅膀张开，
　　他瘦长的身子则像一根中轴，
他就像表演旋转舞似的滑行，
　　这种姿势颇有尊严和风度。

或快或慢他自己没法掌握，
　　或蹲或立却由他自己决定，
这全看他敢不敢为保衣服
　　而让脖子或思想做出牺牲。

他始终没让那盏提灯脱手，
　　有人也声称曾远远地注意
布朗用灯光发出过信号，
　　我不懂那信号是什么意思，

"在深更半夜那样一个时辰!
　　他是在庆祝什么特别的事。
我不知是他卖掉了他的农场
　　还是当上了格兰其分会主席。"①

他磕磕跌跌撞撞一溜歪斜,
　　他滑倒时提灯碰得噼里啪啦,
(但他设法没让灯光熄灭。)
　　直滑到山腰他还想止住下滑,

他不相信自己会如此倒霉。
　　后来他终于变得随遇而安,
彻底放弃了想停住的努力,
　　像个玩耍的孩子直滑下山。

"好吧,我——"他就说了这么多,
　　当他直身滑过冰冻的小河
他回头顺着那道滑溜溜的山坡,
　　望了望(两英里外)他的住所。

我作为一名汽车方面的权威,
　　有时候人们会要求我回答
是否我们的股票已彻底掉价,
　　而这就是我认真的回答:

咱们北方佬仍和过去一样。

---

① 格兰其(Grange)指成立于1867年的美国农业保护者协会,该协会在各地设有分会。

别因为布朗爬不上那溜光
的山坡，就以为他会放弃
　　重新返回山顶家园的希望；

更不要以为他会站在山脚下
　　等来年一月的解冻季节
融化掉地壳那层光滑的表面。
　　他体面地顺从了自然法则，

然后会按股票攀升的方式，
　　凭他的双脚一步步绕路上山；
千万别替那些人过分担心，
　　因为在那样一种特殊时间

他们的感觉肯定非常良好，
　　即使脚下走的是羊肠小路，
他们也觉得仿佛是康庄大道——
　　我说别替他们过分担心，

不然就成不了一个男子汉——
　　一个有闲暇时间的政治家。
我一直让布朗在山下挨冻，
　　虽然我找了理由替他说话；

但现在他朝山上看了三眼，
　　然后晃了晃他的提灯，说
"上路吧！"然后他就上路，
　　上了那条有几英里远的盘山路。

采树脂的人

一天清晨,在下山的路上,
有个人赶上来与我同行,
他拎着个荡悠悠的口袋,
口袋的上半截绕在他手上。
他让我与他同行的五英里路
比让我乘车骑马都更舒畅。
山路沿着一条哗哗的小溪,
我俩说话都像在大声嚷嚷。
我先告诉他我从哪儿来,
我住在山区的什么地方,
此时我正沿着那条路回家,
然后他也讲了些他的情况。
他来自很高很高的山坳,
在那儿河川源头冲刷着的
是从山体裂出的一块块岩石,
那看上去真足以令人绝望——
因岩石的风化层只够生苔藓,
永远也形不成能长草的土壤。
他在树林边建了间小木屋。
那只能是间低矮的木屋,
因为对烈火与毁灭的恐惧
常常惊扰林区人的梦乡:
梦中半个世界被烧得乌黑,
太阳在浓烟中蜷缩变黄。

我们熟悉带山货进城的山民，
他们马车座下或有些浆果，
他们两脚之间或有篮鸡蛋；
这个人布袋里装的是树脂，
从山上的云杉树采的树脂。①
他让我看那些芳香的树脂块，
它们像尚未雕琢的宝石。
它们的颜色在齿间呈粉红，
可在上市之前却是金黄。

我告诉他那是一种惬意的生活：
终日在阴暗的林间树下，
让树皮贴近你的胸膛，
伸出你手中的一柄小刀，
将树脂撬松，然后采下，
高兴时则带着它们去市场。

架线工

他们像拓荒者一样打这儿经过。
他们留下一溜可烂不可砍的树林。
他们为活人种下一棵棵死树，
又用一根活线将死树连成一串。
他们衬着蓝天为一架乐器调琴弦，
往后不管是敲出还是说出的话语

---

① 云杉树脂是制口香糖的原料。

经过琴弦时都会像思想一样无声,
但他们调弦时却并不安静,他们
冲远处呐喊:"嗨,把线拉紧啰!
千万别松手,直到我们把它固定。
松手吧——活已干完!"随着笑声,
随着镇民们藐视荒野的誓言声,
他们为我们送来了电报和电话。

消失的红色

据说约翰是阿克顿镇的最后一个
红种人。据说那磨坊主一直在笑——
如果你想把那种声音叫作笑声的话。
但他却不给别人的笑声发许可证,
因为他会突然板起面孔,好像是说:
"这关谁的事——只要我自己担待,
这关谁的事——可干吗众人要议论?
既然这只是我想那样处置的事情。"
你没法回到当时像他那样目睹此事。
这话说来太长,现在已没法说清。
除非你一直在那儿并经历了一切。
然后你也许就不会只把它看成是
两个种族间哪个先动手的问题
当时那红种人正在磨坊里闲逛,
俯身于那个咯咯转动的巨大磨盘,
他粗声大气地发出惊讶的叫喊,
惊叫声使磨坊主生理上产生反感,

因为声音来自无权大声呼叫的人。
"喂,约翰,"他说,"想看看轮槽吗?"

他领他来到轮坑里的一根横梁下,
从地板上的检修孔让他看轮槽,
引水槽里湍急的水像发疯的鱼,
像一尾尾甩动尾巴的鲑鱼和鲟鱼。
后来他关上了系有铃铛的活板门,
铃铛的响声甚至压过了所有声音,
然后他独自上来——并开始那样笑,
还对一个来磨面的人说了些什么,
可那个人没能听明白。——后来呢?
哦,对啦,他的确让约翰见识了轮槽。

雪

三个人站着仔细听狂风再次发威,
风刚才卷着大雪猛撞了一阵房子,
然后又无拘无束地呼啸。科尔夫妇
本已上床,故衣服头发都显凌乱,
梅泽夫身上的大皮衣使他更显矮小。

梅泽夫先开口说话。他用手中的
烟斗从肩头上向后指着外边说:
"你简直能看清那阵风掠过屋顶,
从屋顶朝天空展开一轴名册长卷,
长得足以记下我们所有人的名字。

我想我得给我妻子挂个电话,告诉
她我在这里——待一会儿再上路。
我会只让铃响两声,要是她聪明
又已经入睡,她就不必醒来接电话。"
他只摇了三下手柄,然后拿起听筒。
"嗨,莱特,还没睡?我在科尔家。
是晚了点。我打电话是想在我回家
说早上好之前从这儿跟你说声晚安——
我想我会——我知道——可,莱特,
我可以,但那有啥意思?剩下的路
不会太糟——我一小时就能到——
喂,三小时到这儿!可那全是上坡;
剩下是下坡路。哦,不,路不太糟;
马都很镇静,走得不慌不忙,还觉
得好玩哩。它们这会儿在牲口棚。
亲爱的,我照样会回来。我给你
打电话可不是要你邀请我回家——"
他等了等她不肯说出的那两个字,
最后自己将其说出,"晚安。"另一头
还是没回应,于是他挂上了电话。
三个人围着桌子站在灯光之中,
大家都垂着目光,直到他开口说:
"我去看着那些马怎么啦。"

         "去吧。"
科尔夫妇齐声说。随后科尔太太又
补充道:"看过之后才好做出判断——
弗雷德,我要你在这儿陪我。让他

留下吧,梅泽夫兄弟。你能找到
从这儿去牲口棚的路。"

"我想我能,
我想我知道能在那儿发现我的名字
刻在牲口棚里,这样即使我不知道
我在哪儿,也知道我是谁。过去我
习惯玩——"

"你料理完马就回来。
弗雷德,你打算让他走!"

"难道你不?
你能容他留下?"

"我刚才叫他兄弟啦。
知道我为什么那样叫吗?"

"这很自然。
因为你听见这周围人人都那么叫。
他好像已经失去了他的教名。"

"可我倒觉得那样叫颇有教会味儿。
他没注意到,是吗?好吧,至少
我那样叫并不是出于对他的喜欢。
老天作证,一想他有十个孩子就
令我厌恶,而且最大的也不到十岁。
我也讨厌他那个小得可怜的教派,

就我所听到的,那个教派不怎么样。
但这也难说——瞧,弗雷德,现在
都十二点了。他来这儿才半个小时,
而他说他是九点离开镇上杂货店的。
三小时走四英里路——一小时一英里
或稍稍多一点儿。这是为什么?
似乎一个男人不可能走得那么慢。
想想在这段时间里他走得多吃力。
而他还有三英里路要走!"

　　　　　　　　"就别让他走了。
留住他,海伦。让他回答你问题。
那种人历来口快,说起来就没完,
只要他自己谈起一件什么事情,
其他任何人说什么他都充耳不闻。
不过我该想到,你也能让他听你说。"

"这样的夜里他在外边干什么呢?
他干吗不能待在家里呢?"

　　　　　　　　　"他得布道。"

"这不是出门的夜晚。"

　　　　　　　　"他或许卑微,
他或许虔诚,但能肯定他很坚韧。"

"而且壮得像根烟草。"

　　　　　"他能够克服困难。"

"你只说说而已。要知道从这儿
到他们家,路上再没有别的房子或
过夜处。我得再给他妻子挂个电话。"

"等等,也许他会挂。看他会怎么办。
看他会不会再一次想到他妻子。
不过我认为他未必会想到他自己。
他不会把这种天气当回事的。"

"他不能走——你瞧!"

　　　　　　"那是夜,亲爱的。"
"至少他没把上帝拉扯进这事。"

"他不会认为上帝与这事有关系。"

"你这样想,是吗?你不了解这种人。
他这会儿正准备创造一个奇迹哩。
悄悄的——就他知道,此刻他在想
要是他成功,他就证明了一种关系,
但要是失败就保持沉默。"

　　　　　　"永远保持沉默。
他会被冻死——被雪埋掉。"

　　　　　　　"会那么严重!

185

不过要是他这样做只会使那些
道貌岸然的恶棍表现出几分伪装的
虔诚,那我仍然有一千条理由
不在乎他会出什么事。"

"胡说!你希望看到他平平安安。"

"你喜欢这小矮人。"

 "你不也有点喜欢?"

"这个嘛,我不喜欢他正在做的事,
而这是你喜欢的,并因此而喜欢他。"

 "哦,你肯定喜欢。
你像任何人一样喜欢有趣的事;
只是你们女人不得不装出种姿态,
好给男人留下印象。你们使我们
男人感到害臊,以致我们看见有趣
的争斗也觉得有义务去加以制止。
我说,就让那个人冻掉他的耳朵吧——
他来了。我把他全交给你。设法
救他一条命吧。——请进,梅泽夫。
请坐,请坐。你那些马怎么样?"

"很好,很好。"

 "还想再走一程?我妻子

说你不能走。我看你也必须放弃。"

"能给我个面子吗,梅泽夫先生?
要是我说求你呢?我让你妻子来定。
你妻子刚才在电话里都说些什么?"

梅泽夫好像只是在注意桌上的灯,
或注意离灯不远的一样什么东西。
他放在膝盖上的那只手活像一只
起皱的白蜘蛛,他抬起那只手,
伸直胳膊翘起食指指着灯下说:
"看那页书,在你摊开的那本书中!
我想它刚才在动。它一直竖立着,
就在这桌上,自从我进屋之后
它一直在试图自己朝前或朝后翻,
我也一直盯着它想看出个结果:
要是朝前,那它是怀着朋友的焦急
(你明白我知道)要你继续看某些字句,
它想看你如何理解的字句;如果向后,
那是因为它惋惜你翻过了某些字句
但未能体会其妙处。但不用担心,
在我们领会事物之前,它们肯定会
一次次地向我们展现——我说不清
具体多少次,那得看情况而定。
有一种谎言总企图证明:凡事
都只能在我们的眼前显现一次。
但真要是那样我们最终会在何处呢?
我们的生命依赖于万事万物之重现,

直到我们从内心对其做出回应。
第一千次重现也许会证明其魅力。
那书页！没风帮忙它自己不能翻动。
但若它刚才动了却不是被风吹动。
它自己动的，因为这里压根儿没风。
风不可能使一样东西动得那样敏感。
风不可能钻进灯里让火苗喷出黑烟。
风不可能把这条柯利犬的长毛吹皱。
你们使这四四方方的一小团空气
静谧，明亮而温暖，尽管四周是
无边无际的黑暗、寒冷和风雪，
凭着营造这环境，你们让身边的
这灯这狗和这书页享有了安宁；
虽说人人都能看出这种安宁也许
是你们没有的东西，但你们却能给予。
所以不拥有便不能给予是不经之谈。
认为话说一千遍即成真理亦属谬论。
我要翻这页书了，若没人愿翻的话。
它不愿摊下来，那就让它立着吧。
谁会在乎呢？"

"我并不想催促你，梅泽夫先生，
但要是你想走——请说你会留下。
不过让我拉开这窗帘看看外面，
并让你看你面前的雪如何在堆高。
你没看见这冰天雪地一片白茫茫吗？
问问海伦，打我们刚才量过之后，
堆上窗框的雪又爬了多高。"

诗 歌

"看上去像是
某个白乎乎的家伙压扁了它的五官
并过于急切地闭上了它的眼睛,
不想看人们相互间发现什么那样
有趣,然后它由于愚蠢和不理解
而酣然入睡,或是折断了它白蘑菇
般的短脖子,靠着窗玻璃死去。"

"梅泽夫兄弟,当心这可怕的梦呓
会吓住你自己,远远超过吓住我们。
与这有关系的是你,因为正是你
非要一个人走出这房子进入雪夜。"

"让他说,海伦,也许他会留下。"

"在你放下窗帘前——我记起了:
你还记得有年冬天跑到这外边来
呼吸新鲜空气的小伙子吗——住在
南边埃弗里家的那个小伙子?对啦,
那是个晴朗的上午,在暴风雪之后,
他路过我家发现我在屋外用雪护墙。
我为了保暖正把自己深深埋起来,
把积雪一直堆到与窗台一般高。
堆上窗台的白雪吸引了他的目光。
'嘿,这真是个好主意,'——他说,
'这样你既可以想到外边积雪六英尺,
又可坐在暖和的室内研究均衡配给。
在冬天里你却感觉不到多少冬天。'

这些就是他的话。他回到住处几乎
用雪把阳光挡在了埃弗里家的窗外。
现在你们和我不会做出那样的事。
与此同时你不能否认,我们三个人
坐在这儿发挥我们的想象力,让
外面的雪线高高地横过窗格,这也
并不会使天气更糟,哪怕糟一点点。
在茫茫冰天雪地中有一种隧道——
那更像隧道而不像洞——你可以
看见隧道远方的尽头有一种微动
或颤动,就像巷道磨损的边在风中
飘动。我喜欢那景象——我喜欢。
好啦,现在我该走了,朋友。"

"喂,梅泽夫,
我们还以为你打算决定不走了呢——
你刚才还用那种方式称赞你此刻
待的地方舒适。你是想留在这儿。"

"我得承认下这样一场雪天很冷。
除了你们待的这个房间,这整幢
房子都快被冻裂。要是你们以为
风声远去,那也不是因为它消失;
屋顶上的雪越厚(那才是原因)你们
越感觉不到。听那些松软的雪炸弹,
它们正在烟囱口和屋檐上冲着我们
爆炸。我更喜欢躲在屋里,而不
喜欢暴露在外面。但那些马已经

得到休息,而且已到告别的时间,
你们回床上继续睡觉吧。晚安,
原谅我闯进来惊了你们的好梦。"

"你闯进来算你运气。你真走运,
选我们家作为你中途的休息站。
如果你是那种愿意尊重女人意见
的男人,你就应该听我的忠告
并为了你家人的缘故而留下不走。
但我这样苦口婆心又有什么用呢?
你的所为已超过了你有权认为你
能够做的——刚才。而你也清楚
继续走所要冒的风险。"

      "一般说来,
我们这儿的暴风雪不会置人于死地。
虽说我宁愿当一头藏在雪下面冬眠
的野兽,让大雪把洞口封上并掩埋,
也不愿当一个在上面与雪搏斗的人,
但想想那些栖在树枝上而不是待在
窝里的小鸟吧。难道我还不如它们?
在今晚的雪中,它们被弄湿的身躯
顷刻间就会被冻成冰块。但到明天
它们又会跳跃在林间发芽的树枝上,
扑动它们的翅膀,唱出欢乐的歌,
仿佛不知我们说的暴风雪有何意义。"

"可为什么呢,既然谁都不想你继续?

你妻子——她不想你走。我们也不想,
你自己也不想。此外还有谁呢?"

"让我们免于被一个女人问住吧!
哦,此外还有——"她后来告诉
弗雷德,在他停顿之时,她以为他
会说出"上帝"这个令人敬畏的字眼。
但他只是说:"此外还有——暴风雪。
它说我得继续走。它需要我就像
战争需要我一样(若是战争降临)。
去问问任何男人吧。"

他扔下最后一句话
让她去发呆,直到他走出了房门。
他让科尔陪他到牲口棚与他道别。
科尔回屋时发现他妻子仍然站着,
在那张桌边,挨近那本摊开的书,
但并不是在读它。

"好啦,"她说,
"你觉得他是个什么样的人?"

"我应该说
他有语言天赋,或者说能言善辩?"

"这种人从来就爱考虑相似比拟吗?"

"或是爱忽略人们提的世俗问题——

什么？我们一小时内对他的了解
比我们看他从这路上经过一千次所
了解的还多。他要这样布道就好啦！
毕竟你刚才并不认为你会留住他。
哦,我不是责备你。他并没有给你
多少说话的机会,再说我很高兴
我们用不着陪他一夜。他留下来也
不会睡觉。最小的事也会使他兴奋。
他一走这里静得像空荡荡的教堂。"

"可实际上这比他没走又好多少呢？
我们得坐在这儿等知道他平安到家。"

"是吗？我猜你想等,但我不想。
他知道他的能耐,不然他不会走。
我说上床去吧,好歹休息一会儿。
他不会回来的,而要是他来电话,
那也得一两个小时之后。"

"好吧。我想我们坐在这儿陪他
穿越暴风雪也无济于事。"

科尔一直在没灯的外间打电话。
科尔太太的声音从里屋传来：
"是她打过来的还是你打过去的？"

      "她打过来的。
你要不想再睡就把衣服穿好。

我们本该早睡着了。都三点多了。"

"她已说了好一阵吗？我马上穿睡袍。
我要和她通话。"

         "她只说了
他还没到家,并问他真的走了吗。"

"她知道他走了。都两个小时了。"

"他带着雪铲。他大概得铲雪开路。"

"我刚才为什么要允许他离开呢?"

"别这么说。你已经竭尽全力
留过他了——不过你也许的确
没掩饰你希望看到他不听你劝告
的勇气。他妻子会因此责怪你的。"

"弗雷德,毕竟我说了！你不能
撇开我的话本身而随意去理解。
她刚才的话中没流露出要怪我
的意思吧?"

      "当我告诉她'走啦',
她说:'好呀,好呀。'——像一种威胁。
然后她用变得很低的声音说:'哦,
你们,你们干吗放他走呢?'"

"问我们干吗放他走？
你让开。我倒要问问她干吗要放他
出来。他在这儿时她还不敢说哩。
他们的号码——二一？电话不通。
有人摘下了话筒。这摇柄太紧。
这破玩意儿,会把人的手弄伤!
通了! 可她已丢下话筒走开了。"

"你说话试试看。说'喂!'"

　　　　　　　　　"喂。喂。"
"听到什么吗？"

　　　　　　"听到一个空房间——
你知道——听上去是空房间。对啦,
我听见——我想是钟响,还有窗响。
但没脚步声。她要在屋里也是坐着。"

"大声点,她也许会听见。"

　　　　　　　　"大声也没用。"

"那就继续喊话。"

　　　　　　　"喂。喂。喂。
你不会认为——她不会出门去吧？"

"我有点担心那正是她可能做的。"

"丢下那些孩子?"

      "等会儿再叫吧。
你就听不出是否她让房门敞开着,
是否风已经把灯吹灭,是否壁炉
已熄火,是否那屋子里又冷又黑?"

"我只能听出她要么上床睡了,
要么出门去了。"

     "这两种情况都没办法。
你知道她长什么样?你见过她吗?
真奇怪,她不想和我们说话。"

"弗雷德,你来,看你能不能听见
我听见的那种声音。"

"也许是钟响。"

     "你就没听见别的?"

"没人说话?"

     "没有。"

   "啊,我听见了——是什么?"

"你说是什么?"

     "一个婴儿的哭声!
哭得真凶,尽管听上去隐隐约约。
当母亲的决不会让孩子这样啼哭,
如果她在的话。"

    "你认为这说明什么?"

"这只能说明一种情况,那就是,
可以假定——她已经出门去了。
不过她当然没出去,"他俩一筹莫展
地坐了下来,"天亮前我们毫无办法。"

"弗雷德,我不允许你想到出去。"

"别出声。"这时电话铃开始响。
他俩惊跳起来。弗雷德抓过话筒。
"喂,梅泽夫。这么说你到了!——
你妻子呢?很好!我干吗问这个——
刚才她好像一直不接电话。——他
说她刚才到牲口棚接他去了。——
我们很高兴。哦,别客气,朋友。
欢迎你路过时顺便来看看我们。"

"好啦,这下她终于拥有他了。
不过我看不出她为什么需要他。"

    "可能不是为她自己。
她需要他也许只是为了那些孩子。"

"看来这阵忙乎完全是大惊小怪。
我们折腾这一夜只会使他感到好笑。
他来干什么呢?——只是来聊聊?
不过他倒是来过电话说今晚在下雪。
要是他认为他打算把我们家作为
往返镇上时中途休息喝咖啡的地方——"

"我认为你会觉得刚才过分担心了。"

"你认为刚才你自己就不担心?"

"要是你想说他太不替人家着想,
半夜把我们从床上叫起来为他担心,
然后对我们的忠告又置若罔闻,
那我同意你。但让我们原谅他吧。
我们已分享了他生命中的一个夜晚。
他会再来的,你用什么跟我打赌?"

树　声

我对那些树感到疑惑。
为什么比起另一种噪声
我们更希望永远忍受
它们的瑟瑟沙沙籁籁,
而且紧挨着家门口?
我们天天忍受树声,
直到丧失了步伐的节奏

和我们欢乐中的永恒,
并具有了倾听的神情。
它们总谈到要离去,
但却从不挪动;
待它们更睿智更老成,
它们仍在谈想长见识,
可这话现在是说不走。
有时当我从窗口或门洞
注视那些树摇曳晃悠,
我的脚会使劲蹭地板,
我的头会偏向一边。
哪天它们嗓子好的时候,
哪天它们摇晃得甚至会
吓走天上白云的时候,
我将宣布要去某个地方,
我将做出不顾后果的选择。
我将没有多的话要说,
但我将会离去。①

---

① 这首诗是弗罗斯特写给朋友阿伯克龙比的。1914年冬天,客居英国的弗罗斯特为节省开支而搬到英国诗人阿伯克龙比家住,其间得知美国将出版他的诗集,于是决定返回美国。他在当时写给美国朋友考克斯的一封信中说:"甚至连那一排排树都在催促这个美国人再次挪窝。"

新罕布什尔*
1923

---

* 《新罕布什尔》初版有副标题"一首有注解和装饰音的诗",并有献词"献给佛蒙特州和密歇根州"。此诗集获1924年度普利策诗歌奖。

新罕布什尔

我遇见位从南方来的女士,她说
(你不会相信她说的,但她说了):
"我们家谁也没活儿干,也没有
任何东西可卖。"我并不认为干活儿
有多要紧。你可以替我干全部活儿。
我考虑过我必须自己干活儿的时间。
至于有任何东西可卖,①那正是
一个人、一个州或一个国家的耻辱。

我遇见位来自阿肯色州的旅游者,
他夸耀说他的阿肯色州很美,
因为那儿有钻石和苹果。"钻石
和苹果的数量有商业价值吗?"
我警觉地问。"哦,是的。"他随口
回答。当时是夜晚,在一列火车上。
我告诉他:"服务员已替你铺好了床。"

我遇见过一位加利福尼亚人,
他老谈加利福尼亚——说那个州
的天气是如何得天独厚,以致
死者均非自然死亡,于是不得不
成立些治安维持会为墓地备货,

---

① 《新罕布什尔》初版有注释"请参阅本书《斧柄》"。

同时也证明该州人性没有扭曲。
我嘀咕道:"简直就像斯蒂芬森
对北极喋喋不休一样。这都是
因为把气候和市场连在了一起。"①

我遇见过一位另一个州的诗人,
一个满脑子流动着灵感的狂热者,
他愤怒地以流动着的灵感的名义,
但却用劣等推销术的最佳方式,
企图让我对沃尔斯特德法案②
提出书面抗议(我想是用诗体)。
直到我要求来杯酒替他消消气,
他才终于想到为我买杯酒喝。
这就是常说的有个主意可卖。

这种事绝不可能发生在新罕布什尔。

在古老的新罕布什尔,我撞上的
唯一一个被买卖玷污的人就是
一个在加利福尼亚做过买卖
刚刚羞愧满面地回来的家伙。
他修了幢君士坦丁堡式的房子,
房顶是折线式,塔楼尖是球形,
房子在树林中,离火车站有十英里,

---

① 斯蒂芬森(1879—1962),美国探险家和人种学家,曾多次对北极进行考察研究。他在其著作《我与爱斯基摩人在一起的生活》(1913)、《友好的北极》(1921)和《帝国通往北方之路》(1923)中都一再宣称北极地区具有潜在的经济开发价值。
② 即"禁酒法案"。该法案以共和党议员安德鲁·沃尔斯特德的姓氏命名。

好像正如我们所说,他心中已
永远放弃了再被人接纳的希望。
一天日近黄昏的时候,我发现他
站在他那个开着门的牲口棚里,
像个孤独的演员在昏暗的舞台上;
当时光线暗得只能看清他的眼睛,
透过那昏暗的光线,我认出他是
我少年时代的朋友,实际上我俩
曾在去布莱顿的路上一起赶过牛。
他的农场不是农场,而是"庭园",
与周围简陋的小木屋相比,他的
房子就像贸易站代理商的高楼。
他已是富翁,而我还是个穷光蛋,
因此我忍不住非常冒昧地问他
这些年都在哪儿?在干些什么?
怎么有了今天?(当然是说有钱。)
他说他一直在旧金山销售"破烂"。
啊,这真是要多可怕有多可怕。
我俩恐怕进了坟墓也闭不上眼。

新罕布什尔拥有的全都是标本,
就像陈列柜里的展品每样就一件,
所以她当然不愿意把它们卖掉。
她有一个总统(请管他叫钱包,①

---

① 美国第十四任总统富兰克林·皮尔斯(在任期1853—1857),出生在新罕布什尔州的希尔斯伯勒县。他的姓 Pierce(皮尔斯)与 purse(钱包)发音相似。他于1854年签署了国会通过的"堪萨斯 - 内布拉斯加法案"(一个取消限制奴隶制扩展的法案),该法案的实施酿成了堪萨斯内战并最终导致了美国南北战争。

而且无论好歹都请对他充分利用。
他是你抨击这个州的唯一机会)。
她有一个丹尼尔·韦伯斯特。他过去
或将来都永远是丹尼尔·韦伯斯特。
她有造就他所必需的达特茅斯学院。①

我说她古老,因为她有一个家庭
在开拓殖民地之前就在那里定居,
甚至早在对北美的探险时代之前,
所以他们的主权要求无可争议。
当约翰·史密斯②沿肖尔斯群岛③
岸边航行时,他曾看见他们在
一个码头边悬着脚捕鱼,他高兴
地看出他们不是印第安人,而是
地地道道的白种人,白人的祖先,
就像那些为亚当的子孙娶妻的祖先;
但虽说他们早在我们的历史之前,
然而他们也许从来就不愚钝。
当时他们在那儿已住了一百多年。
可惜他当时没问既然码头已建成
他们还要做什么,也没问他们名字。
后来他们把他们的名字告诉了我——
一个今天在诺丁汉受人尊敬的名字。

---

① 丹尼尔·韦伯斯特(1782—1852)出生在新罕布什尔州索尔兹伯里的一座农场,毕业于达特茅斯学院,后来成了享誉美国的大律师。
② 约翰·史密斯(1580—1631),英国探险家,北美弗吉尼亚詹姆斯敦殖民地的主要创建者,曾航行到新英格兰地区,著有《新英格兰记》。
③ 新罕布什尔州东南角近海的九座岩石小岛,距该州港市朴次茅斯约16公里,岛上曾有渔村。

至于他们除了捕鱼还会忙些什么——
且让他们没按清教徒的方式行事,
让他们尚未开始为成为上流而战,
人类也尚未开始去度公休假日。
对别人的事情不要探究得太深,
这才符合一个深刻的探究者的身份。

你肯定听说过他,新罕布什尔唯一
真正的改革家,他要改变这世界,
以便这世界可以被两类人接受,
一类是刚能自称为艺术家的艺术家,
也就是说在他们自己被接受之前,
另一类是刚逃出大学门的小伙子。
我禁不住认为他们是应遵循的标准。

她还有一个我叫不出名字的人,
此人每年都要从费城来这儿,
带着一大群品种都很珍稀的鸡,
他想让这些鸡享受教育的好处,
让它们在鹰和隼锐利的目光下
成长为和野鸡差不多的品种——
像乔叟笔下所描写过的杜金鸡,
或赫里克诗中出现过的苏塞克斯鸡。

她还有点黄金。新罕布什尔黄金①——
这你大概已听说过。我有一座

---

① 《新罕布什尔》初版有注释:"请参阅本书《运石橇上的一颗星》第5行。"

前不久才到手的农场,在柏林①北边,
农场上有座可开采黄金的矿山,
但黄金蕴藏量没有商业开采价值,
因为其数量只够农场的拥有者
制作他们的订婚戒指和结婚戒指。
人还能得到比这更清白的金子么?
最近从安多弗和迦南②运回来
一些矿砂,我的一个孩子在筛选时
从中发现了一种绿柱石标本,
一种含有微量镭的绿柱石标本。
我知道那点镭的含量肯定是痕量③,
绝对低于商业开采价值的标准;
但请相信,新罕布什尔不会有
足够的镭或任何东西可以出售。

我说过,每样东西都只是标本。
她有个女巫(老式的)④住在科尔布鲁克⑤。
(我遇见另一个女巫是最近在
波士顿吃一顿精致的晚餐的时候。
当时有四个人,桌上有四支蜡烛。
那女巫很年轻,很漂亮[新式的],
思想也开放,她很坦率地怀疑
她阅读锁在信箱里的信件的能力。
为什么是金属信箱时那种能力更大,

---

① 指新罕布什尔州科阿斯县的柏林镇。
② 分别在新罕布什尔州的梅里马克县和克拉夫顿县境内。
③ "痕量"指物质中某种成分在百万分之一以下的含量。
④ 《新罕布什尔》初版有注释:"请参阅本书《科阿斯的女巫》。"
⑤ 科阿斯县境内一小镇,濒康涅狄格河东岸。

而是木制信箱时那种能力就更小?
它使这个世界显得如此神秘。
心灵研究学会①也认识到了这点。
她的丈夫是个百万富翁。我想
他拥有一些哈佛大学的股份。)

过去在新罕布什尔的塞勒姆镇
有一家我们叫作"白血球"的公司,
他们的职责是在夜里的每时每刻
只要闻到哪里稍有点可疑的气味
便冲去让某人坐"艾尔森船长的大车"。②

每样东西都是陈列柜里的样品。
你也许会说她有足够多的土地,
不只是样品,但在这一点上会有
另一种东西来对她加以保护。
那就是其质量抵消了其数量。
她甚至没有什么农场可以出售。
我安家的那座在山里的农场
与其说是买的,不如说是抢的。
那是在刚过完冬天的时候,
我在那农场主人的门口抓住他,并说:
"我要打发你走,我想要这农场。"

---

① 该学会于1882年成立于伦敦,其目的是研究用已知的科学原理无法解释的心灵感应现象,该学会的美国分会成立于1890年。
② "艾尔森船长的大车"是美国诗人惠蒂埃创作的一首叙事诗(1857)的篇名,该诗是根据他早年从一位同学口中听到的民谣片段创作的,诗中讲到艾尔森船长抛弃沉船上的旅客,结果"被马布尔黑德镇的妇女涂上柏油,粘上羽毛,拉上大车游街"。

"你要打发我上哪儿去？上马路？"
"我准备打发你去毗邻那座农场。"
"那你自己干吗不要毗邻的农场？"
"我喜欢这座。"这座的确更好。

苹果？新罕布什尔当然有苹果，
但从不喷农药，梗洼和萼洼里
都没有丝毫的硫酸盐或硝酸铅，
所以除了榨果汁，没什么别的用处。
她不修枝的葡萄像套马绳一样猛蹿，
蹿上白桦树，叫人伸手也摘不着。①

一个出产贵金属和宝石的州
还出产——作品；而也许只有
这些数量多质量好的文学珍品
令这位出产者操心，操心这些
作品种类的配置。你可知道，
由于考虑到市场，那儿出产的
诗比其他体裁的作品都多？②
怪不得有些时候诗人都不得不
显得比生意人还更像生意人。
他们的产品也非常难以处理。

她是合众国最好的两个州之一。
另一个州是佛蒙特。很久以来
它们就像在许多三月里挂上一棵

---

① 《新罕布什尔》初版有注释："请参阅本书《野葡萄》。"
② 《新罕布什尔》初版有注释："请参阅本书《水池、酒瓶、驴耳和一些书》。"

槭树的两只吊桶,①它们又像两根
楔形球棒互相用其粗端挨着细端,
而它们挨在一起的形状好像是说
心灵之坚强与体魄之健壮应相称,
你粗的地方我细,你细的地方我粗。②
在靠近加拿大的一个鲑鱼孵化场③,
新罕布什尔养育了康涅狄格河,
但很快就把河的一半分给了佛蒙特。④
这两个州都有些小得可笑的城镇——
洛斯特内申、邦格、马迪布、
波普林、斯蒂尔科勒(这么叫并非
因那个地方整天静悄悄的,也不是
因为它还有一种威士忌——而是
因为它当初被规划成一座城市,
可如今仍只是树林中的荒僻之处)⑤。
我还记得这些地名中的一个
曾出现在银幕上的画面之间,
那是弗朗科尼亚一个选举日之夜,⑥
当共和党已得到它该得的全部选票,
而民主党正迫切需要最后的支持,
这时伊斯顿镇倒向民主党,结果

---

① 《新罕布什尔》初版有注释:"请参阅本书《枫树》。"
② 参见美国地图。
③ 指新罕布什尔州北端的康涅狄格湖。
④ 康涅狄格河是新罕布什尔州和佛蒙特州的界河。
⑤ 斯蒂尔科勒的字面意思为"静静的角落"或"仍然是角落";它大概也是一种威士忌的商标。
⑥ 《新罕布什尔》初版有注释:"请参阅本书《克拉夫顿的乞丐女巫》。"

威尔逊胜了休斯。① 于是人人
都哈哈大笑,大地方嘲笑小地方。
纽约(五百万人)嘲笑曼彻斯特,
曼彻斯特(六万或七万人)嘲笑
利特尔顿,利特尔顿(四千人)笑
弗朗科尼亚,弗朗科尼亚(七百人)
笑——我担心它那晚笑的就是——
伊斯顿。可伊斯顿该嘲笑哪儿呢?
像那个女演员惊呼的:"哦,天哪?"
那儿还有邦格,邦格有些镇区,
所有镇区都有镇名但没有人口。②

关于新罕布什尔我能说的一切
几乎都同样适合于佛蒙特州,
除了这两个州的山势各不相同。
佛蒙特的格林山脉笔直地伸延,
新罕布什尔的怀特山脉则围成一圈。
我曾多次谈起新罕布什尔的山。
可此时此刻我该说些什么呢?
我的话题在这儿变得令人难堪。
爱默生说:"创造了新罕布什尔的
上帝也讥笑那片高地上小小的人。"③
另一位马萨诸塞州的诗人④则说:
"我再也不去新罕布什尔过夏天。

---

① 在1916年美国大选中,民主党在任总统威尔逊击败共和党候选人查尔斯·休斯,获得531张选举人票中的277张(休斯获254张),以微弱优势再次当选。
② 《新罕布什尔》初版有注释:"请参阅本书《人口调查员》。"
③ 见爱默生《颂歌——题献 W. H. 钱宁》第24—26行。
④ 艾米·洛威尔(1874—1925)。另请参见本书下卷《关于爱默生》第6段(第235页)。

我已放弃了在都柏林①的消夏别墅。"
但当我问她新罕布什尔有啥毛病时,
她回答说她没法忍受那地方的人,
小小的人(这是马萨诸塞人的说法)。
而当我问她那地方的人有啥毛病时,
她说:"到你自己的书中去找答案。"
作为几本书的作者,我最好说明
那几本书是从整体上批评这个世界。
如果认为它们批评的是某个州
或某个国家,那就曲解了我的本意。
我是个人们所说的特别敏感的人,
要不然就是个环境保护主义者。
我不愿让自己去适应从热到冷或
从冷到热、从湿到干或从干到湿、
从穷到富或从富到穷的变化。
我甘愿从发生在我周围的每一件
事中去忍受我非忍受不可的痛苦。②
换句话说,我知道我在什么地方,
既然身为我已经是的诗人作家,
我就不会缺少使我保持清醒的痛苦。
基特·马洛教会了我如何做祈祷:
"哪怕这是地狱,我也不会出去。"③
我抱怨萨摩亚、俄罗斯和爱尔兰,
也抱怨英格兰、法兰西和意大利。
我在新罕布什尔写出我的作品

---

① 指新罕布什尔州西南部切希尔县的都柏林镇,该镇是著名的避暑胜地。
② 《新罕布什尔》初版有注释:"请参阅本书《磨轮》。"
③ 见马洛《浮士德博士的悲剧》第3场。

并不证明它们只针对新罕布什尔。

多年前我在夜里离开马萨诸塞，
当时我为何没去康涅狄格或罗得岛，
为何没去纽约州或佛蒙特，而偏偏
到了新罕布什尔？那原因只是
如果我住在新罕布什尔，我就有
最近的边界线供我逃避时跨越。
当时我旅行包里并没有幻想，并不
以为那里的人会比我留在身后的
那些人更好。我以为他们不会也
不可能更好。然而他们确实更好。
我敢说在马萨诸塞不会有这种朋友：
如温德姆的霍尔①、阿特金森的盖伊②、
雷蒙德的(现在科罗拉多)巴特利特③、
德里的哈里斯和贝塞尔汉姆的林奇④。

马萨诸塞州荣耀的诗人们似乎
是想要改造新罕布什尔的居民。
他们讥笑这高高山上有小小的人。
关于这里的人我不知该说什么。

---

① 约翰·霍尔是一位家禽饲养者，住在新罕布什尔州罗金厄姆县的温德姆镇，弗罗斯特于1899年在马萨诸塞州埃姆斯伯里镇举行的一次家禽展览会上与他相识。
② 《新罕布什尔》初版有注释："请参阅本书《斧柄》。"拿破仑·盖伊住在新罕布什尔州罗金厄姆县的德里镇，是一位法裔加拿大人，有一座农场。弗罗斯特从他身上获得了写《斧柄》和《补墙》的灵感。
③ 约翰·T. 巴特利特是弗罗斯特在德里的平克顿中学教书时(1906—1911)所喜欢的一名学生，他后来写过好几篇关于弗罗斯特的文章。
④ 约翰·林奇是爱尔兰移民，他在新罕布什尔州克拉夫顿县的贝塞尔汉姆有一座农场，弗罗斯特曾数次到他农场上做客。

为了艺术的缘故,我几乎可以
希望他们过得更糟而不是更好。①
要是美国人的生活总是安居乐业,
我们怎么能写出那种俄国小说呢?②
迄今为止,我们的文学作品能发出
的唯一呻吟均来自小小的不舒服。
我们因没有理由感到痛苦悲伤
而获得我们能获得的一点悲苦。
一方面除了幸运舒适什么也没有,
一方面又想产生陀思妥耶夫斯基,
这使得美国小说家协会忧心忡忡。
不过这不是痛苦,只是忧郁症,
如今新政权统治下的俄国自己
就这么认为,于是忧郁被禁止。
如果这对俄国没事,那就坦然地
这么说,或坦然地站到墙根被人
枪毙。现在不是波丽安娜③就是死亡。
所以这就是我们听说的新自由,
而且合情合理。在无温饱之虞
的康乐中,任何国家都营造不出
既合情合理又椎心泣血的文学。

---

① 《新罕布什尔》初版有注释:"请参阅本书《星星切割器》。"
② 参阅威廉·迪恩·霍威尔斯(1837—1920)在其《我的文学激情》(1895)和《批评与小说》(1891)中的有关评论,他在后一本批评文集中说:"……这是由陀思妥耶夫斯基的《罪与罚》引起的一种反思,若是哪个美国小说家奏出如此深刻的悲剧音符,那他就会铸下大错……几乎没有哪个美国小说家体验过被拉出去枪毙的滋味,或是最终被流放到德卢斯去经受冬季的严寒……所以我们的小说家关心的是生活更光明的方面,也就是更美国化的方面……"
③ 美国女作家埃莉诺·波特(1868—1920)所著小说《波丽安娜》(1913)中的女主人公,现通常用来比喻大祸将至仍盲目乐观的人。

要表现我们美国人的智力水平
还得靠我们沃伦镇①的一个农夫,
有一天在路上,他的马突然停在
我这个与他素不相识的陌生人跟前,
当时因为尴尬而没有合适的话说,
于是他对我说出了下面这番话:
"你听见穆西劳克山②上的猎狗叫吗?
它们倒使我想起了我们听见过的
反对观念守旧者的抗议呐喊声,
但直到布赖恩退出政坛参加合唱队③
我才算真正明白了抗议的目的。
那些守旧派所面临的问题好像是
一个名叫约翰·L.达尔文的人。"④
"走吧。"我对他说,他对他的马说。

我认识一个经营农场失败的人,
他烧掉自家农舍骗取了火灾保险金,
然后他用那笔钱买了架天文望远镜⑤
以满足他终身的好奇心——关于

---

① 在新罕布什尔州的克拉夫顿县境内。
② 穆西劳克山在新罕布什尔州西部的克拉夫顿县境内。在《新罕布什尔》初版中,弗罗斯特曾加注,请读者"参阅本书《克拉夫顿的乞丐女巫》第81—107行"。
③ 威廉·詹宁斯·布赖恩(1860—1925)于1915年辞去威尔逊政府的国务卿一职以后,成了一个在宗教集会上受欢迎的巡回讲演者,支持照字面意思理解《圣经》,并极力主张立法机构禁止在美国讲授达尔文的进化论。
④ 这位农夫把英国科学家查尔斯·达尔文的姓名与美国拳击手约翰·沙利文(1858—1918)的姓名混在了一起。沙利文曾是世界重量级拳击冠军(1882—1892)。在《新罕布什尔》初版中有注释,请读者"参见本书《野葡萄》第53行"。
⑤ 《新罕布什尔》初版有注释:"请参阅本书《星星切割器》。"

我们在无垠宇宙中所处的位置。
多么关心那无边无际的冥冥世界!

如果我必须选择该抬高什么——
是抬高人还是抬高已算高的山脉,
我将抬高那已经算高的山脉。
我发现新罕布什尔的唯一不足
就是她的山峰还不够高大巍峨。
我并非历来如此,是后来发现的。
唉,我怎么会达到了一个令我悲哀
的高度,竟能居高临下睥睨群山?
是什么使我如此自信,竟敢说什么
样的高度才适合新罕布什尔的山
或任何山? 难道那是某种力量,
某种我觉得像地震震撼我全身、
能把群山举得和星星一般高的力量?
难道那是登过阿尔卑斯山的经历?
或难道是因见过林肯峰、拉斐特峰
和自由峰①这些可怜的山峰后面
那些嵬嵬岩岩的云岭云峰,并
一时间以为它们是实实在在的山峰?
或难道是因这样一种感觉:觉得
泉喷多高才能与水池形成比例?
不,使我理性的不满达到顶点的
不是这些,而是一次不幸的意外,
那就是我曾偶然见到过一幅地图,

---

① 均为新罕布什尔州境内弗朗科尼亚山脉之山峰。

那幅早期的地图把新罕布什尔
山峰的实际高度多标了一倍——
用一万英尺代替了五千英尺①——
这说明一次意外会使人多么伤心。
从此我不再觉得五千英尺够高。
虽说对改造这个世界上的人们
我从不曾有过令人满意的想法,
但对改造山我却满脑子奇思异想,
我禁不住日夜不停地设想规划
我该把那些夏日雪峰升得多高
才能触到天空,并从天上的星星
把寒冷的气流引到夜幕笼罩的
山谷间使露珠儿冻成满谷繁星。

我越是敏感,我似乎就越希望
我的山不寻常;就像那个瘦小结实的
伐木队长希望河上的木材堵塞。②
在打开水闸让木材开始漂动之后,
他拼命要躲开一根像一条手臂
伸向天空要砸断他脊梁的原木,
于是他东避西闪,左蹦右跳,
要从咆哮的河水乱窜的原木中逃命;
他在弯曲的河道上叫嚷的无疑
就是他漂近时我们所听清的话:
"难道她不是一个理想的混血儿?

---

① 新罕布什尔最高的山峰是怀特山脉的华盛顿峰,此峰高 6288 英尺(约 1920 米)。
② 《新罕布什尔》初版有注释:"请参阅本书《保罗的妻子》。"

你完全可以说她就是个理想。"①

尽管她的山峰是稍稍矮了一点,
但她的人民的艺术水平却不低,
她仍是新罕布什尔,一个宁静的州。

最近与纽约一个叫亚历克的人聊天,
谈到了那个拟生殖器崇拜的新学派,
谈话中我发现自己陷入了一种困境:
我不得不做出一个可谓滑稽的选择。
"请你选择是故作正经还是令人作呕,
令人作呕地在公众怀里啼哭呕吐。"②
"但为了那些山我无须做任何选择。"③
"要是你不得不选呢,你选什么?"
我不会当个恐惧自然的正人君子。
我认识一个人,他曾带着双刃斧
独自一人朝一片小树林走去;
但他失去了勇气,他丢下斧子去找
藏身处,口中念着阿诺德的诗句:
"自然是残酷的,人厌恶鲜血;④
即使我不流血已有够多的人流血。
记住勃兰森林!那森林会流动!"⑤

---

① 以上九行描述的情节出自美国家喻户晓的民间传说《保罗·班扬的故事》。
② 参阅莎剧《皆大欢喜》第 2 幕第 7 场第 143—144 行杰奎斯关于人生七个时期的描述:"……最初是婴儿时期 / 在保姆的怀中啼哭呕吐……"
③ 《新罕布什尔》初版有注释:"请参阅本书《虚张声势的威胁》。"
④ 语出英国诗人马修·阿诺德的《人与自然》。
⑤ 在莎剧《麦克白》第 5 幕第 5 场第 33—45 行中,麦克白的敌人用树枝作为伪装向他的城堡逼近,远看就像是勃兰森林在移动。

他对那种流动有一种特别的恐惧,
那种恐惧本身表现为树木恐惧症。
他说最合适的树早已经进了
锯木场并被加工成了薄木板。
由于某种可能的用途,他十分清楚
那条人止步而自然开始的分界线,①
而且除了在梦中从不跨越那条线。
他站在分界线安全的一边说话;
而这是十足的马修·阿诺德崇拜,
崇拜那个承认自己是"历经坎坷
挫折的流浪汉"②的人,崇拜那个
"沮丧地在理智的王位就座"③的人。
他赞同这些临时搭建的祭坛出现,
如今这种祭坛在树林中比比皆是,
就像当初亚哈斯为拜异教邪神
公开在林间绿树下建起的祭坛。④
我几乎每走一英里就会撞上一座:
一块黑石碑加一根雨淋过的灰木桩。
即使为了安全而说这些树林是上帝
最初的殿堂,那也几乎与亚哈斯同罪。
神圣之物当然都是由双手创造。
但却没有人问问什么是神圣,
或问问该直面什么,或逃避什么。
我不愿做一个逃避自然的正人君子。

---

① 《新罕布什尔》初版有注释:"请参阅本书《水池、酒瓶、驴耳和一些书》。"
② 参见阿诺德的叙事长诗《索拉姆与鲁斯托姆》(1853)第888行。
③ 参见阿诺德《学者吉卡赛》(1853)第183—184行。
④ 亚哈斯是《圣经》中记载的犹大王(在位期约公元前731—公元前727),《旧约·历代志下》第28章记载了他因崇拜异教神而触怒上帝的行为。

我也不会选择当个令人作呕的人，
因那种人从不在乎他在人群中干啥，
而当他啥也干不了时，他会依靠其
口舌，声嘶力竭地使他的语言
胜于行为，而且有时还果真奏效。
这似乎是时代所主张的狭隘选择。
比如我说当一名好希腊人怎么样？
他们会告诉我今年不开希腊语课。
"得啦，可这不是在选择——你
　　到底选故作正经还是令人作呕？"
好吧，如果我不得不做出一种选择，
我选择当个平凡的新罕布什尔农民，
在点现金收入，比方说一千美元
（比方说钱来自纽约的一个出版商）。
做出一个决定会使人感到宁静。
想到新罕布什尔会使人感到宁静。
此时此刻我正住在佛蒙特州。

运石橇[①]上的一颗星

——献给林肯·麦克维[②]

千万别对我说在那些划过夜空
然后轻轻坠到地上的星星当中

[①] 一种用来运石块的平板雪橇。
[②] 麦克维曾在亨利·霍尔特出版公司经营部工作，《新罕布什尔》的插图和首版发行即由他安排筹划。他于1920年与弗罗斯特初识时就向后者表示他欣赏其诗中的古典因素，这令后者欣喜不已。

竟无一颗被拾起来当垒墙石用。

有人曾发现一块石头又黑又冷，
只是它的重量使人联想到黄金，
他将其搬动，出于最初的确信，

但他没看出它有什么奇特之处。
坠入黑暗死寂的星他不常接触，
不知它们曾在夜空划过一道弧。

他没有认出那光滑乌黑的陨石
是一种虽可触摸但除灵魂之外
能够穿越我们头顶空气的东西。

他没有见过它如何像飞鸟一样
孵出许多小蛋，如何有只翅膀，
一只巨大但飞行时不大的翅膀，

还有一根像极乐鸟①尾巴的长尾
（不过当无须展翅扬尾的时候
它像蜗牛进壳一样将其缩回），

他也不知他会把它移出那地方，
损害早已造成；由于陨星碰撞，
甚至于土壤的性质也发热发烫

---

① 极乐鸟是一种热带鸟，因其华丽的饰羽而珍贵，是世界著名观赏鸟。

以致长出的是野花而不是谷物,
他祈求上苍降下雨也于事无补,
雨使野花摇曳但未能将其逐出。

他粗暴地用一根铁棍移动陨星,
然后将其装上了一乘运石雪橇,
正如你所料,那不是一辆飞车,

不是那种连诗人也必须承认的
比神马珀加索斯①还管用的飞车,
如果它能送一颗星回轨道的话。

他拖着雪橇慢悠悠地穿过田野,
但其速度使人隐隐约约地想到
那块陨石在星际空间缓缓运行。

陨星被垒进了石墙,而我仿佛
被一个梦驱使,开始不停不住
地要纠正这个本该如此的错误。

但若问能让它去别的什么地方,
我不知道——我只能不停地说:
他本可以把它留在坠落的地方。

从此我的眼睛就老是盯着石墙,
只有在夜里才向天空投去目光,

---

① 希腊神话中生有双翼的飞马,传说它曾踏出赫孔利山上的马泉,诗人饮该泉水可获得灵感。

看一阵阵计划中的流星雨下降。

有人知道上教堂学校寻求什么，
为何要去那儿寻求：我之求索
则必须沿着石墙一块一块地摸；

无疑那不是颗死亡与诞生之星，
就其价值而论，它也许不能与
繁衍生命的地球火星相提并论，

但尽管它不是死亡与罪孽之星，
可它也有两极，只需一种自转
来证明它的物质特性，并开始

在我长硬茧的手掌中摩擦旋转，
循奇特的切线和手掌一起出轨
像鱼吞饵初惊时扯着钓线逃窜。

虽说仅此而已，它却可能给予
再大的完整世界也珍视的东西，
我想要那东西，不管是否明智。

人口调查员

一个风疾云乱的傍晚，我奉命
来到一座木板搭建、黑纸糊墙、
只有一门一窗一个房间的房子，

这是方圆一百英里被伐光了树木的
山区荒野中唯一的栖身之所,
可如今屋里既没有男人也没有女人。
(不过这屋里从不曾有女人住过,
那我为何要感到悲从中来呢?)
我作为人口调查员来到这片荒野,
来统计这里的人口但未见一人。
一百英里内没人,这屋里也没人,
而这里是我最后一线渺茫的希望,
因为我已从悬崖上久久地眺望过
这片只剩下光秃秃石头的空地。
我发现没人敢走到光天化日之下,
凡胎肉眼在这儿看不见一个人影。
那是一个秋天,但有谁能辨出
当时的季节呢,因为每一棵
本来可以落叶知秋的树,现在
都只剩下根深蒂固的低矮树桩,
在凝固的树脂中显示着其年轮;
只有树干腐烂的树还立在那里,
但都没有一片可献给秋天的树叶,
也没有落叶之后迎风呼啸的树枝。
也许少了那些活树的帮助,
风更能说出一年之季一日之晨,
凭着风不时摇晃那扇永远虚掩
着的门,你仿佛觉得有伐木工
鱼贯而入,前一位推开门又砰地
关上,让后面一位自己又推开。
当时我统计了我无权统计的九人

(但这是不切实际的非官方统计),
在等第十人进屋时我忽然想道:
"我的晚餐在哪儿?哪儿有晚餐?"
没有灯被点亮。没有食物上桌。
炉子冰凉(炉子与烟囱没接上)
而且还因缺条腿而倾向一边。
刚才那些大大咧咧进屋的人
是些只能听见但不能看见的人。
他们没有坐到桌前把肘支在桌上。
他们也没有躺上那些双层床铺。
我没看见人,也未见人的尸骨。
为防遭到那种尸骨可能的袭击,
我从铺满草灰的地板上拾起了
半截被树脂染黑的伐木斧柄。
吱嘎作响的不是尸骨,而是破木窗。
门静静的,因为我已把它闩上,
那是在我思考该怎么办的时候——
既然这房子早已是人去楼空。
这房子是在一年内腐朽坍塌
还是在一千年后才变成废墟
都同样使我心中充满了悲凉。
一千年亚洲可把非洲挤离欧洲。
我看不出还有什么事情可做,
除了查明此处的确是人踪绝灭,
然后对远得没法回应的悬崖宣告:
"此地是无人区,假若有谁藏在
寂静之中且此公告对他造成侵害,
请现在就说明,不然就永远沉默。

请他说明为什么不该发布此公告。"
不得不去统计逐年递减的人口,
这使人感到忧郁,而发现那里
人口为零则使这种忧郁无以复加。
这肯定是因为我希望生活延续。

星星切割器

"你知道猎户座总是从天边升起。
先是一条腿抬过我们的山峦屏障,
接着举手探脑①,然后它会看见
我正在屋外边点着灯忙乎,干
某件我本该在白天干完的农活儿,
而若是在地面结冰之后,则是做
我本该在冰冻之前就做完的事情,
一阵风会把几片枯叶刮向我熏黑
的灯罩,像是取笑我干活的架势,
不然就是取笑猎户座令我着迷。
我倒想问问,难道一个人无权
考虑这些冥冥中注定的影响力?"
布拉德·麦克劳林总这么随便地
把星星和他混乱的农事搅在一起,
直到他乱糟糟的农场难以维持,
他烧掉自家房屋骗取了火灾保险金
并用那笔钱买了台天文望远镜

---

① 据希腊神话传说,猎户星座是由巨人猎手俄里翁幻化而成;该星座内众星的排列亦像是一名手持利剑的猎手。

以满足他终身的好奇心——关于
我们在无垠宇宙中所处的位置。

"你要那该死的玩意儿干什么呢?"
我事前曾对他说,"你千万别要!"
"别骂它该死,"他当时回答说,
"只要不是人类战争使用的武器,
任何东西都不该受到这样的诅咒。
要是我能卖掉农场我一定买一台。"
在一个他要耕地就得清理乱石、只
能在搬不开的岩石间耕种的地方,
农场很难卖掉;所以他不是花了
许多年来卖农场而最终没卖出去,
而是烧掉房子骗了笔火灾保险金,
然后用那笔钱买了天文望远镜。
有好几个人都曾听他说过:
"人世间最有趣的事就是观看,
而能让我们看得最远的就是天文
望远镜。在我看来,每个镇区
都该有人觉得一个镇应该有一台。
而利特尔顿①的这人最好就是我。"
有过这种信口开河,他后来烧掉
房子骗得保险金也就不足为奇。

那天全镇到处都是轻蔑的冷笑声,
好让他知道我们丝毫没被他蒙住,

---

① 新罕布什尔州克拉夫顿县一镇区。

他就等着吧——我们明天再关照他。
可第二天一早醒来我们首先想到
要是对每个人所犯下的小小过失
我们都毫不留情地逐一清算，
那要不了多久我们都会形单影只，
因为要互相交往就得互相宽恕。
就说那个经常偷我们东西的小偷，
我们也没说不让他参加教堂晚餐会，
而只是找他讨回我们的被盗之物，
他也总是爽快地将其物归原主，
只要东西没被吃掉、穿坏或处理。
所以为台望远镜对布拉德过分严厉
实在没道理。毕竟人家已上年纪，
不可能收到这样一份圣诞节礼物，
他只能用他所知道的最好办法
替自己寻一台。而我们也只能说
他认为一件怪事被蒙混了过去。
有人徒然为那幢房子感到可惜，
那是一幢年代久远的原木房子，
但房子没有知觉，它不会感觉到
任何事情。而假设它真有感觉，
为什么不把它看成一种祭品呢？
看成一种老式的火坛上的祭品，
而不是新式的亏本拍卖的商品。①

一根火柴划掉了房子也划掉了

---

① "祭品"和"亏本拍卖的商品"在英语中都用 sacrifice 一词。

一座农场,于是布拉德不得不
改行到康科德①铁路公司谋生,
在一个车站上当了一名售票员,
当他不卖票的时候他就开始忙乎,
当然不像是在农场上时忙乎农活,
而是忙着观看天上的各种星星,
从红色到绿色各种颜色的天体。

他花六百美元买了台挺棒的望远镜。
他的新工作使他有闲暇观看星星。
他经常邀请我去他的住处,透过
内衬黑色天鹅绒的黄铜制的镜筒
看某颗星星在镜筒的另一端哆嗦。
我还记得一个满天碎云的夜晚,
脚下的积雪融化成水又冻结成冰,
冰在风中继续融化形成泥泞。
布拉德和我一起搬出那台望远镜,
让它三脚叉开,我们则叉开双腿,
并把我们的心思对准它对准的方向,
天亮之前我俩一直悠闲地站着,
谈了一些我俩从不曾谈过的事情。②
那台望远镜被命名为星星切割器,
因为它唯一的功能就是把一颗
星星一分为二或一分为三,就像
你用一根指头逢中一击,把掌中

---

① 康科德是新罕布什尔州的首府。
② 《新罕布什尔》初版中有这样一条脚注:"请参阅本书《运石橇上的一颗星》和《我要歌颂你哟——'一'》。"

的一滴水银分成两滴或三滴。
若真有星星切割器它便是一台，
而如果切割星星可以同劈木柴
相提并论，那它应该有点用处。

我们看啊看啊，可我们究竟在哪儿？
我们比以前更清楚我们在哪儿吗？
今夜它又是怎样架在夜空和那位
有一个熏黑了的灯罩的人之间？可
它的架设方式和以前有什么不同？

枫　树

她老师肯定地说那无疑是梅布尔，
这使梅普尔①第一次留心自己的名字。
她问父亲，父亲告诉她"梅普尔——
梅普尔没错"。

　　　　　"但老师对全校说
没这个名字。"

　　　　　"关于孩子，老师不比
当父亲的知道得多，你去告诉她。
告诉她你的名字就拼作 M－A－P－L－E。
你问她知不知道有一种枫树。

---

① 英语人名 Mabel(梅布尔)和 Maple(梅普尔)音形均相似，后者意为枫树，用它作人名者极少。

好吧,你就是用枫树取名的。
是你妈给你取的名。你可知道
你和她只在楼上房间里见过一面,
当时你正呱呱坠地来到这世上,
而她则撒手人寰去另一个世界。
所以你对她不可能有什么记忆。
她走之前曾久久地把你凝视。
她用指头摁你的脸蛋,你的酒窝
想必就是她摁的,她说'枫树',
我重复了一遍,她点点头说:'对,
做她的名字。'所以这名肯定没错。
我不知她替你取这名有何含义,
但这名似乎是她的遗言,想要你
做个好姑娘——像棵美丽的枫树。
如何像棵枫树则需要我们去猜,
或有时候需要一个小姑娘去猜。
不是现在,至少我现在不想费脑筋。
以后我慢慢告诉你我知道的一切,
关于不同的树,还有关于你母亲
的一件事,那也许会对你有用。"
把这种谜播入孩子心中极其危险。
幸好她当时探究自己的名字
只是想第二天能反驳她的老师,
用她父亲的话把那位老师镇住。
任何进一步的解释对她都是白费,
或他曾试图这么认为以避免出错。
她会忘掉这事的。她几乎也忘了。
他播下的种子和她一起久久沉睡,

在她蒙昧的岁月里几乎已死去,
以致当它复苏并生根发芽开花,
花与她父亲播下的种子迥然有异。
有一天它隐隐约约地突然闪回,
当时她正在镜子前念自己的名字,
它慢慢地闪过她低垂的眼前,
使之与她探求的方向完全一致。
她的名字是咋回事?它怪就怪在
有太多的意义。其他名字,如
卡罗尔、莱斯利、伊尔玛和玛乔丽①
就没啥含义。罗斯可以有个意思,②
但实际上没有。(她认识一个罗斯。)
正是她名字之与众不同使人人都
对它注意——而且对她加以注意。
(他们要么注意它,要么拼错它。)
她的问题是要发现拥有此名的姑娘
应该怎样穿着,应该有何举止。
要是她对母亲有个概念该有多好!
她想象中的母亲既可爱又优雅。
这里就是她母亲曾度过童年的家:
这幢房子的正面是高高的一层楼,
朝向公路的侧面则有三层。(这种
结构造出了一个阳光充足的地下室。)
她母亲的卧室现在是她父亲的,
她在那儿能见到母亲褪色的照片。

---

① 这四个人名刚好是弗罗斯特的次子(长子埃利奥特三岁时夭折)和三个女儿的名字。
② 英语人名 Rose(罗斯)和花名 rose(玫瑰)同形同音。

有一次她在大开本《圣经》中发现了
一片用作书签的枫叶。她认为
枫叶肯定是为她留的。于是她
逐字逐句读了枫叶隔开的那两页书,
仿佛每个字都是母亲留给她的话。
但她合上书时忘了把枫叶放回,
结果再也找不到她读过的两页。
不过她确信那两页书里没说什么。

像每个人多少都要到外面去寻找
自我一样,她也开始了寻找自我。
虽说她的自我寻求断断续续,但
可能仍然使她读了些书,想了些
问题,并受了一点城市教育。
她学会了速记,不管速记与她的
自我寻求有什么相干——有时候
她也对此感到纳闷,直到她发现
自己在一个梅普尔这名把她引去
的陌生地方,正在记录某人的
口授,停顿之间她抬起双眼
从十九层楼的一扇窗户朝外观看
一只不像艇的飞艇正费力地前进,
越过这座人类建造的最高的城市,
一种隐约的轰鸣声响在那条河上。①
这时有人用十分正常的声调说话,

---

① 二十世纪二十年代最高的城市当数芝加哥,在芝加哥摩天大楼集中的城区(Gold Coast)有一条东西走向的梅普尔街(Maple Street,或译枫树街)。此街的高楼向南可看见芝加哥河接近密歇根湖那段与枫树街平行的河段。

以致她差点把那句话写在速记本上,
"你知道吗,你让我想起一棵树——
一棵枫树?"

"就因为我叫梅普尔?"

"你不叫梅布尔?我还以为是梅布尔哩。"

"你肯定是听办公室的人叫我梅布尔。
我只能由他们想怎么叫就怎么叫。"

他俩都感到激动,他居然不凭
那名字就发现了她的个人隐私。
似乎她名字中肯定有某种她不曾
发现的秘密。于是他俩结了婚,
并把那猜想带回家同他们一起生活。
有一次他俩旅行去她父亲家
(去那幢正面是高高的一层楼、
朝向公路的一边是三层楼的房子),
去看那儿是不是有一棵她也许曾
忽略的树。结果他们什么也没发现,
甚至连一棵能遮阴的树也没看见,
更不用说什么能产槭糖的枫树林。[1]
她对他说了那片大开本《圣经》中
当书签用的枫叶,但关于那两页书的

---

[1] 枫树是槭树的俗称,北美有一种糖槭树会流出一种可制槭糖的树脂。

内容她只记得——"献摇祭,①
是说关于献摇祭的一些事情。"

"难道你从来没直接问过你父亲?"

"问过,但我想是被他支吾过去了。"
(这是她对多年以前有次她父亲
一时不想多动脑筋的依稀记忆。)

"因为这很难说,说不定那只是
你父亲和母亲之间的什么事情,
对我们毫无意义?"

    "对我也没意义?
给我取一个要伴随我终生的名字,
但永远不让我知道这名字的秘密,
这公平吗?"
     "那它也许是一个
父亲不能对他女儿说明的秘密,
当然母亲也不能说。要不然它
也许是你父母当时的一种幻觉,
如今你父亲年事已高,旧事重提
对他很不合适,会使他感到难过。
他会觉得我们在他周围探寻什么,

---

① "摇祭"指献祭时须将祭品向上帝摇动的一种平安祭。《旧约》中有多处关于献摇祭的记述,如《出埃及记》第29章第26—27节;《利未记》第7章第30节、第8章第27节、第9章第21节、第10章第15节、第14章第24节、第23章第15—20节;以及《民数记》第5章第25节、第6章第20节等。

从而毫无必要地与我们保持距离,
看来他并不知道会有什么小东西
能引导我们去发现一个秘密。
从他过去理解此名的情况来看,
他是尽可能地把它视为你的隐私,
至于你母亲,如果她还活着的话,
也许更说不出那有什么确切含义。"

"让我们记住你的话再来找一遍,
然后我就放弃";最后的寻找也徒然。
但虽说他俩现在已永远放弃了探寻,
可总也忘不了对方曾偶然发现的。
这说明她名字中的确有某种东西。
当一排排枫树都挂起吊桶,当树脂
的蒸气和雪花在槭糖厂上空翻滚,①
他俩都会避免去想她名字的含义。
而当他们把她与枫树连在一起时,
他们想的是已被秋火烧透了每一片
树叶,但树皮没被烤焦,甚至连
树干也没被浓烟熏黑的枫树。②
他俩总是在秋天里外出度假。
有一次他们在一片林间空地见到

---

① 北美生产槭糖已有三百多年历史,在二十世纪四十年代开始技术现代化之前,制槭糖工艺一直没什么变化,人们用类似割胶的方法取得槭(枫)树脂,用蒸发加工的方法提取槭糖浆(约30至50加仑树脂可提取1加仑糖浆)。取树脂的季节一月中旬从较南边的地区开始,四月中旬在较北边的地区结束,每个地区取脂时间只有4至6个星期,新罕布什尔州和佛蒙特州的取脂时间均在三月份。
② 有些农场主在枫树林边搭建临时作坊就地取脂制糖,故有"树皮烤焦,树干熏黑"之说。

一棵枫树,傲然独立,枝干挺拔,
它曾有过的每一片深红或淡红的
树叶当时都已飘落在它的脚下。
但其树龄打消了他们对它的考虑。
二十五年前梅普尔被取名的时候
它最多只能是一株只有两片树叶、
不够旁边牧场上的牛塞牙缝的幼苗。
可能是另一株像它这样的枫树吗?
他俩在附近徘徊、搜寻了一阵,
充分发挥想象力想看出那个象征,
但却不敢相信任何象征对不同
时代的不同人会具有同样的意义。
也许多少是一种子女的羞怯阻止了
他们认为它会是一种很喜气的东西。
再说意识到这点对梅普尔也太迟。
她用双手捂住了自己的眼睛,说:
"即使我们现在能看到那秘密,我们
也不看了;我们将不再寻找那秘密。"
就这样,一个有含义的名字促成了
一个姑娘的婚姻,支配了她的生活。
这种含义模糊不清也无关紧要。
有含义的名字可以培养一个孩子,
同时也把那孩子从父母手中夺去。
所以我得说人名没有意思更好,
因为留给天性和机遇的东西会更多。
随便给孩子取个名,看他们会怎样。

斧　柄

此前我曾遇到过一根爱管闲事的
桤木枝从身后抓住我举起的斧头。
但那是在树林子里，是为了阻止
我的斧子砍另一棵桤木的树根，
而且如我所说，那是根桤木枝。
可这个巴蒂斯特是人，一个雪天，
他悄悄溜进我家院子走到我身后，
当时我正在院子里挥斧劈木柴，
而不是在砍树林中还没砍的树。
他很在行地抓住了我扬起的斧子，
趁我使出的劲儿正好对他有利，
他让斧子停了一会儿，好让我镇静，
然后他拿过斧子——我让他拿去。
我对他还不够了解，所以不知这
究竟是怎么回事。可能是他心里
有什么话要对一个糟糕的邻居说，
并希望这位邻居听话时手无寸铁。
他讲一口法国腔很浓的英语，而
他觉得非讲不可的话不是关于我，
而是关于我的斧子，说到我只是
当我对斧子显出忧心的时候。问题
是某人卖给我的那根糟糕的斧柄——
"机器加工的。"他说，同时用他
厚厚的拇指甲顺着天然纹理，让我

看它如何像穿过美元图案的那两条
线一样穿过斧柄上人工拉制的蛇纹。
"这柄要真碰上什么，它立马就断。
到时候你的斧头还不知往哪儿飞哩！"
言之有理，可这与他有何相干？

"上我家来吧，我给你换上一根
经久耐用的——自然弯的山核桃木。
我亲手砍的二丫枝——韧劲儿十足！"

想卖东西？可听起来不像那回事。

"你说你啥时来？我不会收你分文。
今晚怎么样？"

      今晚就今晚吧。

越过厨房里一个烧得太旺的火炉，
我受到的欢迎与在别家没什么不同。
巴蒂斯特深知我为什么上他家。
只要他不过分溢于言表，我就不会
介意他因我上他家而欣喜若狂
（如果他欣喜若狂的话），他知道
我这下必须做出判断：他那些
不为旁人所知的关于斧子的见识
在一个邻居眼里是否毫无价值。
这法国佬虽一心要融入新英格兰人，
但要是他不能赢得点声誉将会很难！

巴蒂斯特太太进来坐进一把摇椅,
让椅子像这个世界一样前后晃荡,
忽而从阴影中荡出,忽而缩进阴影,
但却毫无进展;只是往旁边挪动,
差点儿撞上那烧得太旺的火炉,
幸好她很及时地意识到了危险,
从而连人带椅子一并站了起来,
然后把椅子放回原处又开始晃荡。
"她不大会讲英语——真是太糟了。"

她先是冲我一笑,然后又冲她丈夫
一笑,好像她明白我俩之间在说
什么,恐怕她只是假装不会英语。
巴蒂斯特为她担心,但更为他自己
担心,她那样摇下去他就别指望
履行他上午与我交涉好的协定,
从而及时消除我对他的怀疑,他
担心我怀疑他并不真心想履行协定。

他忙不迭地抱出他的斧柄,一堆
可供选择的斧柄,因为他希望我
得到他最好的,或得忍痛割爱的——
用不着我问哪根,他拿出的每根
斧柄都有他必须向我指出的优点,
都可证明他的忠告不是白费口舌。
他喜欢把斧柄削得像鞭杆一般细,
柄上没有一个节疤,能像在膝上试
长剑的韧性那样反复一弯一直。

在动刀打磨之前他让我看一根
好斧柄的木纹是天生就有的纹理,
它的弯曲也不是因外力加工所致,
而是天然长成。这种斧柄才有韧性
承受重力。他夹住那根长斧柄,
从头到尾地打磨它白色的柄身。
然后他试着将柄楔入斧头的孔眼。
"哈,"他惊讶道,"几乎天衣无缝。"
巴蒂斯特懂得怎样把短活儿干长,
因为他爱干活儿,但并不浪费时间。

你们知道我俩的谈话是关于知识吗?
巴蒂斯特极力为他不让孩子上学,
或尽量不让孩子上学的行为辩护——
说什么学校、孩子和我们对"提供
教育"的怀疑都与他那些斧柄
的曲线有某种关系,与他无须
小心翼翼地使用它们有某种关系,
这番话使我破例参观了他家里屋。
我是被当作某个可信赖的人受到
友好邀请吗?是否对教育持这种
怀疑态度的正确性应该取决于
那些持怀疑态度的人所受的教育?

但此时他已将膝盖上的木屑拂净,
将斧子头朝上柄朝下竖了起来,
端端竖立,但并非没有晃动,就像

伊甸园那条直起身子行恶的蛇①——
头重脚轻,有种他那又短又厚的手
不在乎的笨拙劲儿,蓝幽幽的斧角
微微下倾——带一点法国风味。
巴蒂斯特后退两步眯眼打量斧子:
"你瞧,它昂首挺胸好不得意!"

磨 轮②

虽说有自己的四条腿和一个轮子,
但它们却无助于这台笨重的磨轮
有过任何一点我能看出的移动。
倒是这些手使它走过,甚至跑过;
不过这些手赋予它的运动能力和
它或许以为自己走过的全部里程
都不曾使它从原地朝前挪动过一步。
它依然站在那株苍老的苹果树旁边。
眼下那苹果树投在它身上的阴影
很稀疏,它的腿牢牢地扎在雪中。
农场上其他所有机具都进了仓房,
有些并不比它更多腿多轮的农具
也能为它们可停可动而感到自豪。
(此刻我首先想到的是独轮车。)

---

① 指怂恿夏娃偷吃伊甸园"知识树"上禁果的那条蛇。
② 一种人力驱动的简易磨削工具,主件为一个砂轮和一个木架,人可用摇柄使固定在木架上的砂轮旋转,亦可像骑自行车那样用腿踏板驱动砂轮,木架上通常安装有一个盛冷却水的铁罐。

这磨轮已有数月没尝过钢铁味,
也没喝过从锡铁罐里滴下的锈水。
但除了在夜晚的市镇,饥肠辘辘地
站在屋外的寒冷中并非一种罪孽。
不管怎么说,它现在站在院子里
一株颓败但还活着的苹果树下
已经和我不再有任何关系,
除非我记得在从前的一个夏日
我曾一整天使劲儿摇它的曲柄,
另一个人则骑着它给它施重压,
我和那个人一起磨砺一把镰刀。

开始我曾让它空转了一阵,然后
我浇上水(说不定是滴下的泪水),
当它差不多能欢快地颠簸转动时,
一个像时间老人的男人骑上木架,
手持一柄镰刀,戴着闪光的眼镜。
他开足他的意志力向磨轮施加重负
并使我减速——我突然慢了下来,
就像火车突然发现前方有个车站。
我在绝望之中不停地换着手。
我想知道这台已老掉牙的机器
体现了一种什么样的改进。
据我所知,它很可能曾磨砺过
矛尖和箭镞。多年的不断使用
已渐渐把它磨成了一个扁圆形
球体,旋转时拼命挣扎剧烈震动,
仿佛是要用仇恨回报我的仇恨

(但我现在能轻而易举地宽恕它,
就像宽恕我童年时代的任何敌人
因他们的骄傲未能使他们有所成就)。
我想知道认定刀已磨好的该是谁——
是那个阻碍磨轮旋转的人,还是
那个拼命要使磨轮保持旋转的人?
我想知道他是否认为由他决定
我们何时才算完工真的公平。
这些就是我当时开始的痛苦思绪。

当时我非常担心的倒并非我自己。
啊,是的!——不过我本来可以
找一种更好的方式来消磨那个下午,
而不是让磨轮发出刺耳的噪声,
甚至盖过了各种昆虫勇敢的唧鸣。
我也不太为那个老人感到担心。
有一次磨轮差点儿使镰刀跳起,
看上去老人可能会从木架上摔下来
被他的镰刀割伤。但我毫不担心,
反而暗暗发笑,把曲柄摇得更快
(但磨轮当时的旋转速度不像是
加了润滑油,倒像是加了黏胶);
我真希望来一场不大不小的灾难,
这样的灾难也许适合于延缓那种
显然没有什么能将其约束的东西。
使我感到越来越害怕的事情
是我们已经把刀磨快但却不知道,
正在让珍贵的刀刃被白白磨掉。

他曾把滴水的镰刀举起过一次,
小心翼翼地试它令人心惊的锋刃,
并凑到他那副滑稽的眼镜前打量,
但最后只是冷漠地决定它还需
再磨一遍,当时我本可以大声问:
再磨一遍会不会有太多的危险?
我们会不会把它磨得更糟而非更好?
但我想把某个问题留给那磨刀人。
如果那不是一切那又该是什么?
只要他称心如意我也会心满意足。

保罗①的妻子

要想把保罗赶出一座伐木区小镇,
所需要的就只是问:"嗨,保罗,
你妻子好吗?"——他马上就会消失。
有人说这是因为他没有妻子,
而又不喜欢为这事被人家嘲笑;
有人说这是因为他曾经差点结婚,
但在结婚前一两天被未婚妻甩了;
有人说这是因为他曾有个漂亮妻子,
但她早已和别人私奔,离他而去;
还有人说他现在就有一个妻子,
只是需要人家提醒他才会想到——
想到后他的责任感便油然而生,

---

① 此诗中的保罗指美国民间传说中的伐木巨人保罗·班扬,他的故事曾在美国伐木区新兴的市镇间广为流传。

所以必须马上跑去把她看望,
好像是说:"是呀,我妻子好吗?
真希望她这会儿不是在捣蛋淘气。"
其实没有人急着要除掉保罗。
因为自从那次他显示绝招之后
他一直都是山区各小镇的英雄,
那是在四月里一个星期天,在
牧场上干涸的小溪旁,他一口气
剥光了一整棵落叶松的树皮,
干净得就像孩子做柳哨剥的柳枝。
人们问他似乎只是想看他离去,
"你妻子好吗,保罗?"于是他离去。
他从不曾停下来杀掉任何提这个
问题的人。他只是突然消失——
一时间谁也不知道他去了何方,
但通常要不了多久,人们便会
听说他在某个新兴的采木区市镇,
依然是那个干伐木老本行的保罗。
到处的人都问,保罗究竟为什么
不喜欢人家问一个礼节性的问题——
只要不恶语伤人,你几乎可以对
别人说任何话。你会得到答复的。
还有一种对保罗不甚公平的说法:
说他娶了个配不上他的妻子。
保罗替她感到害臊。要配一个英雄,
那她也得是个女英雄,可她非但
不是女英雄,反倒是个怪胎女人。
但要是墨菲讲的故事真实可信,
那她压根儿就不该让人替她害臊。

你们都知晓保罗能够创造奇迹。
人人都听说过他制服驮马的故事,
当时负重的马都一步不动,他只让
大伙儿把生牛皮挽具拉长直到营地,
他对伐木队长说货物会安然无恙,
"太阳会把货物送回"——果真如此——
就凭着使生牛皮收缩成自然长度。
有人觉得这故事有点夸张。但还有
一个故事,说他双脚一蹦就站在了
天花板上,然后又安全地站到墙上,
最后跳回地面,我认为这故事若非
千真万确,差不多也接近事实。
好吧,眼下这事是段奇闻:讲保罗
从一根五针松木里锯出了他妻子。
墨菲当时在场,如你会说的那样,
他看见了那女士出生。伐木场的活
保罗样样能干。当时他正努力搬运
木板。因为——我差点儿忘了——
那个最爱炫耀的锯工想知道他是否
能用搬不完的板材压得保罗告饶。
他们锯开了一根大桩木的表皮背板,
那个锯工砰地一下将滑动支架放回,
并使劲让支架末端重新紧贴锯齿。
当他们顺便留心评判木材质量时,
他们发现了那根木材出了什么事,
想必他们当时都有种负罪的期待:
他们的鲁莽草率将造成某种后果。
在那根新锯开的木材的整个表面

有一道又宽又长的黑乎乎的油渍,
也许只有两端的各一英尺除外。
但当保罗伸出手指去摸那油渍,
却发现那不是道油渍,而是条狭缝。
那木头是空的。当时他们在伐松树。
于是那锯工嚷道:"我可是第一回
看见空心松树。这都是因为有保罗
在这里。把它给我搬到地狱去吧!"
人人都不得不把那松木看上一眼,
然后告诉保罗他该拿它咋办。
(他们认为松木该归他)"你只消用
一把折刀削宽这狭缝,你就可以
得到一条钓鱼用的独木舟。"可保罗
发现那空洞毫无腐损并干净匀称,
不可能是什么禽兽或蜜蜂的窝巢。
原木上也没有供它们出入的洞口。
他觉得那似乎是一种全新的空洞。
他认为他最好是削开它看个明白。
于是当晚干完活儿后他回到那里,
用刀削宽缝口好照进足够的灯光,
看里边是否空空如也。他隐约看见
里边有一节木髓。可真是木髓吗?
那说不定是一条蛇蜕下的蛇皮,
原本竖立着留在那棵树的树心,
而那棵树肯定已有上百年的树龄。
保罗继续削宽缝口,用双手取出
那东西,看看它又看看附近的池塘,
他想知道那东西对水有什么反应。
当时并未起风,但他慢慢行走时

引起的空气流动也一度使它飘离
他的双手,而且差点儿使它破碎。
他把它放到池边,让它能吸到水。
它一吸水就窸窣作响并渐渐变软。
吸完第二口水它开始渐渐隐去。
保罗心想它肯定融化了,并伸手
去抓它的影子。但它已不在那里。
接着在池塘对面蝶虫飞舞的暗处,
在水漂木材被栅栏网拦住的地方,①
它慢慢变成了一个人——一个姑娘,
她湿漉漉的头发像头盔戴在头上,
她斜靠在一根原木上回头看保罗。
这使得保罗也掉过头来朝后张望,
看是否有什么人在他身后,而她
正在看的是那个人,而不是他。
当时墨菲一直都在那附近偷看,
但是从一座他俩都看不见的棚屋。
那姑娘诞生后有一阵子令人担忧,
她好像溺水太久,没法活过来,
但她终于透过气来并发出了笑声。
然后她慢慢站起身来试着走动,
跨过那一根根像鳝鱼背的木材,
开始对她自己或是对保罗说话,
于是保罗绕过那池塘前去追她。

第二天晚上,墨菲和另一些家伙

---

① 下文交代这个池塘是为磨坊提供动力的水池,这种水池是筑坝拦河而成,当然与运送木材的河道相通。

喝醉了酒,循着那对新人的足迹
上了野猫山,从那光秃秃的山顶
他们可望见一条幽谷对面的群山。
在天色黑尽之后,照墨菲的说法,
他们看见保罗和他的造物正在安家。
自从墨菲在磨坊水池边透过夜色
看见他俩相亲相爱以来,这是唯一
的一次再有人看见保罗和他妻子。
越过荒山野谷一英里多路之外,
在一道悬崖半山腰的一个小小的
凹洞中,他俩坐在一起,那姑娘
光彩照人,像舞台上表演的明星,
保罗则暗淡无光,像是她的影子。
光彩都发自那虽说并非明星的姑娘,
正如后来发生的事所证明的那样。
那群大恶棍一齐扯开嗓门呐喊,
并且朝那道悬崖扔过去一个酒瓶,
作为他们对美的一种粗暴的赞颂。
当然那酒瓶不可能扔出一英里远,
但呐喊声惊了姑娘并灭了她的光彩。
她像只萤火虫飞走,从此不见踪影。

所以有目击者证明保罗已经结婚,
而且他在任何人跟前都无须害臊。
人们对保罗的各种评判全都错了。
墨菲告诉我说,保罗为妻子的事
装出各种姿态只是为了金屋藏娇。
保罗是人们通常说的那种铁公鸡。

他的妻子就应该绝对地归他拥有。
她与其他的任何人都毫不相干,
你既不能赞美她也不能提她的名字,
甚至你只是想想她,他也不会允许。
墨菲是想说世上有保罗这样的男人,
你不能用这世间已知的任何一种
交谈方式对他说起他的妻子。

野　葡　萄[①]

从什么树上不可以摘到无花果?
难道从白桦树上就摘不到葡萄?
你对葡萄或白桦树的了解就这些。
作为某年秋天曾把身体挂在葡萄
之间并从白桦树上被摘下的姑娘,
我应该知道葡萄是什么树的果实。
我猜想我的出生也和其他人一样,
然后慢慢长成一个男孩似的姑娘,
一个我哥哥没法总撂在家里的姑娘。
但这段身世已在那次惊恐中被抹去,
那天我和葡萄一起悬在空中晃荡,

---

① 弗罗斯特在一本拟为青少年选编的《弗罗斯特诗选》的序言中说:"《白桦树》中那棵白桦是我在新罕布什尔州塞勒姆镇上中学时在学校附近荡过的一棵树,而《野葡萄》中这株白桦则是一个小姑娘荡过的树……她后来给我讲了她小时候荡树的事,并请求我为了小姑娘们把这段往事写成诗,以便和另一首写白桦树的诗相配,因为她一口咬定那首《白桦树》是为男孩子们写的。"

后来像欧律狄刻那样终于被找到①
并被安全地从半空中接回到地面;
所以我现在这条命完全是捡来的,
我喜欢谁就可以为谁消耗这一生。
所以要是你看见我一年过两次生日,
而且为自己报出两个不同的年龄,
记住其中一个比我看起来年轻五岁。

一天哥哥把我带到一片林间空地,
他知道有棵白桦树独立在那里,
披着一张掌状叶编织的薄薄头巾,
薄而密的头巾下面是它浓密的头发,
它脖子上挂着一串串葡萄作装饰。
自打前一年见过之后我已认得葡萄。
先是一串,然后在我周围开始有
无数串葡萄在白桦树枝叶间生长,
就像它们曾在幸运的莱夫周围生长;②
可惜几乎都长在我伸手不及的地方,
就像我更小的时候心目中的月亮,
你想痛快地拥有它就必须爬上去。
我哥哥爬上去了。起初他摘些葡萄
扔下来给我,但全都散落在地上,

---

① 欧律狄刻是希腊神话中歌手俄耳甫斯的妻子。她因被毒蛇咬伤而亡,俄耳甫斯追至冥府,冥后被他的歌声感动,答应他带妻子回人间,但命令他在出冥府之前不许回头看她,但俄耳甫斯因见妻心切,在快到通往人间的出口时忍不住回头看了一眼,结果欧律狄刻永远消失在冥府。
② 莱夫是生活在公元1000年前后的挪威探险家,他在去格陵兰的途中因船偏航而幸运地成了世人所知的第一个发现北美大陆的欧洲人。他在北美发现了一个盛产葡萄、木材和野生麦的地方,并将其命名为"葡萄乡"。

我只好在香蕨木和绣线菊间寻找；
这使他有些时间自个儿在树上吃，
但也许这对一个男孩还不够痛快，
于是他为了让我能完全自食其力，
便又往高处爬，把树压弯到地面，
让我用手抓住树枝自己摘葡萄。
"嘿，抓住树梢，我去下面的树枝。
我松手的时候你可得用力抓住。"
我说我抓住树了，可这话不对。
应该倒过来说，是树抓住了我。
就在我哥哥松开手的一刹那间，
树猛然把我钓起，就好像它是根
钓鱼竿，而我是条鱼。于是哥哥
的声声呼喊变成了尖叫："松手，
傻丫头，难道你不知什么是松手！"
但为了活命我却忍痛把树抓得更紧，
显出婴儿抓住什么就不放的本性，
这种本性就是从这种树上传下来的，
因为远古时代那些未开化的母亲——
比今天最野蛮的母亲还野蛮的母亲
就曾让她们的婴儿双手吊在树上，
不知是为了洗净晾干还是晒太阳
（对此你得去请教一位进化论学者）。
我哥哥想把我逗笑以帮助我放松。
"你高高在上在葡萄串中间干吗呢？
别怕，几串葡萄伤不着你，我是说
你不去摘它们，它们也不会摘你。"
这时候我还去摘人家真是不要命了！

事到如今,我早已无可奈何地接受
了一种人生哲学:自己吊也让人家吊①。
我哥哥继续说:"这下你可尝到了
当一串人们所说的酸葡萄是啥滋味:
本以为长在不该生长的白桦树上,
早已逃脱了被狐狸吃掉的命运,
因为狐狸压根儿想不到来此觅食,
而且即使被它发现它也够不着——
可这时候你我偏偏来这儿摘葡萄。
不过在有一点上你比那些葡萄强,
一串葡萄只有一梗,你却有双手,
采摘者要把你摘下来就更不容易。"

我的帽子和鞋子都先后掉下树去,
可我依然吊在树上。我仰着头,
闭眼不看头顶的阳光,充耳不闻
哥哥的胡言;"松手吧,"他说,
"我会用双臂接住你。这不算高。"
(照他的身高来看那也许不算高。)
"快松手,要不我就摇树把你摇下来。"
可我一声没吭,尽管身子更往下坠,
两只手腕拉长得像五弦琴的琴弦。
"唉,她要不这么死心眼该有多好!
那就抓紧吧,等我想想该怎么办。
我再把这树压弯到地上让你下来。"
当时是怎么下来的我也闹不清楚,

---

① 此句原文为 hang – and – let – hang,显然是故意套用英语格言 live and let live(自己活也让人家活)。

只记得我只穿长袜的脚触到大地时,
当这个地球又重新在我脚下旋转时,
我只顾久久地打量我蜷曲的十指,
好半天才伸直它们并把树皮渣拭去。
我哥哥说:"难道你就不会用脑子?
下次遇到这种情况你得动动脑筋,
免得又被白桦树拐到半空中去。"

其实那并不是因为我不会用脑子,
甚至不是因为我对世事还一无所知,
尽管从前哥哥一直都比我更正确。
当时我还没有迈出求知的第一步;
当时我还没有学会如何松开双手,
就像我迄今还没有学会敞开心扉,
而且我没这种愿望,也没有必要,
这我能意识到。而心事不是心扉。
所以我或许会像其他人一样,为
睡得安稳而奢望抛开烦人的心事;
但从来没有任何事情告诉过我
说我有必要学会向别人敞开心扉。

第三个妻子的墓地

对以前的那些婚姻都只字不提!
她第三次结婚成了他第三个妻子。
他俩交了个平手,比分是三比三。
但临死前她发现自己非常担忧:

她想起了一排坟墓中的那些孩子，
一排坟墓中的三个孩子令人伤心。
一排坟墓中一个男人的三个女人
不知怎的使她受不了那个男人。
于是她对拉班说："你已经做对了
许多事，请别把最后一件事做错。
别把我和另外两个女人埋在一起。"

拉班说不会，除非她自己愿意，
他不会把她与任何人埋在一起，
如果她觉得不愿意，当然就不会。
于是她撒手而去。但拉班已经
瞥见了伊丽莎弥留之际的样子，
并急于根据自己所记得的往事
尽可能地揣摩透她的全部心思，
他努力想怎样能比诺言做得更好，
为亡妻竭尽全力，虽已没有感谢。
她是怎么想的呢，他不停地自问。
顾虑重重之中他首先想到的是
最近她自己经手新买的一块墓地；
他不在乎为她竖一块多大的墓碑，
为此他可以卖掉两头拉犁的公牛。
难道墓畔不可以种些特别的花木？
悲痛可以开始滋生，也可以休眠，
而此时花木即可代替悲痛寄托哀思，
这样谁也不会被冷落或冷落了谁。
深谋远虑的悲痛不会小瞧这种帮助。

于是他想到了常青树和永久花①。
但接着他想到了一个更好的主意。
亡妻的第一个丈夫肯定就埋在什么
地方,那小伙子当年娶她与其说是
娶妻子不如说是找玩伴,有时候
他还嘲笑他俩之间的关系。不过,
她会有多想与他永远长眠在一起?
他的墓在哪儿?拉班知道他名字吗?

他在一两个镇区外找到了那座坟,
坟前墓碑上刻着:亡夫约翰之墓,
墓边有块空地,其决定权在死者的
一个从来没结过婚的妹妹手里,
伊丽莎来这儿安息会受到欢迎吗?
死者理当沉默,只有去问他妹妹。
于是拉班见到了那个妹妹,但他
只字未提伊丽莎不愿埋在何处之事,
也没说想到她埋在这儿是谁的主意,
而只是坦率地恳求得到那块空地。
责任心使那个妹妹脸上堆满皱纹。
她想公平行事。她不得不考虑。
拉班又老又穷,但看上去很在乎;
她又穷又老,但对这事也很在意。
他俩坐着。她用呆滞的目光看了他
一眼,然后叫他出去到村里走走,
去处理她说他可能要处理的事情,

---

① "永久花"指某些花朵干枯后其色状不变的花卉,如灰毛菊、腊菊和千日红等。

好让她自个儿判定她有多么在意——
拉班有多么在乎——为什么在乎。
(她敏锐地意识到他何时娶的伊丽莎。)
她第二次去看望伊丽莎的时候,
伊丽莎正站在她第二个丈夫的坟头,
她还接伊丽莎回来住了一段时间,
才让她回那个可怜的男人家守寡,
并为一个不是丈夫的男人料理家务。
她和伊丽莎自始至终都是朋友。
在这《圣经》对婚姻都莫衷一是的
世上,她有什么资格评判婚姻?
她以前从未碰见过这位拉班——
一个生活之熨斗熨出的正经男人;
她决不可让他久等。人死之后
和葬礼之间的时间总是很紧迫。
所以当她看见他拐进街口的时候,
她已匆匆做出了决定,打算在
门口迎住他,告诉他她的答复。
从她那张老嘴要开口说话的方式,
拉班已知道她最终会说些什么,
等她开口说话,果然不出所料。

她让紧闭的纱门隔在他俩之间,说:
"不,不能在约翰身边。这没道理。
伊丽莎有过那么多其他的男人。"

拉班被迫回头实施他自己的计划,
为伊丽莎买了块地让她独自安息;
这也为他自己提供了选择余地,

当他大限来临,需要长眠之时。

两个女巫

一、科阿斯①的女巫

我曾在山后边的一座农场上过夜,
农场主人是一个母亲和她的儿子,
两个老迷信。他俩都特别健谈。

母亲:人们认为一个能呼唤精灵
但却不召它们来共度冬夜的女巫
应该在火刑柱或别的柱子上被烧死。
但召唤精灵不是喊"纽扣,纽扣,
谁有纽扣",这我本该让他们明白。

儿子:我妈能让一张桌子竖立起来,
并让它像骡子一样用双腿尥蹶子。

母亲:我那样做会有什么好处呢?
与其竖桌子给你看,不如给你讲讲
苏管员②拉里有次是怎么告诉我的。
他说死人有鬼魂,但当我问他怎么
会呢——我认为死人就是鬼魂——

---

① 科阿斯是新罕布什尔州北部一县。
② 指负责处理苏族印第安人事务的美国政府代表。

他惊走了我召来的鬼魂。这难道不
使你怀疑鬼魂总是躲着某种东西?
的确如此,鬼魂总是躲着某种东西。

儿子:妈,你难道不想告诉他
我们阁楼上有什么吗?

母亲:尸骨——一具骷髅。

儿子:但我妈那张床的床头板
抵着阁楼门,而且那门已被钉死。
它不会有害的。夜里我妈常听见
它停在门和床头板这道屏障后面
不知如何是好。它一心想的就是
重返地窖,它就是从地窖出来的。

母亲:我们绝不会让它回去,
你说是吧,儿子! 绝不让它回去!

儿子:它是四十年前钻出地窖的,
当时它看上去像一摞会飞的盘子,
先是从地窖里一下子飞进厨房,
接着从厨房一下子飞进卧室,
然后又从卧室飞上了那个阁楼,
其间它曾从爸爸妈妈面前飞过,
但他俩谁也没能把它拦住。
当时爸爸已上楼,妈妈在楼下,
我还是婴儿;不知道当时我在哪里。

母亲:我丈夫觉得我唯一的缺点
就是我往往在上床之前就已入睡,
尤其是在冬天,当床铺比冰还凉,
身上的衣服比雪还冷的时候。
骷髅从地窖楼梯上来的那天晚上,
托夫勒早已丢下我独自上了床,
但他让一扇门开着使厨房变冷,
可以说是故意要把我赶出厨房。
就在我慢慢醒来,清醒得足以
纳闷冷风从何处吹进厨房的时候,
我听见托夫勒在楼上的卧室里,
但我以为听见他在楼下的地窖。
春天里地窖下面总会有积水,
为了不湿鞋我们在那儿铺有木板,
当时木板碰响了地窖坚硬的地面。
接着有人开始上来,一步发出两声,
就像是一个独腿人拄着 T 形拐杖,
或像一个孩子。那不是托夫勒,
其实地窖里根本不可能有什么人。
屋外的地窖出口门加有两道锁,
而且门扉受潮胀紧并被积雪掩埋。
地窖的窗户都被堆积的锯末遮住,
同时也受潮胀紧并被积雪掩埋。
是那具骷髅。我有充分的理由确信。
我的第一个念头就是去抓住门柄
把门压住。但那具骷髅并没推门,
它只是茫然不知所措地停在门下,
等待着什么有利于它的事情发生。

它全身不停地发出轻微的窸窣声。
我真想看看尸骨怎么会站起来行走，
而要不是这种愿望是那么的强烈，
我肯定不会做我后来所做的事情。
我想象出一堆白骨凑在一起的样子：
不像是一个人，倒像盏枝形吊灯。
于是我突然打开了它头顶上的板门。
它一时间激动得站在那里直摇晃，
差点忘乎所以。（一条火焰般的
舌头伸出来舔着它的上排牙齿。
两个深陷的眼窝里翻卷着烟雾。）
然后它伸出一只手直冲我扑来，
它活着时也这样朝我扑来过一次；
但这次我把它那只手击碎在地板上，
我自己也往后一跌，倒在地板上。
当时那些手指碎片滑得到处都是。
（我最近还在什么地方见过一块？
把纽扣盒递给我，它肯定在盒里。）
我从地板上坐起来大声喊："托夫勒，
它上楼冲你来了。"它当时可以选择，
要么是回到地窖，要么是进门厅。
它为了看新鲜而进了通往门厅的门，
对那么一个笨家伙来说，它的行动
堪称轻快，但由于我刚才的一击，
它在门厅里朝四面八方一阵乱窜，
看上去像是一道闪电或一阵旋风。
我听见它从门厅去楼上那个唯一
装修过的卧室，在它差不多要

爬上楼梯时我才从地板上站起来,
然后我边追边喊:"关上卧室门,
托夫勒,为了我!""有客人?"他说,
"别让我起来,在被窝里真暖和。"
于是我无力地匍匐在楼梯扶手上
挣扎着上了楼,我不得不承认
在灯光下我什么也没能看见,(刚才
厨房里没灯)"托夫勒,我看不见
那具骷髅,可它就在这房间里。"
"什么骷髅?""地窖墓中的那具骷髅。"
这下托夫勒把两条光腿伸出被窝,
坐到我身边并紧紧地把我抓住。
我想把卧室的灯吹灭,好看看
我能不能看见它,或是让托夫勒
和我一道蹲下身子伸出双臂猛挥,
把那堆白骨击倒。"我会告诉你
怎么办——它正在找另外一道门。
这罕见的深深积雪使它想起了
它那支老歌,《殖民地的野孩子》①,
它过去总爱在马车道旁唱这支歌。
它想找一扇开着的门好逃到野外。
让我们把阁楼门打开为它设个圈套。"
托夫勒同意这样做,果然不出所料,
几乎与阁楼门被他打开的同时,
上阁楼的楼梯上就响起了脚步声。
我听见了,但托夫勒好像没听见。

————————
① 澳大利亚民歌。

"快!"我砰地关上门并抓住把手。
"托夫勒,找钉子。"我让他把门钉死
并把床推到门前用床头板把门抵住。
然后我俩才互相问,阁楼上是否
有什么我们可能还用得着的东西。
与地窖相比阁楼对我们不那么重要。
如果那骷髅喜欢阁楼,就给它吧。
让它就待在阁楼上。当它有时候
在夜里走下楼梯,站在那扇门和
床头板后面,不知如何是好地
用它的白骨手搔着它的白骨头皮、
发出百叶窗发出的那种嚓嚓声时,
我就会从床上坐起来对托夫勒
说:既然它上了阁楼,就让它待在阁楼。
自从托夫勒死后我就只对着黑暗说。
我答应过托夫勒对它要毫不留情,
所以要帮它就是对托夫勒无情。

儿子:我们认为它在地窖有个坟墓。

母亲:我们知道它在地窖有个坟墓。

儿子:我们不可能查出这骷髅是谁。

母亲:不,儿子,我们能。就此说
破真相吧。那是他父亲为了我而杀
的一个男人。我是说他杀了那男人,
而不是我。我能做的就是帮他掘墓。

有天晚上我们在地窖里挖了那个墓。
我儿子知道这事,但假若该说的时
辰已到,也不该由他来说出真情。
见我道出真相我儿子显得很惊讶,
这么多年来我俩一直保守着这秘密,
以致随时都准备着对外人撒谎。
但今晚我一点儿都不想说谎话——
我记不得我为什么一直掩盖真相。
我相信,要是托夫勒还活着的话,
他也没法告诉你他为什么要撒谎……

她把盒子里的纽扣一股脑倒在怀中,
但没找到她想找的那块手指碎片。
第二天上午我核实了托夫勒这个名字,
乡村邮政信箱上写着托夫勒·拉维。

二、克拉夫顿①的乞丐女巫

既然他们已确认我是谁家的人,
那我就打算说些他们不爱听的话:
他们弄错了,我可以证明这点。
使两个镇子争着把我作为礼物
互相赠送,这肯定是太恭维我了。
这两个镇子都休想使我有心为
他们消灾弭祸。因为不管怎么说,
雪上加霜永远都是女巫的格言。

---

① 克拉夫顿是新罕布什尔州中部一县。

我要加重他们的灾祸,你就瞧吧。
他们将发现他们已使一切都得重来,
我是说如果他们想忽略事实的话。
他们凭一份记录,说阿瑟·埃米
曾在沃伦镇三月会上投过里夫一票,
就安排一个人的命运(不是吗?)。
我本可以在今年的任何时候告诉
他们,同我结婚的这个阿瑟·埃米
不可能是他们说的那个参加沃伦镇
三月会的阿瑟·埃米,因为在他们
说的那个年月里他还不满十五岁。
曾与我结为夫妻的这个阿瑟·埃米
只参加过他曾参加过的几次投
票,次数不太多,全都在文特沃思镇。
而且其中一次还是受大伙儿委托,
去看镇上是不是想接收那条通往
我们住的那片林间空地的马车道。
我告诉你谁记得这事——哈曼·拉皮什。
他们的阿瑟·埃米是我的阿瑟的父亲。
所以他们已为这事上过一次法庭,
我想他们还是再上一次法庭为好。
文特沃思和沃伦都是居住的好地方,
只是我碰巧更喜欢从今往后
就住在文特沃思镇;归根到底,
权利就是权利,当我能够凭这样做
而伤害某人的时候,公正对待
的诱惑对我来说实在是太过分。
我知道有些人喜欢有个著名女巫

住在他们镇上,并会因此而得意;
但大多数人都不得不考虑其花销,
甚至有我的花销。他们应该知道,
作为一名女巫,我得经常挤蝙蝠奶,
而且一次要挤够供好几天用的。
这会使我的地位更加巩固,想想吧,
我是否应该答应显示出某种标记,
以此来进一步证明我是个女巫?
我认为马利斯当年就曾是个标记,
它说明我在它年老体衰的时候
还骑着它到处走并让它承载重负,
直到我使它消瘦得皮包骨头,
还说明既然我曾经不给它盖毯子
就把它拴在一个镇公所门前,那我
就曾把它拴在全县每个镇公所门前。
有些人曾指责我不给它盖毯子,
那个可怜的老家伙。这本来也没
什么要紧,要不是有一个聪明人
指出它爱啃拴马桩,在桩上留下牙印,
以便人们一眼就能认出那些标记。
人们能听说的拴马桩都被它啃过。
他们让它啃呀啃呀,直到它发牢骚。
于是那同一个聪明人又说,看呀——
他敢打赌马利斯是匹有咬槽癖的马,
它已经咬碎了马厩里的饲料槽——
千真万确,人们发现它已把马厩的
四根木桩咬成碎片。这说明什么呢?
这并不说明它没咬过外面的拴马桩。

因为对我来说,一匹马在马厩里咬
东西并不证明它不咬树木马桩栅栏。
但人人都误把这一点当作证明。
那时候我是个二十岁的健壮姑娘。
而那个把样样事都弄糟的聪明人
就是阿瑟·埃米。你知道他是谁了。
他就是那样开始向我献殷勤的。
我们结婚后他对往事很少提起,
但我不相信他一点儿也不为他当年
干涉马利斯啃拴马桩的事感到得意。
我猜他是发现了若让我当女巫,
他就可以更多地躲开我。要不然是
什么东西碰巧使他变了。他开始
说一些与他从前所为相反的话,
譬如说:"不,她还没飞回来哩。
昨晚是她外出的夜晚。她在飞。
她认为既然风能痛快地玩上一夜,
她自己也能痛快一宵。"但他最爱
声称他被我折磨得要死。他说要是
有谁能像他在后半夜经常遇到的
那样,看见我骑着扫帚,翻过屋脊,
从半天云中回家,那他认为人们
就可以了解他不得不忍受什么生活。
好吧,我向阿瑟显示过够多的标记,
从我们曾经能尽力维持的家中,
从即使用七个年头的全部雨雪
也没法从耕地里冲洗掉的谷仓味中,

我不是说穆西克劳山上罗杰斯骑兵①
的头骨,我是说女人对男人的示意,
只有迷住他我才能与他多过些日子。
在树都挺矮苔藓却老高的地方,
我曾叫他去瀑布边滑溜的岩石上
为我采摘湿漉漉的白色浆果。
我是让他在夜里为我做这件事的。
他曾喜欢做我叫他做的任何事情。
如果这时他在看得见我的地方,
我希望他离远点,别看见我这模样。
谁都可能从声名显赫变得一文不名。
关键是当我年轻、充满活力的时候
我是否曾知道这就是我的结局。
看起来我好像不会有勇气当着
大家的面这般无礼如此放肆。
我可能有勇气,但看起来好像没有。

虚张声势的威胁

我会留下,
但这并不是说好像
就永远没有哈得孙湾
没有毛皮交易
没有一叶小舟
和一柄船桨。

---

① 七年战争(1756年至1763年英法在北美争夺殖民地的战争)期间由英军军官罗伯特·罗杰斯(1731—1795)指挥的骑兵。

我能设想我搭好了帐篷,
正盘着双腿
坐在地上,
一个欲卖毛皮的捕兽人
正朝帐篷里张望。

此人名字叫乔,
化名约翰,
由于他对亨利·哈得孙①
的去向一无所知
或是不愿讲,
我不能说他有多大用处;
但我俩继续交易。

在一块浮冰上
有海豹尖叫。
该不是把人错当成海豹吧?

不,
这儿没有一个人
能在我与北极之间
挡挡风——

始终都只有约翰-乔,

---

① 亨利·哈得孙(约1565—1611),英国航海家及探险家,曾试图探寻一条穿越北冰洋的欧亚之间的航道,最后一次远航时遇船员哗变,被置于一小船上漂流失踪。今北美的哈得孙河、哈得孙海峡和哈得孙湾均以其姓氏命名。

我的法兰西印第安爱斯基摩人
也许都集于他一身，
可他设陷阱去了。

摇摇头吧，
面对这完全被抛在
冰雪和迷雾之中
以致几乎不存在
的海湾，
我准备说话，
为了上帝、人类或兽类，
不过也许是为了这三者。

别问乔
这对他意味着什么。
它有时候是阴暗，
除了它对于我
所意味的，
它是那位老船长神秘的命运，
在它两千英里长的海滨
他没能找到或冲出一条水道：
船员们把他丢在他失败的地方，
他的航行没有任何结果。

它想对这样一个幽灵说：
"你和我，
在远离尘嚣的这儿

伴着已绝种的大海鸦①
的你和我!
如果已看清楚,
就宁要清楚的失败
也不要人生不确定的胜利,
因为那些胜利需要用
无休止的语言来证明。"

水池、酒瓶、驴耳和一些书

老戴维斯在多尔顿②有座云母山,
那座山总有一天会让他发财。
已经有些波士顿人去那里看过,
而且有专家说在那座山的深处
能开采出窗玻璃那么大片的云母。
戴维斯总想带我去那儿饱饱眼福。

"我会告诉你你该带我去看什么。
你记得你说过你知道金斯曼山上③
有个地方,早期的摩门教徒在那儿
住过,并在屋外修了个石洗礼池——
但史密斯④或什么人召唤他们离去,

---

① 一种曾生活在北大西洋沿岸岛屿上的海鸟,于十九世纪中期绝种。
② 新罕布什尔州一小镇,在该州首府康科德东南方24公里处。
③ 新罕布什尔州克拉夫顿县境内弗朗科尼亚峡谷西侧山峰。
④ 指摩门教创始人约瑟夫·史密斯(1805—1844)。但率领摩门教徒西迁的是另一位摩门教领袖布里格姆·扬(1801—1877)。

去西部与荒原进行更激烈的搏斗。
你曾说你见过那个石筑的洗礼池。
就带我去看吧。"

"改天我会的。"

"今天就去。"

"嘿,那个破水池有什么好看的?
说说它就行了。"

"我们就去看它。"

"我告诉你我想干啥,好让你闭嘴;
即使花整个夏天我也要找到那水池,
就让咱俩携起手来一块儿找吧。"

"这么说你是把它给弄丢了?"

"不,只是现在找不到罢了。
这肯定是因为它被周围的树林遮掩。
打我见过它之后山势也可能有变化,
那是八五年①的事啦。"

"都那么久了吗?"

---

① 指1885年。

"要是我没记错的话,当时那水池
已裂了条缝而且空了。四十年光阴
对那种糟糕的砖石建筑可不算短。
你不会看到摩门教徒在池中浸泡。
但既然你说到它,那咱们就去找吧。
虽说我已经老了,可我还打算
让你把我拽着去任何地方——"

"我想你曾是个向导。"

       "我现在也是,
而这正是我不能拒绝你的原因。"

于是我俩远离尘嚣痛快了一天。
我们往山上爬呀,爬呀,爬呀。
那老人一路上认真地判断着方位,
在每个空旷处都说出他的担心。

我们钻出树林站在一高处,但见
对面的悬崖顶酷似一个细颈酒瓶,
瓶身被上面的草木染得五颜六色,
一个会令激动的游客惊讶的彩瓶。

"好吧,虽说我没带你找到那水池,
但至少我让你看见了这著名的瓶子。"

"我不想看这个假酒瓶。它是空的。"

"万物皆空。"

　　　　　"我想看那个水池。"

"我猜你会发现那水池也是空的。
不过这酒瓶让我知道了这是何处。"

"难道你一直没弄清你在什么地方？"

"你该不是说，我竟然不知道这儿
离那个摩门教徒居住地只有几英里？
你听好啰，你要是不想在野外过夜，
对你的向导就该表现出应有的尊重。
我发誓，只要走到那边山体崩塌处，
离那儿就很近了，我是说那相会的
两条崩沟，看上去活像一对驴耳。
我们满可以看到那水池，不虚此行。"

"驴耳朵难道不是暗示叫我们滚蛋？"

"天哪！你是不是不喜欢观赏自然？
你不喜欢自然。你喜欢的只是书。
驴耳朵酒瓶子再自然又有什么
意思？你想看的只是你的书！
好吧，我可以在这儿让你见到书。
双腿保持弹性，用最快速度下山。
只有飞快下山，不然膝盖受不了。"

诗　歌

我心想:"得准备好应付任何情况。"

我们踏上了一条我不认得的路,
但我真高兴有机会再次让双脚
踏进尘土。我们顺路走了一英里,
也许吧,到了路尽头的一幢房子,
这使我感到意外。这种房子使我
想到宽宽的镶板。我从没见过
如此漂亮的一幢房子被人遗弃。

"对不起,我得叫你从一扇碰巧
被打破的窗户钻进去,"戴维斯说,
"大门这会儿还不想为我们打开。
我想为你介绍曾在这房子里居住
的那家人。他们就是罗宾逊一家。
想必你曾听说过克拉拉·罗宾逊,
那位写过一本诗集并将其出版的
女诗人。她整本书写的全是关于
她内窗台的那些花和外窗台的鸟,
以及她怎样照料它们,或让它们
受到照料;因为她没法亲手照料
任何事。她在这屋里关了一辈子。
她一生都躺在床上,在床上写诗。
我会让你看她是如何把窗台加宽,
以便放她那些花和款待她那些鸟。
不过我们先上阁楼去看她的书。"

我们踩着地上喀嚓作响的碎玻璃

极不舒服地穿过空无一物的房子，
不过似乎屋里还有那位女诗人的诗。
我应该说书！如果书是所需要的话。
一个木制货箱里有满满一箱书，
满得快要溢出，像一只丰裕角①，
或像女诗人那颗充满爱意的心，
装书的木箱靠近向阳的窗户，
上层的书已被雨水飘湿并发胀。
那么多书足够办一个乡村图书馆，
但可惜的是木箱全是同一种书。
它们是从某个出版社一并运回，
从此就一直被这个家庭收留。
孩子们和不规矩的猎手知道如何
用石块和铅弹对付不设防的窗户；
窗玻璃早被击碎撒落在地板上。
可这些脆弱的诗怎么会幸免劫难？
也许是凭着它们一点不显山露水，
或也许是凭着它们的孤高漠然，
使孩子和猎人都不知该如何下手。
可是哟！有一本书曾平躺在箱顶，
这诱人的位置使它探出阁楼窗外，
直到它迎着风，展开它的封面，
试图学鸟飞翔但飞得像块瓦片
（悄悄飞走但不堪其歌的重负），
最后像只中弹的小鸟一头栽下，
躺在石块和灌木丛中回不了阁楼。

---

① 罗马神话中命运女神福耳图娜手持之物，是丰饶的象征。

楼上的书倒不曾被人不恭地乱扔。
只不过有人曾偶尔拿起一本翻翻,
而被翻的书偶然落在翻阅者脚边,
从此就被留在它掉落的那个位置。
真遗憾那位女诗人的生命太短促,
一辈子都没把那些书卖掉或送出,
一个版次的书几乎都堆在那阁楼上。

"拿一本吧。"戴维斯殷勤地邀请我。

"为何不拿两三本?"

       "随你拿多少。
这书印得蛮漂亮的。"他从木箱
深处未开过包的书中抽出了一本,
用他长有老茧的手爱惜地拍了拍。
他翻开那本书而我翻开另一本,
我俩各自寻找或找到了某种东西。

阁楼黄蜂像一阵子弹掠过不知去向。

很快我就为那一天感到心满意足。

回家的路上我老是不停地记起
口袋里那本小书。它就在那里。
我知道,那位女诗人已在天上
感叹过了,为她心头又减去一本书。
我对她的要求微不足道,但却是

一种要求。她感觉到了这拉力。
总有一天她会摆脱她的全部书。

我要歌颂你哟——"一"

那天夜里,我
久久地睁眼躺着
希望那座钟楼
会报出时辰
并告诉我能否
把当时算作白天
(尽管天还没亮)
从而放弃睡眠。
伴着呼呼的风声
雪下得很厚;
两股风将相遇,
一股顺着一条街,
一股顺着另一条,
将在一阵纷乱
的飞雪中厮杀。
我嘴上不能说
但心里却担心
严寒会捆住
钟楼上那个钟
的镀金指针,
从而停止它们
前进的步伐。

这时传来一声钟响!
虽说冷淡而低沉,
却是人世风云的
一个平稳的音符。
那钟楼说:"一!"
随之一座尖塔也说。
它们对自己说,
也对少数可能
被风从温暖的被窝
惊醒(但不会被
逐出屋外)的人说。
它们没注意那场
像一张饰有珠子的毛皮
猛烈撞击我的玻璃窗
的暴风雪。
在那声庄严的"一"中,
它们说到了太阳,
说到了月亮和星星——
土星和火星
还有木星。
更加无拘无束,
它们丢开有名字的星[①]
说到了以字母称呼的星:
各个星座中那些
σ 星和 τ 星。

---

① 在包括英语在内的西方语言中,天体多以希腊罗马神话中诸神的名字命名。

它们让自己的声音中
充满了最遥远的天体：
那些人类送去
遐思的天体，
那些离上帝更近的天体，
那些望远镜镜头中的
宇宙尘埃。
它们庄严的声音
不属于它们自己；
它们代表另一个钟说话，
因那个钟巨大的齿轮
连着它们的齿轮。
在那个单独发出的
庄严的字眼中
这个最大的星球
颤抖并移动，
不过迄今为止
它让它旋转的疯狂
显得像是保持在
一种自我静止状态中。
自从人类开始
使人类衰弱，
自从国家开始
把国家拖垮，
它一直都没变化；
在四面八方
上下左右的
那些行星上的

人类眼中，
除了它曾
变大为一颗新星
的奇迹之外
它一直都没变化。

蓝色的碎片

既然天空呈现着大块大块的湛蓝，
为何地上还要点缀这些蓝的碎片：
一只小鸟，一只蝴蝶，一朵野花，
还有闪光的蓝宝石和睁开的蓝眼？

因大地就是大地，也许不包括天空，
尽管不乏有学者说大地也包括蓝天；
我们头顶的蓝天迄今为止还太高，
它只能激励我们追求蓝色的意愿。

火 与 冰

有人说这世界将毁于烈火，
有人说将毁于坚冰，
据我对欲望的亲身感受，
我支持那些说火的人。
但如果世界得毁灭两次，
我想我对仇恨也了解充分，

要说毁灭的能力,
冰也十分强大,
足以担负毁灭的重任。

在一座荒弃的墓园

生者爱踏着荒草而来,
来读山坡上这些碑铭;
墓园仍吸引活着的游客,
却再也不能把死者吸引。

墓碑上的韵文千篇一律:
"今日来此的活着的人们,
读完碑文又离去的人们,
明天将来这里长眠安息。"

对死亡如此有把握的碑文
却禁不住一直暗暗留心:
怎么没有死者来的迹象?
畏缩什么呢?活着的人?

这样的回答也许不乏机敏——
告诉墓碑人们憎恶死亡,
从今以后永远不再死去。
我想墓碑会相信这弥天大谎。

雪　尘

一只乌鸦
从一棵铁杉树上
把雪尘抖落到
我身上的方式

已使我抑郁的心情
为之一振
并从我懊悔的一天中
挽回了一部分。

致 E. T.①

我小睡之前把你的诗集读了一半，
然后任打开的书落下摊在我胸前
像一座坟墓上雕刻的鸽子的翅膀，
我想看它们能否让你在梦中重现；

我也许得不到由于某种拖延而曾
错过的机会，当着你的面称呼你，
先称士兵后称诗人，再合二为一，

---

① E. T. 指英国诗人爱德华·托马斯(1878—1917)。他是弗罗斯特在英国时的好友，在弗罗斯特返回美国的那年(1915)入伍参加第一次世界大战，1917 年 4 月在阿拉斯战役中阵亡。

一名在你行列中牺牲的诗人战士。

兄弟,你我都表示过在我俩之间
应该无话不说,而这我还没说过,
另外还有件当时不可能说的事情:
胜利将会赢得些什么又失去什么。

当时你去维梅山接受炮火的洗礼,①
而在你倒下的那天,那场似乎
对你已结束的战争对我还没完结,
但在今天,它似乎对你还没结束。

可它怎会结束呢,即便是对于我——
已知敌人被赶回莱茵河东岸的我,
要是我不能当面把这消息告诉你
并再次看见你因听我说话而快活。

寸金光阴难留

自然新绿是金,
灿灿金色难存;
初绽嫩叶若娇花,
绽谢犹在刹那。
嫩叶遂成阴箨,
乐园顿起悲歌。

---

① 维梅山在法国北部加来海峡省阿拉斯城以北 16 公里处,是第一次世界大战的著名战场之一。

清晨转瞬变白昼，
寸金光阴难留。

逃　遁

那年当第一场雪开始飘洒的时候，
我们在一片山地牧场见过一匹小马，
那匹小摩根马①将一只前蹄踏在墙上，
另一只蜷在胸前。当时它把头一低，
冲我们喷了个响鼻，然后转身逃去。
我们听见它逃去的方向有隐隐雷声，
我们看见或以为看见那张飞雪构成
的巨大帷幕衬映着它灰蒙蒙的身影。
"谁家的马驹？我想它是害怕下雪。
它肯定还没经历过冬天。它可不是
在和雪花玩耍嬉戏。它是在逃遁。
我看它妈妈也未必能跟它讲清，'唷，
这只是天气变化。'它会以为她不懂！
它妈妈在哪儿呢？它不该独自在外。"
现在伴着硁硁叩石声，它又回来了，②
又跃上那道石墙，眼睛上蒙着白雪，
尾巴除短毛竖立处也盖着一层雪霜。
它抖搂身上的雪渣像是要抖掉苍蝇。

---

① 原产于美国佛蒙特州的一种轻挽型马，以育成此品种的育马人贾斯廷·摩根（1747—1798）的姓氏命名。
② 原诗从此行起由上文的过去时态变成了现在时态，原文读者有可能从这一变化中读出诗人的暗示：即小马惊恐于未曾见过的大雪犹如人类惊恐于不可理喻的现实。

"这么晚了,其他牲口都早已归棚,
不管把它留在外边挨冻的到底是谁,
都应该被叫出来把它牵回家去。"

目的是歌唱

在人类开始正确地吹气之前
　　风的吹拂方式也曾没有教养,
它狂啸怒吼,不管白天夜晚,
　　在它所吹拂的任何莽原大荒。

人开始告诉风何为不妥不当:
　　一是它没有找对送风的部位,
二是它太用劲,"目的是歌唱,
　　你仔细听,为什么该这样吹!"

人把一小口风深深吸进嘴中
　　并久久不张口,直到寒冷的
北风早已变成温暖的南风,
　　然后才有板有眼地将其吹出。

这样就成了有词有曲的歌声,
　　风,真正意义上的风就应该
有板有眼地穿过喉咙和嘴唇。
　　目的是歌唱——风能够明白。

雪夜林边停歇

我想我知道这树林是谁的。
虽然主人的茅屋远在村里；
他不会看见我在这儿停歇
观赏这片白雪覆盖的林子。

想必我的小马会暗自纳闷：
怎么不见农舍就停步不前？
在树林与冰冻的湖泊之间，
在一年中最最黑暗的夜晚。

小马轻轻抖摇颈上的缰铃，
仿佛是想问是否把路走错。
林中万籁俱寂，了无回声，
只有柔风轻拂，雪花飘落。

这树林真美，隐秘而幽深，
只可惜我还有诺言要履行，
安歇前还要走漫长的路程，
安歇前还要走漫长的路程。

见过一回，那也算幸运

其他人老嘲笑我跪在井栏边时

总是弄错光的方向,所以从未
见过井的深处,只是看见阳光
照耀的水面映出我自己的影像,
那上帝般的影像在夏日的天空
从一圈蕨草和云团中朝外张望。
有一回,试着将下巴贴着井栏,
我如愿以偿地越过透过那影像
看见了一个不确定的白色物体,
某种比深还深的东西——但它
转瞬即逝。水开始制止太清澈
的水。蕨草上滴下一滴水,瞧,
一阵涟漪模糊了井底的白东西
并将它抹去。它是什么?真理?①
水晶?见过一回,那也算幸运。

蓝蝴蝶日②

这便是此地春天里的蓝蝴蝶日,
随着一阵阵蓝色薄片纷纷下落,
这种飞翔中的毫无混杂的颜色
比地上将按时开放的野花还多。

可这些是会飞但不会唱的野花:
因为已克制了高高飞翔的欲望,

---

① 古希腊哲学家德谟克利特有名言曰:"真理在井底。"
② 美国马里兰州的猎人曾把猎不到野鹅的时候称为"蓝背鸟日",弗罗斯特大概由此而杜撰了个"蓝蝴蝶日"。

它们在四月的和风中合翅停飞,
依恋泥淖中刚留下车辙的地方。

袭 击

总是这样,当聚足力量的暴风雪
终于在一个命定的夜晚向下倾泻,
衬着黑魆魆的树林显得分外洁白,
并携着一首它整冬不会再唱的歌,
嗖嗖歌声掠过尚未被覆盖的大地,
这时四下张望的我便会张口结舌,
就像一个突然被死神抓住的家伙
会放弃他的使命,任凭死亡降临
到他的头上,而他一生从未干过
任何坏事,也不曾立下丰功伟绩,
简直就像那生命从来就不曾开始。

可是哟,所有的先例都对我有利:
我知道欲置全人类于死地的冬天
每次都会失败,在漫长的风暴中
皑皑白雪可堆积四英尺而风吹不动,
压上红枫、白桦和橡树的树身,
但却止不住小鸟儿银铃般的歌声;
而我终将看到所有积雪滑下山丘,
融汇进四月里那条细细的溪流,
闪着尾巴穿过去年的草荒林莽,
宛若一条长蛇渐渐隐没在远方。

白色都将消失,除这儿一株白桦,
那儿一座教堂,再加上几户人家。

朝向地面

嘴唇间的爱曾是我
能够经受的甜蜜接触;
它一度显得过分甜蜜,
使我生活在香气之中,

香气从馨香之物向我袭来,
一阵流动的——难道是
暮色中沿山坡从神秘的
葡萄藤中飘来的麝香气味?

忍冬藤的小花枝
使我感到眩晕和渴望,
当我攀折花枝时
它们把露珠滴在我手上。

我渴望浓郁的芬芳,但我
年轻时那些都显得浓郁;
玫瑰花的花瓣
那真是沁人心脾。

如今欢乐无不伴有
那种掺和着痛苦、厌倦

和罪过的滋味；
于是我渴望泪痕，

渴望差点儿过头的爱
留下的隐痛，
渴望苦树皮的清香，
渴望燃烧丁香的芳泽。

当使劲儿撑在
草丛和沙间的手
僵直、酸痛或被划破，
我会将其缩回，

这种伤痛还不够，
因为我渴望重量和力量，
好让我的全身
感受到泥土的粗糙。

再见并注意保冷

在天就要黑尽时这么说一声再见，
朝一片如此幼小的果林袭来的严寒
都使我想到这远在农场尽头的果林，
这片被一座小山与农舍隔开的果林
在整整一个冬季里可能受到的伤害。
我不希望野兔和老鼠来剥它的树皮，
我不希望鹿群把它当青饲料啃食，

我不希望有松鸡来啄食它的嫩芽。
(若非我知道这肯定是徒劳的话,
我会把松鸡、野兔和鹿招到石墙边,
用木棍当枪警告它们都滚远点。)
我不希望阳光的热度惊扰它的冬眠。
(我希望凭着把它安置在小山北坡,
我们已使它能安全地躲过这种灾祸。)
任何果园都可以不怕严冬的风暴,
只要它当心一件事:别让体温升高。
"你已被叮咛过多少遍,幼小的果林,
超过五十度比低于五十度①更危险,
千万注意保冷。再见吧,注意保冷。"
大概这整个冬季我都不得不离去。
我眼下的活儿是去料理其他的树,
那些无须精心照料、收益不多的树,
还有那些只需用斧子去料理的树——
如北美落叶松、枫树和白桦树。
我真希望能保证在夜里躺下之时
能想到一座果园处于困苦的境地,
尤其当(没有人提着灯去看它)
它心若死灰仿佛已被埋进了坟墓。
但世间有些事你不得不留给上帝。

两个看两个

爱和忘情说不定本可以使他俩

---

① 指华氏 50 度,等于摄氏 10 度。

顺着那道山坡再往上爬一小段路,
考虑到天色已晚,不会爬得太高。
总之他俩肯定是当即就停了下来,
因想到下山的路是那么陡峭崎岖,
路上有乱石和塌方,走夜路不安全;
当时他俩停在一道坍塌的矮墙边,
矮墙上有铁丝网。他俩朝墙站立,
把他们依然怀有的往上爬的冲动
变成了朝那段未走之路的最后一瞥,
他俩肯定不往上爬了,若是夜里
有石块或泥坡移动,那是它们自动,
没脚步去动它们。"到此为止,"他俩
说,"晚安树林。"但并非到此为止。
一头母鹿绕过一棵云杉,隔着矮墙
打量他们,和他们离矮墙一样近。
它见他俩在这边,他俩见它在那边。
它模糊的视线难以看清墙边是什么,
好像是倒立着的被劈成两半的卵石;
而他俩看出它眼里没有一丝惊恐。
它似乎认为他俩对它没有危险,
所以他俩虽显得奇怪,但它好像
仍把他们视为无须多费脑筋的东西,
它鸣了一声便不惊不诧地顺墙而去。
"这下该结束了。还会出现什么呢?"
还没结束。一声呼哧叫他俩再等等。
一头雄鹿绕过那棵云杉,隔着矮墙
打量他们,和他们离矮墙一样近。
这是一头双角高耸健壮有力的雄鹿,

不是那头母鹿又回到原来的地方。
它昂着头用探询的目光打量他俩,
好像在问:"你们干吗一动也不动?
为何不显生命迹象?因为你们不能。
恐怕你们并不像看上去那样有生命。"
直到它使他俩差不多觉得有勇气
伸出一只手———一道符咒被解除。
然后它才不惊不诧地沿矮墙而去。
两个看两个,无论你站在哪边说。
"这下肯定结束了。"的确是结束了。
但他俩仍然呆呆地站立在矮墙边,
一阵强烈的感情袭遍他俩全身,
仿佛大地出于一种意想不到的恩惠,
已使他俩确信她已回报了他们的爱。

不能久留

他们要把他还给她。那封来信
这么说……她可以再次拥有他。
她还来不及确定字里行间是否
藏有坏消息,他已经回到家里。
他们把活生生的他还给了她——
然后呢?他们送回的不是尸体——
而且没有明显的伤残。他的手?
他的脸?她得看看,边看边问,
"怎么回事,亲爱的?"她给予了
一切还拥有一切,他们真幸运!

难道她不高兴？看来事事如意，
余下的日子对他们将会很舒适。
可她得问："能待多久，亲爱的？"

"够久但不够久。一颗子弹穿透
了我的胸部。只有治疗和休息
再加上你一个星期的精心护理
才能够使我伤愈，并重返战场。"
这种可怕的给予他们得来两遍。
这下她只敢用她的目光问他
他第二次上战场结果将会怎样
而他也用目光求她别再提问。
他们把他还给她，但不能久留。

城中小溪

那幢农舍依然存在，虽说它厌恶
与新城街道整齐划一，但不得不
挂上了门牌号。可是那条小溪呢？
那条像手臂环抱着农舍的小溪呢？
我问，作为一个熟悉那小溪的人，
我知道它的力量和冲动，我曾经
把手伸进溪水让浪花在指间跳舞，
我曾经把花抛进水中测它的流速。
六月禾①可以被坚硬的水泥覆盖，

---

① 北美广泛种植的一种牧草和庭院草，因其叶片绿中透蓝，故又称（肯塔基）蓝草。

在城市的人行道下再也长不出来；
苹果树可以被塞进壁炉当作柴烧。
水红木对于小溪是否还同样需要？
此外对一股不再需要的永恒力量
又该如何处置呢？难道溯流而上
用一车车煤渣筑坝堵住它的源头？
后来小溪被抛进了石板下的阴沟，
在臭烘烘的黑暗中依然奔流不息——
也许除了可以使它忘记恐惧之外，
它这样日夜奔流永远是徒劳无益。
除了旧时的地图没有一个人知晓
有这样一条小溪。可我真想知道
是不是由于小溪永远被埋在地下
其记忆就不可能冒上来重见天日，
使这座新城没法干活也没法休息。

厨房烟囱

砖瓦工哟，修我这幢小房子，
任何地方你都可以随心所欲，
但砌厨房烟囱得按我的意思，
别在我烟囱下面垫个木架子。

不管你去买砖块必须走多远，
也不管砖块的价格是低是高，
给我买够砌根完整烟囱的砖，
这烟囱得贴着地面往上建造。

这不是因为我对火特别害怕,
而是我从未听说过哪户人家
既能让烟囱底部比炉膛还高
又能够人畜两旺,兴盛发达。

我害怕防腐沥青不祥的污斑,
它总会弄脏裱过壁纸的墙面;
我害怕火被雨水闷熄的气味,
烟囱一出错那气味就会出现。

支架可以放花瓶或摆画搁钟,
可不知为何用它来支撑烟囱,
这种半截烟囱容易使我想起
我过去常常把城堡建在空中。

觅鸟,在冬日黄昏

西天正脱下辉煌的金衣,
空气早已在严寒中凝滞,
漫步回家,踏茫茫白雪,
似见有只小鸟在枝头栖歇。

当我夏日里经过这地方,
我总得停步,抬头仰望;
一只小鸟放开美妙歌喉,
如天使一般在树上啁啾。

此刻树上没有鸟儿鸣啭,
唯有一片枯叶残留枝端;
我久久徘徊,绕树三匝,
只看见这幅清冷的图画。

凭高远眺,在小山之顶,
我断定这水晶般的寒冷
不过是白雪上再添严霜,
犹如金上敷金,难以增光。

自北向南横过苍茫碧空,
一颗小小流星划破天穹,
星尾遗留下迤逦的一闪,
似缥缈流霞、隐约残烟。

无限的瞬间

他迎着风停下脚步——那是什么,
在枫树林中,白乎乎但不是幽灵?
他站在那儿让三月紧贴他的思绪,
但却极不愿意相信那最美的美景。

"啊,那是繁花盛开的乐园。"我说;
它的确也美得足以被人看成繁花,
只要三月里的我们能在心中想象

那是五月里如雪似银的一树春华。①

我俩在一个奇异的世界站了片刻,
我自己也像他发蒙那样心醉神迷;
最后我说出了真相(我俩继续走)。
那是棵还留着去年枯叶的山毛榉。

糖槭园之夜

在三月里风暴停息的时候,在我
喜欢的一个夜晚,我逗留在糖厂
门外,小心翼翼地招呼那烧火工,
叫他离开炼锅去为拱炉添些木柴:
"嗨,听我说,请把火弄得更旺些,
让更多的火星顺着烟囱冒上天空。"
我想有些火星也许会像往常一样
纠缠在周围槭树林光秃秃的枝间,
在山上稀薄的空气中久久不熄灭,
这样便可以装饰夜空中那轮月亮。
是夜月色虽朦胧但仍然足以映出
挂在每一棵糖槭树②上的取脂吊桶
和黑黝黝大地上那张雪白的地毯。
火星都无意升上高空去充当月亮。
它们满足于在树上扮星星的角色,

---

① 北美地区的苹果、樱桃等树一般在五月份开花。
② 糖槭树,槭树的俗称,北美有种糖槭树会流出一种可制槭糖的树脂。人们曾用类似割胶的方法取得槭树脂,用蒸发加工的方法提取槭糖浆。

如狮子座、猎户座和七姊妹星团①。
所以枝丛间不一会儿就群星闪烁。

收 落 叶

用铁锹去铲落叶
简直就像用铁勺,
成包成袋的落叶
却像气球般轻飘。

我整天不停地铲,
落叶总窸窣有声,
像有野兔在逃窜,
像有野鹿在逃遁。

但我堆起的小山
真令我难以对付,
它们遮住我的脸,
从我双臂间溢出。

我可以反复装车,
我可以反复卸货,
直到把棚屋塞满,
可我得到了什么?

---

① "七姊妹星团"即金牛座中的昴星团。

它们几乎没重量；
它们几乎没颜色，
因为与地面接触，
它们已失去光泽。

它们几乎没用处。
但收成总是收成，
而且又有谁敢说
这收获啥时能停？

谷间鸟鸣

唯一的响动是你关上外屋的房门。
你的脚步在草地上没有一点声音，
你刚出房门不久，还没有走多远，
可你已经让第一声鸟鸣响彻谷间；
而它又唤醒了晨星下的其他鸟儿。
但它们充其量也只能多睡一会儿，
因按部就班的黎明已开始让晨光
穿过云层熹熹微微地投射到地上，
欲强行揭开笼罩山川大地的面纱，
欲释放被禁锢压抑了一夜的喧哗。
但黎明不想那天始于"点点跳珠"
（有人形容拂晓前的雨点像珍珠，
天亮后在阳光照耀下则变成钻石），
也没打算让那天的鸟鸣自己开始。

让它开始的是你,若这需要证言——
当时我就在那滴水的屋顶下安眠,
而且我的窗帘飘上窗台被雨淋湿;
但我有责任醒来把你的说法证实,
我有责任乐意宣称并帮着你宣称
那天是你让山谷里的鸟开始啼鸣。

担 忧

都在喊:"我们要跟你去,哦,风!"
叶片和叶柄都顺着风一道往前走;
可当他们行进时,一阵睡意压来,
它们止步,并求风也与它们同留。

自从在春天里随风东摇西晃以来,
它们就一直期待着这次远走高飞,
可现在它们宁愿寻一道避风的墙,
觅一片丛林或一块凹地昏昏入睡。

眼下它们正以越来越暧昧的移动
来敷衍搪塞疾风摧枯拉朽的召唤,
迫不得已时才勉勉强强扭动一下,
这扭动只能使它们在原地打个转。

我只是希望,当我像这些树叶一样
获得自由,当我能够去探索寻找

知识,当我已摆脱了生活的羁绊,
安歇对于我不会显得比追求更好。

山坡雪融

简直难以想象,熟悉那个地方却不
熟悉那道山坡——那道被春日太阳
从雪中释放出千万条银蜥蜴的山坡!
虽说我以前也常见山坡雪融的场面,
却不敢夸口能描绘银蛇狂奔的景象。
那看上去像是太阳施展出某种魔法
揭开了那层繁殖出银色蜥蜴的雪毯,
结果突射的阳光使它们朝山下逃窜。
但要是我打算去阻止这场蜥蜴溃逃,
那到头来我肯定一条蜥蜴也拦不住;
我若伸手去抓蛇尾无疑是枉费心机,
要用脚去踩蛇头也只会是白费力气,
面对数十条蜥蜴扭着缠着猛扑而来,
看着数百条银蛇闪着白光蜿蜒而去,
我只会在雪水中手忙脚乱连滚带爬;
而且春归的鸟儿也会来凑这场热闹,
叽叽喳喳嘤嘤呖呖巴不得乱上添乱。

只有月亮能制止这混乱。我刚才说
太阳是名术士;但月亮则是个女巫。
她会从高高的西天洒下冷浸的清辉,

转眼之间,既没有挣扎也没有抽搐,
一条条银蜥蜴便会被她的符咒镇住。
我相信,我六点钟看那片山坡之时,
银色的蛇群还在疯狂飞奔急速逃窜。
当时月亮正在等她的寒光产生作用。
到九点钟再看:蛇群已变成了顽石,
每条石蛇都保持着栩栩如生的姿势;
有的甚至凝固在几乎垂直的坡壁上,
它们磕头碰尾横七竖八满山坡卧躺。
那种能使飞龙变成僵蝇的神奇魔力
就这样自上而下无声无息穿过树枝,
如果枝头有树叶,树叶也不会摇曳。
这是月亮的魔力,她让每一缕寒光
都冻住一条银蛇,直到白昼又来临。
我想达到的目的就是这样一种暂停。

把犁人

他们所说的犁是指除雪。①
他们不可能指耕耘种植——
除非他们故意尖酸刻薄
嘲笑说一直在耕耘岩石。

---

① 英语 plow 一词用作名词既可指犁,又可指扫雪机,用作动词则既可指犁耕,又可指用扫雪机除雪。故诗名《把犁人》亦可指开扫雪机的人。

关于一棵横在路上的树

(请听我们说)

那棵被狂风暴雨咔嚓一声折断
并轰然横着倒在我俩面前的树
不是要把我们的旅程永远阻拦,
而只是要问我们认为自己是谁,

为何总是坚持走我们自己的路。
它只是希望我俩暂时停止前进,
让我们下车在厚厚的雪中小伫,
为没有斧子该咋办来一番讨论。

它知道任何阻碍都会徒劳无功,
因为我们不可能偏离最终目标,
这目标早已深深藏在我们心中,
哪怕我们不得不追到天涯海角;

厌倦了漫无目的地在一处打转,
我们义无反顾地驶向新的空间。

我们歌唱的力量

下雪了,在春天干燥温暖的地上
雪花找不到可以落脚成形的地方。

为把大地变湿变冷雪花前赴后继,
可它们仍然难以占有永久性阵地。
白色的雪片一挨黑土就立即融化,
仿佛大地把它们全都送回了老家。
直到夜阑人静,雾雾漠漠的雪尘
已差不多形成了斑驳的雪堆雪埂,
草场和某地才终于承认天降六出,
纷纷缩回去过冬,除了那条大路。
翌日的景象是雪山银海一派死寂。
绿草在一只巨大的脚下卑躬屈膝。
每一初绽的嫩芽都托着一个雪球,
细长的枝丫提前让果实挂满枝头,
树枝被压弯触地仿佛要入地生根。
唯有那条路在泥泞中保持着原形,
也不知这奥秘是因为地心的烈火,
还是因为白天人来车往留的余热。

春日里这片土地上总是歌手云集:
歌鸫、乌莺、蓝鸟、朱雀和黄鹏,
但它们并不是全都属于这个地区;
有些鸟将继续北上直到哈得孙湾,
有些则向北飞过了头正碰巧回返,
真要在这儿筑巢建窝的不到一半。
它们显然不喜欢这场迟来的大雪。
它们在原野上已找不到地方栖歇。
若老在天上飞翔很快会筋疲力尽,
可一踏上树枝就会引起一场雪崩,
那样尝试一次就已经叫它们够受。

除了那条路它们找不到落脚之处。
于是它们只好压缩其生存的空间，
坏天气使万千同胞同类亲密无间。
大路很快就变成了一条流动的河，
羽毛光滑的鸟群犹如石上的水波。
我试图驱赶它们成群成群地逃走，
可它们无动于衷，仍把阵地坚守，
并且差点同我争论逃走是否妥当，
叽叽喳喳地说它们既来就要歌唱。
有几只鸟肯定是被我驱赶得太急，
它们飞快地闪开，但只腾空而起
到或粗或细的树枝之间转一个圈，
然后又非常温顺地飞回到我跟前，
树林像一座被镂空的大理石广厦，
被翅膀尖轻轻一碰就会轰然倒塌，
可鸟儿宁愿被我驱赶再去受惊吓。
这样一场雪永远别想把它们教会：
雪季之后再北上就不会这般受罪；
它们甚至不飞到我身后去躲清静。

好吧，大雪总算展示了某种东西，
这块土地歌唱的力量就这般聚集，
虽说暂时还受制于这恶劣的气候，
但它们仍然准备着一旦获得自由，
便用其歌声让野花开遍原野山丘。

没有锁的门

已过去许多个年头,
终于又传来敲门声,
这使我突然想到
我那扇没有锁的门。

我匆匆把灯吹灭,
把双脚踮得老高,
在胸前合拢十指
对那扇门做祷告。

但敲门声又传来。
我只好把窗户打开,
悄悄爬上窗台,
纵身跳到了屋外。

然后我对着窗户
应了一声"请进",
也不管那敲门者
可能是哪路客人。

因为那声敲门声,
我丢下一个空家,
藏身于这个世界
并随着时代变化。

熟悉乡下事之必要

那幢房子在大火中化为灰烬,
为夜空又涂过一次落日金辉。
如今只剩下根烟囱孑然独立,
活像四周掉光了花瓣的花蕊。

谷仓隔马路与烟囱遥遥相望,
要是那晚的风不动恻隐之心,
它早同房子一道被烧个精光,
现在它顶着那被遗弃的地名。

它再也不会傍晚时打开大门
让干活的人顺着碎石路归来
用急促的脚步敲响它的地板,
把新收的夏草硬往草堆里塞。

菲比鸟①从天空回到这谷仓,
从那些打破的窗户飞出飞进,
它们的啼鸣很像人类的悲叹,
仿佛它们老想着过去的情景。

但对它们来说丁香还会长叶,
被火舔伤的老榆树还会抽枝;

---

① 菲比鸟,美洲的一种小型鸟,属美洲独有的霸鹟科,因其鸣声而得名。

唧筒仍扬起一条笨拙的手臂，
铁丝网木桩仍牵着一根铁丝。

对它们来说真没有任何伤感。
虽它们会为有巢栖身而心欢，
但人们必须多熟悉乡下的事，
千万别以为那些鸟儿会悲叹。

西流的小河*
1928

---

* 《西流的小河》初版有弗罗斯特写给妻子的献词:"献给 E. M. F.（埃莉诺·米里娅姆·弗罗斯特）。"

春　潭

春潭虽掩蔽在浓密的树林，
却依然能映出无瑕的蓝天，
像潭边野花一样瑟瑟战栗，
也会像野花一样很快枯干，
可潭水不是汇进溪流江河，
而将渗入根络换葱茏一片。

把潭水汲入其新蕾的树木
夏日将郁郁葱葱莽莽芊芊——
但是在树木竭潭枯花之前，
不妨先让它们多思考两遍：
这如花的春水和似水的花
都是皑皑白雪消融在昨天。

月亮的自由

就像你也许会调整头上的首饰，
我一直在调整斜挂夜空的月牙，
那弯悬在树林农舍上方的新月。
我已经使它光华略增更显优雅，
让它独悬夜空或装饰一个陪衬——
一颗星光最璀璨最晶莹的星星。

我把它放在我喜欢的任何去处。
当我在一个深更半夜独步徜徉,
我把它从弯树枝编的筐中取出
把它带到光滑如镜的水面之上,
把它浸入水中,观其色形变幻,
我看到了随之而来的各种奇观。

玫瑰家族[①]

玫瑰就是玫瑰,
而且始终是玫瑰。
但如今有理论说
苹果也是玫瑰,
梨也是玫瑰,所以
我想梅子也是玫瑰。
只有上天知道
还会证明什么是玫瑰。
你当然是一朵玫瑰——
但却是永远的玫瑰。

花园中的流萤

高高的夜空闪出真正的星星,
静静的大地飘来仿效的流萤,

[①] 原文为 Rose Family,本义是植物分类中的"蔷薇科";诗中提及的四种植物均属此科。

流萤哟怎么能与星星比大小，
它们本来就不是真正的星星，
可一时间它们居然扮得挺像，
只可惜扮演的角色难以永恒。

气　氛
——吟花园中的一道墙

风一阵阵地吹着无遮无掩的草地；
但在这道旧墙烤红一张脸的地方，
风只在空中打转，而且风力太弱，
吹不起泥土或任何可看见的东西；
墙下色彩浓艳芳泽馥郁空气潮润，
数小时日光照射营造了一种气氛。

忠　诚

此心想不出还有何忠诚
堪比海岸对大海的忠贞——
守着那始终如一的曲线，
数着那永远重复的涛声。

悄然而去

在高处自由的树叶的喧哗之中
仰天长啸和低声叹息一样无用。
树木在高处与阳光和微风约会,
被浓浓树荫遮蔽的你究竟是谁?

你还不如你熟悉的珊瑚根茎兰①
而它就满足于照到微弱的光线;
它自己从生到死不长叶只开花,
有斑点的花也总是谦卑地垂下。

你可以抓住树皮,因树皮粗糙,
并在大森林脚下查阅何为渺小。
树上掉下的一片孤叶飘然远去,
树叶正反两面都没写你的名字。

你在世间逗留片刻就悄然而去,
可郁郁苍苍的森林仍然将继续,
它甚至不惦记那株珊瑚根茎兰,
而你曾经把它当作现时的纪念。

---

① 珊瑚根茎兰,北美的一种兰科植物,因其淡红色的根茎像珊瑚而得名。

茧

极目所见,这秋日傍晚的雾霭,
这正在朝两个方向蔓延的雾霭,
这使新月显得不像新月的薄雾,
这使榆树下的草地变蓝的薄雾,
都是从一座破房子冒出的炊烟,
而那房子也只有烟囱依稀可见;
房主人太小气,不愿早早上灯,
让生活封闭,避开旁人的眼睛,
甚至一连数小时也没有人出屋
去料理下傍晚时分的农家杂务。
破屋里也许只有些孤独的女人,
她们用这炊烟,我想告诉她们,
小心翼翼地在为她们自己作茧,
并把茧系牢在地球和月球之间,
冬天的疾风也休想把这茧吹掉——
这是作茧自缚,但她们也知道。

匆匆一瞥

致里奇利·托伦斯
写在最近读他的《金苹果园》之后①

我常从火车的窗口看见野花缤纷，
可不待细看它们就早已无踪无影。

我总想下车回到刚才见花的地方，
看究竟是些什么花开在铁路两旁。

我用明知不对的花名称呼那些花；
因为火菊不喜欢树林烧掉的山崖，

蓝铃花绝不会去装饰隧道的洞口，
紫狼花也不会生长在干旱的沙丘。②

一个朦胧的念头忽然闪过我脑际：
它们莫非是这人世间难觅的东西？

天国往往只在某些时候偶尔闪现，
即当观者位置只能远看不可近观。

---

① 里奇利·托伦斯(1875—1950)，美国诗人、剧作家、记者及编辑，他的诗集《金苹果园》(1925)表达了他的超验主义信念。
② 火菊是一种柳叶菜科草本植物，开红、紫、白、黄各色花；蓝铃花是一种百合科植物，其蓝色簇状花像一串悬吊的小钟；紫狼花是一种豆科草本植物，其紫色密集聚伞状花像一条蓬松的狼尾，但其得名却因人们认为它极耗地力，贪婪如狼。

漫天黄金

这座城市通常总是尘土飞扬，
除非当海雾飘来把尘土涤荡，
孩子们听说过飞尘中有黄金，
而我就是那些孩子中的一名。

所有被大风高高扬起的灰尘
在落日余晖中显得都像黄金，
但我是听过那个故事的孩子，
那故事说有些飞尘真是金子。

这就是旧金山金门湾的生活：
我们的食物都沾有黄金尘末，
而我是受过那种教导的孩子，
"我们都得吃下我们的金子。"

接　受

当疲惫的太阳把余晖抛给晚霞
让自己滚烫的身子被海湾拥抱，
大自然静寂无声，谁也不惊诧
所发生的事。至少鸟儿们知道
这不过是白天逝去，黑夜降临。
某只鸟会在心中悄悄咕哝两句，
然后便开始闭上它暗淡的眼睛；

某只鸟也许离巢太远无处可栖,
便匆匆飞临它熟悉的一片树林
及时在一棵它记得的树上降下。
它顶多会想或轻声说:"安全了!"
现在就让夜的黑暗把我笼罩吧!
让夜黑得叫我看不见未来的景象。
让未来应该是什么样就是什么样。

曾临太平洋

破碎的海水发出朦胧的喧嚣。
巨浪洪波升涨一潮高过一潮,
一心想要对海岸来一番洗劫,
大海对陆地从未曾这般发泄。
天上乌云低垂令人毛骨悚然,
像黑色的乱发被风吹到眼前。
人们难以看出海边悬崖峭壁
有大陆支撑,而海岸则像是
幸运地有绝壁悬崖作为后盾;
似乎怀着恶意的夜正在来临,
那不仅是黑夜而且是个时代,
有人最好想到洪水就要到来。
这儿将有比海啸更大的灾难,
在上帝说出熄灭那道光之前。①

---

① 《旧约·创世记》第1章第3节载:"上帝说,让那儿有光,于是就有了光。"莎士比亚《奥赛罗》第5幕第2场第7行(奥赛罗在杀苔丝狄蒙娜之前对着灯光自言自语)道:"我先熄灭这光,再熄灭那光。"

曾被击倒

雨曾经对风说:
"你去风狂我来雨骤。"
于是它们袭击花坛,
于是花儿纷纷低头,
虽未死去,但被击倒。
我了解花儿当时的感受。

一只小鸟

我总希望那只小鸟快快飞走,
别整天在我屋子外唱个不休;

有时它的歌声叫我难以容忍,
我便出门击掌止住它的歌声。

这场不愉快多半都应该怪我,
我没有权力制止那只鸟唱歌。

如果有谁想叫任何歌声停息,
那他当然就会做出某种错事。

孤　独

我以前曾在何处听见过这风
像今天这样变成一种低低的轰鸣？
它为什么要使我站立到门边，
在这儿推开一扇倔强的门，
凝望山下白浪击岸的海滨？
夏日过去了，白昼过去了。
西天已聚集起大团大团的乌云。
在屋外门廊下陷的地板上面
一团枯叶旋转并发出嘶嘶之声，
想撞我的膝盖但未能得逞。
那嘶嘶声中某种不祥的意味
说明我的秘密肯定已走漏风声，
不知怎的四下里肯定已有传闻：
说我在这幢房子里形单影只，
说我在我的生活中是孤家寡人，
说我除上帝之外已举目无亲。

我窗前的树[①]

我窗前的树哟，窗前的树，

[①] 此诗乃诗人对往事的一番感怀。1914年第一次世界大战爆发时，客居英国乡间的弗罗斯特一家曾被邻居怀疑为间谍，甚至有人朝他家窗户掷石块，但诗人仍请邻居允许他不垂下"那道障眼的窗帘"。

夜幕降临,让我关上窗户;
但请允许我不在你我之间
垂下那道障眼的窗帘。

梦般迷蒙的树冠拔地而起,
高高树梢弥漫在半天云里,
片片轻巧的舌头说个不停,
但并非所言都很高深。

树哟,我看你一直摇曳不安,
而要是你曾看见过我在安眠,
那么你也看见过我遭受折磨,
看见我几乎不知所措。

那天命运曾融合我们的思想,
命运女神也有她自己的想象,
你总牵挂着外边的气候冷暖,
我关切内心的风云变幻。

爱好和平的牧羊人

如果星空需要重构,
如果让我靠着牧场栅栏,
把那些图形按序排列
在遍布苍穹的星星之间,

那我恐怕就会忍不住

想漏掉统治者的王冠,
贸易的天平和教会的十字架,①
因为它们不值得重视。

它们一直支配我们的生活,
一直在看人类如何相残。
王冠、天平和教会的十字架
可以说从来就是杀人的剑。

茅草屋顶

独自出门走进冬日的雨中,
一心只想着互相给予的伤痛。
不过我并没有走出多远,
没让楼上一窗口离开视线。
那窗口的灯光是我的一切,
但我不会进去,除非灯光熄灭;
可我不进屋那窗也不愿熄灯。
好吧,就看到最后我俩谁赢,
我们会看到最后是谁先投降。
这世界是一片黑咕隆咚的牧场。
这雨实际上是冰凉的水雪。
这风则是又一层土的铺放者。
可最奇怪的是:那些于夏初
在厚厚的旧茅草屋顶中孵出、

---

① 此处的王冠、天平和十字架指星空中的北冕座、天秤座和南十字座,分别象征政权、贸易和教会。

然后渐渐羽毛丰满的小鸟，
竟有一些还隐居在它们的窝巢。
当我经过那道低矮的屋檐，
我不小心让衣袖擦到了檐边，
结果把藏在窝里的鸟儿惊飞，
它们飞进黑暗令我感到伤悲；
想到它们的情况已没法补救，
我旧的悲愁中又添新的悲愁——
鸟儿不可能再飞回来寻找
它们筑在这茅屋顶上的窝巢。
它们肯定在想该降在何处栖身，
怎样凭着它们的羽毛和体温
平平安安地熬到第二天黎明。
当我这样想到它们无家可归，
出门前的伤痛反而大大消退。
下面就是我伤悲消散的缘故：
鸟儿使我想到我俩居住的茅屋，
它被风撕裂的屋顶已没法修补，
它几个世纪的生命已经结束，
因为此刻打在我身上的雨点
也同样打在楼上房间的地板。

冬日伊甸

冬日菜园在桤树丛生的洼地，
穴兔出洞在阳光下玩耍嬉戏，
此时的菜园最接近天国伊甸，

雪尚未融化，树木还在休眠。

积雪把生存空间垫高了一层，
使菜园离头顶上的天国更近，
铺展在覆盖大地的雪层之上，
去年的红浆果在阳光下发亮。

消瘦但很快活的野兽被垫高，
这下很高的食物它也能够着，
它尽享野苹果树娇嫩的树皮，
那将是该年最高的环带痕迹。

接近天国使动物停止了交媾：
无爱的鸟儿聚为冬天的朋友，
满足于查看并猜测枝头萌芽
哪些会长成叶，哪些会开花。

一柄羽毛榔头①呼呼敲两声。
这伊甸园的白天于两点告尽。
冬日白昼的时辰看上去太短，
似乎并不值得众生醒来游玩。

---

① 啄木鸟。

洪　水

血流从来就比水流更难以堵住。①
正当我们以为已经把大坝筑成；
并任它在新坝墙后面汹涌翻腾，
它却会破坝而出造成新的杀戮。
我们总爱说是魔鬼使血流成河，
其实是血自己的力量释放鲜血，
释放的鲜血如洪水般涌流奔泻，
形成违背自然的滔天巨浪洪波。
无论壮观与否它都会找到出口，
不管是战争武器还是和平工具
都不过是它找到突破口的契机。
而眼下血流又一次如洪水奔流，
当它一泻千里，山顶也染上血污。
啊，血要奔流。它不可能被堵住。

---

① 《旧约·以赛亚书》第 34 章第 3 节云："群山将被他们的鲜血融化"；第 6 节云："上帝之剑充满了鲜血"；第 7 节云："他们的土地将浸透鲜血"。

熟悉黑夜①

我早已经熟悉了这种黑夜。
我曾冒雨出去又冒雨回来。
我到过街灯照不到的郊野。

我见过城里最凄凉的小巷：
我曾走过巡夜更夫的身旁，
不想解释我为何垂下目光。

我曾停下止住脚步的声音，
当时远处传来断续的呼喊，
从另一条街道，越过屋顶，

但不是叫我回去或说再见；
而在远方一个神秘的高处
有只发亮的钟映衬着天幕，

宣称这时辰既没错也不正确。
我早已经熟悉了这样的黑夜。

---

① 据诗人自述，写这首诗的灵感来自爱尔兰诗人乔治·拉塞尔（1867—1935）的一句话。1928年，弗罗斯特携妻子埃莉诺和小女儿玛乔丽去英、法等国度假，其间曾只身前往都柏林拜访叶芝和拉塞尔等人。极富神秘色彩的拉塞尔在送别他时低声对他说："The Time is not right."（这个时代不对劲儿）。诗中"这时辰既没错也不正确"的原文是"the time was neither wrong nor right"。

可爱者就该是选择者①

那个声音说:"扔她下去!"

众声音问:"扔多远多深呢?"

"从这世界往下扔七层。"

"我们有多少时间?"

"用二十年吧。
她竟然不肯让爱由财富名誉来保险!
可爱者就该是选择者,是吧?
那就让他们选择吧!"

"这么说我们将让她选择?"

"对,让她选择吧。
担负起这项非她所能选择的任务。"

一些无形的手挨近她的肩头
准备对她施加重压。

---

① 诗人曾告诉朋友,这首诗写的是自己的母亲,写在"那个声音"的指令下,他母亲一生的七次"欢乐"都沦为了悲伤。但由于世人对弗罗斯特的母亲知之甚少,加之此诗描述既朦胧又抽象,所以除了邪恶的意志(那个声音)主宰人类命运这个主题外,研究弗罗斯特的专家对这首诗没有更多的解释。

但她仍然站得笔直,
戴着圆形大耳环,镶有珍珠的金玉,
还别着同样质量的圆形大胸针,
她双颊绯红,
自豪并且是朋友们的骄傲。

那个声音问:"你们能让她选择吗?"

"能,我们能让她选择并依然取胜。"

"用欢乐让她选,叫她永远无可指责。
让她的第一次欢乐是她的婚礼,
虽说是一次婚礼,
但也是她和他心中都明白的一件事。①
此后便是她的第二次欢乐:
虽说她会伤心,但她的伤心是秘密,
不会因被朋友所知而让她感到羞耻。
她的第三次欢乐是:虽说现在朋友
没法不知道,但他们在远处消遣,
不会多想或不大在意她的秘密。
第四次欢乐是:她让孩子靠在膝上,
讲(只讲一次,因孩子们不会忘记)
她曾经如何光艳照人,并让孩子们
在冬日的炉火中看见那种光艳。
不过也给她些朋友,叫她不敢乱讲,
因为他们肯定不会相信。

---

① 指未婚先孕。

于是她的第五次欢乐就是：
她从来不屑于告诉他们。
让她置身于最卑贱的人当中，
甚至显得比最卑贱的人还不如。
她因为过去而无望被人了解，
又因为她的现在而无法被人爱，
给她点安慰作为她的第六次欢乐，
让她知道虽然她来得太高学得太迟
但她并非不习惯这种生存方式。
然后送个人去亲眼看看
并对现状中的她感到诧异，
而且惊讶地问她为何落到这个地步，
但却没时间留下来听她讲故事。
让她的最后一次欢乐是倾心于此人，
以致她差点儿把心里话说出。
你们都明白———一共七次欢乐。"

"相信我们吧。"众声音说。

西流的小河

"弗雷德，哪儿是北方？"

"北方？亲爱的，这儿就是北方。
这条小河流去的方向是西方。"

"那就把它叫作往西流的小河。"

(直到今天人们仍叫它西流河。)
"它以为自己在干吗呢,往西去,
而其他所有的河川都东流入海?
它肯定是条非常自信的小河,
它敢背道而驰是因为它能相信自己,
就像我能相信你——你能相信我——
因为我们——我们是——我不知道
我们是什么样的人。我们是什么样
的人呢?"

"年轻人或新人?"

"我们肯定是什么人。
我们一直说咱俩。让我们改说咱仨。
就像你和我我和你结婚一样,咱俩
将一同与这条小河结婚。我们将
在这河上架座桥,而那桥将是我们
的助手,跨越这小河,睡在它身边。
你看那儿,有团浪花在向我们招手,
想让我们知道它听见了我说话。"

"嗨,亲爱的,
那团浪花是在避开这突出的河岸。"
(黑色的河水被一块暗礁挡住,
于是回流涌起了一团白色的浪花,
白色浪花永远在黑色水流上翻涌,
盖不住黑水但也不会消失,就像
一只白色的小鸟,一心要让这黑河

和下游那个更黑的河湾有白色斑点,
结果它白色的羽毛终于被弄皱,
衬着对岸的桤树林像块白色头巾。)
"我是说,自从天底下有河流以来,
那团浪花就在避开这突出的河岸。
它并不是在向我们招手。"

"你说不是,但我说是。若不是向你
就是向我——一个神圣的宣告。"

"噢,要是你把它搬到女性王国,
如果它属于那个阿玛宗人①的国度,
我们男人肯定会把你送过国境并把
你留在那儿,我们自己禁止入内——
这是你的小河!我已经无话可说。"

"不,你有。说吧。你想说什么。"

"说到背道而驰,你看在白浪处,
这条小河是怎样同自己相向而流。
它来自我们来自的那个水中的地方,
早在我们被随便什么怪物创造之前。
今天我们迈着迫不及待的步伐
正溯流而上要回到一切源头的源头,
回到永远在流逝的万事万物的溪流。

---

① 又译亚马逊人,希腊神话中居于亚速海沿岸或小亚细亚的尚武善战的女性民族。阿玛宗人为传宗接代而与邻近部落的男子成婚,怀孕后即把丈夫送回其部落,生女便留下,生子则交还其父。

有人说生存就像一个皮耶罗和一个
皮耶罗蒂,永远在一个地方站立
并舞蹈①,其实生存永远在流逝,
它严肃而悲伤地奔流而去,
用空虚去填充那深不可测的空虚。
它在我们身边的这条小河里流逝,
但它也在我们头顶、我们之间流逝,
在一阵急促的恐慌中分开我们。
它在我们之间和我们一道流逝。
它是时间、力量、声音、光明、
　　生命和爱——
甚至是流逝成非物质的物质;
这道宇宙间的死亡之流
终将消耗成虚无——而且不可抗拒,
除非是凭它自身的某种神奇抵抗,
不是凭偏向一边,而是凭向后,
仿佛它心中感到惋惜,神圣的惋惜。
它自己具有这种逆流而行的力量,
所以这道瀑布跌落时通常都会
举起一点什么,托起一点什么。
我们生命的跌落托起时钟。
这条小河的跌落托起我们的生命。
太阳的跌落托起这条小河。
而且肯定有某种东西托起太阳。
正因为有这种逆流而上、回归源头
的向后运动,我们大多数人才在

---

① 英国医生及作家哈夫洛克·埃利斯(1859—1939)在其《生命之舞》(1923)一书中把生命称为舞蹈。皮耶罗和皮耶罗蒂是法国哑剧中两个理想化的角色。

自己身上看到了归源长河中的贡品。
我们实际上就是从那个源头来的。
我们几乎全是。"

"今天该是你说这些
的日子。"

"不，今天该是你说这条小河
被叫作西流河的日子。"

"今天该是咱俩说这些话的日子。"

沙　丘

大海的波浪是粼粼碧波，
但在海浪卷不到的地方
则涌起一种更大的波浪，
这种大波浪干燥而褐黄。

它们是陆地造成的沙海，
沙海涌到这个渔家村镇，
企图用实心固体的黄沙
埋住海未能淹死的人们。

海也许熟悉海湾和海岬，
可是对人类却一无所知，
若能凭借任何形态变化

它希望抹去人类的意识。

人们曾让海浪使船沉没，
也能让沙浪把房屋掩埋；
越是敢抛弃过时的外壳，
人类就越能自由地思想。

大犬星座

那只巨大的天狗，
那条天国的神犬，
带着一颗独眼星①
一下子跃上东天。

它直着身子跳舞，
从东一直舞到西，
且不曾放下前足
趴下来休息休息。

我是只丧家之犬，
但今宵我要与那
穿越夜空的天狗
一块儿叫上两声。

---

① 指大犬座 α 星（天狼星）。

士　兵①

他就像那柄掷出后坠地的投枪，
如今静静地躺在地里沾露生锈，
但枪尖仍锋利像在耕地的犁头。
如果我们顺着枪柄极目看远方
也看不见什么值得它刺的靶子，
那是因为我们像常人看得太近，
忘记了由于要和这颗星球相称，
投枪通常只飞很短的弧线距离。
它们会穿草坠地，与地球曲线
相交并相撞，然后折断其自身；
它们使我们畏惧石上的金属印。
但我们知道对这柄枪进行阻挡
的障碍物早已把这枪的精神射出，
射向比看得见的靶子更远的目标。

移　民

所有这些使越来越多的人民
聚集到这个大陆的帆船轮船
无一不是由"五月花"号②护航
在渴望的梦中驶向这片海岸。

---

① 参阅本卷《致 E. T.》。
② 英国第一艘载运清教徒移民到北美（1620）的船。

汉尼拔[①]

难道随着岁月迁流,物换星移,
年轻人已没理由洒热泪唱赞歌,
难道说这样的理由早已经消失,
早已经淹没在历史的悠悠长河?

花　船

那渔夫坐在村中的理发店里,
一边理发一边和理发师聊天,
而在住房与库房相交的一隅
他的渔船也已经找到了港湾。

渔船泊在洒满阳光的草坪上,
满船的花草都已经长到船缘,
就像它当年从乔治洲[②]返航,
满载着鳕鱼任海风鼓满风帆。

我从满船瑶花琪草做出判断,
它们所向往的是海上的风暴,

[①] 汉尼拔(公元前247—公元前183),古迦太基统帅。
[②] "乔治洲"是马萨诸塞州楠塔基特岛东北方向约240公里处一水下沙洲,是美国早期渔民的传统渔场,以其危险的交叉水流和浓雾而闻名。

是船主驾船扬起命运的风帆
一起去寻找传说的幸福之岛①。

乘 法 表

在快到山口的路旁有泓清泉，
一个打破的水杯被丢在泉边，
不管那个农人是否饮过泉水，
他的马都肯定注意到了这点，
马肯定曾使车轮偏上挡水埂，
把它有白斑的前额转向一边，
而且憋足劲儿发出一声怪叹；
对此那个农人也许这样作答：
"一声长叹等于许多次呼吸，
一次死亡则等于许多声长叹。
这可以说就是生命的乘法表，
我对我妻子始终都这样坦言。"
这种说法也许真是千真万确，
但这种事情只能由你来说穿，
不能由我，也不能由其他人，
除非我们的目的是祸害人间，
再说我不知道有什么更好的
办法来封锁道路，荒弃农场，
减少人类人口的出生，从而
把人居住的地方都还给自然。

---

① 幸福之岛又称幸运之岛，被认为在大地的最西端，在希腊神话中则相当于极乐世界。

投　资

回到那个人们说挨日子的地方，
(不能说过日子,因为那不是)
可见一幢油漆一新的破旧房子，
可听到屋里有架钢琴声音洪亮。

在屋外一片山坡上的土豆地里，
一挖地人正倚锄伫立迎着寒风，
他一边算挖的土豆够不够过冬，
一边侧耳感受那架钢琴的活力。

那架钢琴和那油漆一新的旧屋，
这是因为他们突然发了笔横财
还是因为铺张属于年轻人的爱？
或是因旧情冲动而对钱不在乎——

不愿因为成了夫妻就暮气沉沉，
而想让生活中有点色彩和琴声？

最后一片牧草地

有一片被叫作偏远牧场的草地，
我们再也不会去那儿收割牧草，
或者说这是农舍里的一次谈话：

说那片草场与割草人缘分已尽。
这下该是野花们难得的机会，
它们可以不再怕割草机和耕犁。
不过必须趁现在，得抓紧时机，
因为不再种草树木就会逼近，
得趁树木还没看到那块地抛荒，
趁它们还没有在那里投下浓荫。
我现在所担心的就是那些树，
花儿在它们的浓荫下没法开放；
现在我担心的不再是割草人，
因草地已完成了被种植的使命。
那片草场暂时还属于我们
所以你们哟，骚动不安的花，
你们尽可以在那儿恣意开放，
千姿百态、五颜六色的花哟，
我没有必要说出你们的名字。

故 乡

从这儿再往前到高高的山坡上，
在那几乎没有任何希望的地方，
我父亲曾盖起小屋，围住清泉，
并筑围墙把小屋清泉圈在里边，
让周围的土地不再只是长荒草，
使我们一大家人能够维持温饱。
我们家一共有十二个姐妹兄弟。
大山似乎很喜欢这派勃勃生机，

而且不久之后她就认识了我们——
她的微笑中总是带着意长情深。
今天她也许叫不出我们的名字。
(毕竟姑娘们都已嫁人改了姓氏。)
这山曾经把我们推离她的怀抱。
如今她怀中树木葱茏枝繁叶茂。

黑暗中的门

黑暗中从一个房间到一个房间,
我盲目地伸出双手护着我的脸,
但多么轻率,我忘了交叉十指
让伸出的双臂合拢成一个弧形。
结果一扇薄门突破了我的防卫,
给了我的脑袋狠狠一击,以致
我让我自然的比喻产生了冲突,
于是我笔下人与物的互相比喻
再不像从前那样总是和谐匹配。

眼中沙尘

如果像他们所说,我眼中的沙尘
可以防止我的语言变得过分聪明,
那我将不会放过验证此说的机会。
就让沙尘成为势不可挡的暴风雪,
从屋顶墙角向我袭来,如果必须,
让它蒙蔽我双眼,叫我寸步难行。

晴日在灌木林边小坐

我今天在这儿伸出手掌,
抓住的仅仅是一束阳光;
无论我的手指怎样触摸,
也感觉不出永恒的效果。

曾有一回,也只有那回,
尘土真把阳光吸入体内;
而经历了那次火的洗礼,
芸芸众生迄今仍呼热气。①

所以要是我们久久注目
也不见阳光照射的尘土
再次获生命并开始走动,
我们也千万别轻易嘲讽。

上帝曾宣布他的确存在,
然后拉上遮幔转身离开,
请记住当时是何等寂静
降临到从前的灌木树林。

上帝曾一度与人类交谈。
太阳曾一度分出其火焰。

---

① 《旧约·创世记》第 2 章第 7 节云:"上帝用地上的尘土造人,将生命之气吹进其鼻孔,人便成了有灵魂的造物。"

前者延续为我们的生命,
后者延续为我们的信念。

怀中之物

我弯腰抓起一个又一个包裹,
另一些却从我膝上怀中滑落,
物堆里的酒瓶圆面包都很滑,
很难用双臂一次就全部抱下,
可是我一样东西也不愿丢弃。
我不得不用手用心又用脑子,
如果有必要,我将拼尽老命
让这堆东西在怀中保持平衡。
我蹲下身子以防止它们倾坍,
结果却一屁股坐在它们中间。
我只好让怀中之物掉在路上,
试图把它们撂得比先前稳当。

五十至言

我年轻时我的老师们已是高龄。
我弃激情求形式直到我变冷静。
我曾像一块生铁任凭铸造锻制。
那时我进学校向长者学习历史。

如今我上了年纪老师们却年轻。

不堪铸造锻制者势必出现裂痕。
对冷铆热焊之功课我奋勉勤快。
今天我进学校向后生学习未来。

骑　手

天下最无疑之事便是:我们都是
骑手和向导,虽当向导不太成功;
我们骑胯下之物穿越眼前的一切,
越陆地和海洋,如今又穿越天空。

除了被扶上这片没有加鞍的大地,
人们所说的出生之谜会是什么呢?
我们只能看见婴儿分腿骑上大地,
他小小的拳头被浓密的灌木覆盖。

这是我们最烈的马,一匹无头马。
但尽管这匹无鞍辔的马总爱越轨,
尽管我们的哄诱总受到它的蔑视,
但我们还有一些没尝试过的主意。

偶观星宿有感

你将等上很久很久,才会看到变化
发生,在流霞浮云所不及的天宇,
在像神经战栗的北极光之外的太空。

太阳和月亮会相望,但决不会相触,
不会碰出火花,也不会撞出声音。
行星似乎会互相干扰其曲线运动,
但却相安无事,各自太太平平。
我们也可以耐心地继续过日子,
除日月星辰之外也看看别的地方,
寻找些震荡和变化使我们保持清醒。
千真万确,百年干旱也将随雨而终,
中国的千年安宁也终将结束于战争。
但观星者彻夜不眠仍得不到报偿,
他无望看见天空的宁静发生突变,
变在他眼前,在他特定的时辰。
看来那种宁静今宵肯定会持续。

熊

熊张开双臂抱住它头顶上的树,
像搂抱情郎似的直把那树拽弯,
用它沙李①般的红唇跟树吻别,
然后让树重新直起腰笔直朝天。
接下来它摇晃石墙上一块卵石
(它正在进行它的秋季越野跑)。
当它冲过枫林,它笨重的身躯
使铁丝网在 U 形钉里吱嘎作响,
并把一撮熊毛留在了网刺上面,

---

① 沙李,生长于北美的一种蔷薇科植物,开白花,结紫红色果实。

这就是那头熊无拘无束地行进。
这个世界有空间让熊感到自由,
但对你我来说宇宙都显得狭窄。
人的行为就像关在笼子里的熊,
一天到晚都怒火中烧神经兮兮,
他的愤怒拒绝头脑的所有建议。
他成天只会在笼子里走来走去,
从不让其脚板和趾甲休息休息,
他笼子的一端摆着一架望远镜,
笼子的另一端则有一台显微镜,
这两台仪器都同样被寄予厚望,
希望它们合在一起拓展那笼子。
而即便他停下其科学性的踱步,
他也只会向后靠着坐下来,在
一个九十度的弧内摇他的脑袋,
弧的两端似乎是两个哲学极端。
他后仰着坐下,屁股坚如磐石,
鼻孔朝天,双眼(若有眼)紧闭,
(他看上去几乎虔诚但却不是),
他坐在那儿摇头晃脑左右摆动,
朝一个极端时赞同一个希腊人,
朝另一端时赞同另一个希腊人,①
这可以想象,不过请恕我直言:
不管走动还是坐着,他都是个
丑陋的形象,都同样显得可怜。

---

① 古希腊除哲学家外亦不乏诗人,故有评论家认为这两个希腊人暗喻理智与情感。

海龟蛋与火车

他咬牙切齿地朝铁轨踢了一脚。
从远处传来咔哒一声作为回应,
接着又是一声。他懂得那密码:
他的仇恨使一列火车向他驶来。
他真希望他独自占有铁路之时
曾用木棒石块向它发起过攻击,
像折树枝一样把某段铁轨弄弯,
让那该死的火车一头栽进沟里。
可现在太迟了,他只能怪自己。
那种咔哒咔哒已变成轰隆轰隆。
火车像鞍鞯华丽的马迎面冲来,
他因害怕灼热的喷气而往后退。
一时间眼前是一阵巨大的骚乱,
他冲火车上那些神祇大叫大嚷,
但是一声呼啸淹没了他的叫声。
然后那片沙滩又重新恢复宁静。
这位旅游者看见一只海龟爬行,
有斑点的脚之间露出一条尾巴,
他跟着那只海龟到了一个地方,
认出那里有埋藏海龟蛋的痕迹;
他伸出一根手指头轻轻地探测,
发现沙子很松软,这足以说明
那正是海龟为孵蛋而挖的沙洞。
要是里面有蛋,那应该是九枚,

蛋壳粗糙如皮革,形状像水雷,
在沙洞里挤作一堆等待着号声。
"你们最好别再来烦我,"他冲
远方喊,"我已有了打仗的武器。
下一列火车有本事再从这里过,
我要让它的玻璃眼珠沾上蛋浆。"

山外有山*
1936

＊《山外有山》初版有献词："献给埃莉诺·弗罗斯特，因为她能明白下面这段话的含义：在怀特山脉之外有格林山脉，在这两座山脉之外有落基山脉和内华达山脉，而我们还可以想到更远的安第斯山脉和喜马拉雅山脉——山外有山，甚至在政治和宗教领域也是如此。"这本诗集获1937年度普利策诗歌奖。

·弦外有音·
孤独的罢工者

赶时髦的厂钟改变了快慢差率,
一声声敲响像一道道催命符,
虽然迟到者闻声都拼命奔跑,
但仍有一人没赶上大门关闭。
这儿有条上帝或人制定的法规:
如果一个人上班来得太迟,
他得在工厂门外站半个小时,
他该被减工时,他该被扣工资。
他该受老板叱责甚至被辞。
这规矩太多的工厂开始震动。
工厂的厂房虽有许多窗户,
但令人不解的是全都不透明,
所以他的目光不可能进厂房
看是否有台机器没有开动,
正因为他的缘故在一旁闲置。
(他不可能指望机器会伤心。)

但他觉得他看见了这幅场面:
空气中弥漫着羊毛的粉尘。
成千上万支纱正在被纺成线,
但捻转的速度是那样慢慢吞吞,
整天从大线筒到空心小线筒
它几乎从不使足力气旋转,
所以线拉得很慢但很安全。

如果有哪一根纱万一拉断,
那位纺纱女工一眼就会看见。
那纺纱女工依然在那儿纺纱。

这就是那人还来工厂的原因。
她那戴着戒指的手是那么灵巧,
纱线在她的指间像根根琴弦。
她把碰巧拉断的纱头首尾相接,
凭的是一种绝不会出错的触感,
与其说她是把纱头接在一起,
不如说她是把双纱融为一线。
人的心灵手巧真是巧夺天工。
他站在那儿清楚地看到这点,
但他发现要抗拒这点也不困难。

他知道另一个地方,一片树林,
那里的树很高,但有悬崖峭壁;
而如果他站在一道悬崖顶上,
他身边便会是一片树梢的海洋,
树冠的枝叶会把他团团簇拥,
枝叶的呼吸会混合他的呼吸。
如果他站上!生活中太多如果!
他知道一条需要去走的道路。
他知道一泓需要去饮的清泉。
他知道一种需要去深究的思想。
他知道一种需要重新开始的爱。
然而并非是嘴上说说其可能性
就可以省去他应该付出的努力。

对他来说这预示着采取行动。

这工厂固然非常令人向往,
他祝愿它拥有现代化的速度。
但工厂毕竟不是神圣的地方,
这就是说工厂毕竟不是教堂。
他绝不会想当然地认为,任何
社会公共事业少了他就不行。
但他当时说过,以后也还会说
要是将来果真有那么一天:
由于他曾经对工厂弃之不顾,
由于现在工厂缺少他的支持,
工业看上去就可能永远消亡,
或甚至仅仅是看上去一蹶不振,
那就来找他吧——他们知道地方。

泥泞时节的两个流浪汉

两个流浪汉踩着泥浆走来,
看见我正在院子里挥斧劈柴。
"使劲儿劈呀!"其中一位嚷道,
这乐呵呵的一声使我抬起头来。
我完全明白他为何掉在后面
而让同伴继续朝前一步两歪。
我非常清楚他心里正在想什么:
他是想帮我劈木柴挣点外快。

我劈的是一段段上好的橡木，
每段橡木都有劈柴墩子那般粗；
我干净利落地劈开的每片木柴
都像片石坠地没有碎片裂出。
自制的人也许会把这份精力
都省下来为社会公益事业服务，
但那天我却想劈不足道的木柴，
让我的心灵彻底无拘无束。

太阳暖烘烘的但风却很凉。
你该知道四月天是什么模样，
只要太阳露脸而天上没风，
你就会提前享受到五月的春光。
但要是你竟敢说出春光明媚，
乌云马上就滚滚而来遮蔽太阳，
风也会从远方的雪山吹来，
叫你再把三月份的滋味尝尝。

一只北上的蓝背鸟轻轻飞落，
迎着风儿梳理它凌乱的羽毛，
它把唱歌的调子定得很适中，
以免引得哪株花过早绽开花苞。
天上偶尔还有一片雪花飘落，
它知道冬天不过是在假装睡觉。
它虽然一身蓝色但却很快活，①
但它不会劝花儿也吐艳欢笑。

---

① 有些西方人视蓝色为忧郁的象征。

到炎炎夏日时我们寻找水源
也许不得不用有魔力的草杈,①
可此时一个蹄印就是一个水坑,
每一道车辙都是一条河汉。
为有水而高兴吧,但别忘记
严寒冰冻依然潜藏在地下,
一等太阳落山它就会溜出来
在水面上展示它的水晶白牙。

就在我最喜劈木柴的时候,
那二人却来提出挣工钱的要求,
这无疑使我更加喜欢干那活。
可以说我此前还没有这种感受:
双脚叉开牢牢地抓住大地,
双手高高地挥起沉重的斧头,
柔软、光滑、汗涔涔的肌肉
挥动出青春的激情、活力与节奏。

这两个来自林区的愣头莽汉
(天知道他俩昨晚睡在哪里,
但他们离开伐木场不会有多久),
他们认为挥斧是他们的专利。
作为林区居民和伐木工人,
他们看人全凭他们称手的工具,
只有当别人挥动一柄斧头,
他们方知谁是英雄谁是白痴。

---

① 参见本卷第44页脚注。

我们双方相视而立不语不言。
他俩确信只要在那儿站上半天，
他们的逻辑就会渗入我心田：
我无权把人家赚钱的工作
当作一种娱悦身心的消遣。
我这只是爱好，而人家是职业，
两者并存时人家的权利应占先。
这可是普天之下公认的观点。

但谁会顺从他们的这种区分？
我生活的目标是要让我的兴趣
与我所从事的职业合二为一，
就像我的双眼合成一种视力。
只有当爱好与需要相结合，
只有当工作成为有输赢的游戏，
一个人才可能真正地有所作为，
为了人类的将来，也为了上帝。

白尾黄蜂

白尾黄蜂住在气球形的蜂巢中，
蜂巢悬在柴屋的天花板下面。
其出口活像一根在瞄准的枪筒，
它飞出时活像一粒射出的子弹。
因为具有在飞行中转向的能力，

它比一粒子弹更不容易射偏。
应该写诗谈谈它攻击的准确性,
因为它据此突破了我的防线,
我挥动手臂在头顶构筑的防线,
把我鼻孔打喷嚏的神经刺穿。
我承认它攻击我是出于本能。
可它攻击的准确性怎么样呢?
须知周围的邻居和那些孩子
对它的动机都做出了错误判断,
以至于不认可我是一个例外,
我喜欢认为我事事都与人相反——
比如我绝不会把日本皱纸灯笼
当作纪念品挂在我的书架上面。
它最初蜇我,后来也蜇我,
蜇得我在地头打滚,抱头鼠窜,
而且它从不听我的解释分辩。

那是在我去它屋里做客之时。
它来我屋里做客时则更规矩。
它爱扑击厨房门周围的苍蝇,
可能从一门进来另一门出去,
请相信此时它不会让你受委屈。
你再放肆的动作它也不会误解,
要是你不介意那些毛烘烘的脚,
尽可以让它在你的皮肤上歇息。
它爱捕捉喜欢家庭生活的苍蝇
去喂个头和它一般大的幼蜂。
对此它最在行,但即便对此——

有一次我曾仔细观察它捕食,
而结果它发现它扑的是颗钉子。
它再次猛扑,又是颗钉头。
"那些不过是钉在墙上的钉子。"
当时它非常尴尬并不无恼怒,
转而对一枚小浆果俯冲攻击,
以橄榄球手曲身扑球的方式。
"色形味都不对。"我暗暗嘀咕。
那枚浆果使它翻了小跟头。
最后它扑一只苍蝇,却又扑空,
苍蝇把它当笑柄绕着它兜圈子。
若不是那只它没扑着的苍蝇,
我也许会认为它一直在作诗,
把钉头比苍蝇,用苍蝇喻浆果,
钉头浆果苍蝇是多么地形似。
但它错过真苍蝇却令人扫兴,
它使我开始了危险的怀疑主义。

难道本能无误论不应该修正?
难道任何理论都不可以修正?
人类会犯错误,而动物不会。
我们是如此恭维动物的本能,
只是我们的恭维太慷慨大方,
与其说是褒扬不知说是寒碜。
我们的崇敬心幽默感和正义感
早已经同饭桌下的猫狗持平。
我们落得与猫狗为伍也是活该,
只怨我们一直与动物进行比较。

如果我们勇敢地自比为天使,
那我们至少还能保持人的身份。
只比天使的地位稍逊一等。①
可一旦我们自比为下界动物,
一旦我们开始在污泥烂淖中
看见自己被映照出来的形影,
那已是理想幻灭的绝望时分。
那时我们早已被动物撕成碎片,
就像那些被抛去阻滞狼群的人。
我们除了会犯错误已啥也不会,
而今日之作使这点也显得可疑。

埃姆斯伯里的蓝绶带②

如此漂亮的小母鸡真是应该
打扮一番去冬季展览会博彩,
在那儿露露脸并赢得第一名。
我告诉你此鸡已参展并获胜——

而且她现在已经是载誉而归。
她珊瑚红的鸡冠和金色的腿、
她的气派和雪白蓬松的羽毛
全都是养鸡迷们谈话的资料。

---

① 《旧约·诗篇》第8篇第4—5节歌曰:"人为何物,竟承你(上帝)眷顾／人为何物,竟蒙你爱怜／你让人比天使只稍逊一等／你还为他戴上荣耀的桂冠。"
② 埃姆斯伯里是马萨诸塞州东北角一小镇。蓝绶带通常为竞赛第一名的荣誉标志。

看来你好像肯定是早有所闻,
她几乎是只十全十美的家禽。
从她身上我们可以了解一只
休厄尔①本可以画出的母鸡。

现在她又回到了鸡群中间,
回到了她长期居住的鸡圈,
她喜欢留在饲料槽边啄食,
最后让夜晚赶她回圈歇息。

那个在她腿上套标志环的人,
即她的饲养人,正手提空桶,
也逗留在槽边,他不愿疏忽
冬日傍晚应该做的农庄杂务。

他向后靠着布满灰尘的墙壁,
沉浸于差点唤不回来的记忆,
一个要穿越许多道门的深处,
要穿越许多杂乱地板的深处。

他在沉思冥想他的饲养方法。
他有点想把她当作始祖夏娃,
开始培育一个新的生物种类
来取代天下所有生灵的地位。

---

① 富兰克林·休厄尔(1866—1945)被认为是当时美国最优秀的禽鸟插图画家,他的作品曾出现在《东部家禽饲养者》和《农场家禽》等杂志上。

她应该遵照这样一个规矩:
用六天下蛋,用一天休息;①
除抱窝之外以此频率下蛋,
她的工作满可以成绩斐然。

收蛋人无论何时都可以说
她匀称、坚硬的棕黄蛋壳
是迄今为止上天赐给禽类
的最可靠的一种繁殖媒介。

任何人的身影在她用餐时
都丝毫不能影响她的食欲。
她会从容不迫地尽情享受,
用她磨快的喙满足其胃口。

她可单独摸索着穿过鸡圈,
独自在宝石饲料槽里用餐。
她饮水是从专门的水池中,
进窝也搞特殊,最后上棚。

鸡棚高度是她飞腾的限度。
然而一旦她蹿到那个高处,
她可用有力的肩推挤揎搡,
使整个鸡群都为她把路让。

夜幕渐渐降下,夜黑风冷,

---

① 《旧约·出埃及记》第20章第9—10节云:"尔等有六日可以劳碌,但第七日是尔等上帝的安息日,是日得停止一切劳作……"

风卷着雪花把窗玻璃擦净,
但只是让鸡群或者说让她
得意扬扬地咯咯叫了两下。

矮矮鸡圈仍是栖身的堡垒,
可抵御黑暗、寒冷和风吹,
为一个计划预示美好明天
并证实一个人的精明能干。

山丘上的土拨鼠

有个家伙拥有一片斜坡,
另一个拥有腐烂的木板,
以此营造其舒适的天堂,
并弥补其个头小的缺陷。

我自己战略上的隐蔽所
是在两块岩石相碰之处,
而且为了更安全更舒适,
也挖了个两道门的洞窟。

心想有了这些在我身后,
我便可探身暴露给攻击,
就像一个人机灵地假装
他与普天下人都是知己。

所有愿意活下去的我们
都拥有一个小小的哨子，
一有风声我们便会吹哨，
然后全都钻进农场地里。

有时我们从策略上考虑，
会有好一阵子不出洞门，
其间我们可以不吃不喝。
我们趁此机会思索反省。

而如果在追猎过去之后，
在双管猎枪都响过之后，
（就像在战争瘟疫之后，
在失去理性的时期之后），

如果我能充满自信地说
为亲爱的你我将在那儿，
还会在那儿再待上一天，
甚至在那儿再待上一年，

那我会在那儿的，因为
与全体较量我虽然弱小，
但对于我那个藏身之洞
我本能地考虑得很周到。

金苹果①

马修·黑尔那棵嫁接的苹果树
到第五个年头便开出满树繁花；
在款待过春日采花的蜜蜂之后，
它抖掉花瓣只把三枚果梗留下，
它力图让这三枚幼果茁壮成长，
让毛茸茸的果面变得鲜艳光滑。

那三枚幼果刚刚自己转了个圈，
将朝天的萼洼翻过来朝向地面，
虽说背开了阳光但并不显幽暗，
这时黑尔带着他儿子来看果园；
他看见两枚果子（漏掉了一枚），
但头年挂果有两枚也不算难堪。

他的儿子小马修也是刚好五岁。
他领他到那棵苹果树下看苹果。
他把他举到枝叶间并认真地说：
我们只能看看，不能伸手去摸！
它们的名字叫作赫斯珀里得斯，
你看到的绿色将慢慢变成金色。

---

① 在希腊神话中，大地女神该亚送给天后赫拉的金苹果树生长在大地极西的金苹果园里，由巨神阿特拉斯的女儿们（赫斯珀里得斯姊妹）在一条巨龙的协助下守护。在不同的神话故事中，巨神阿特拉斯、爱神阿佛洛狄忒和大力神赫剌克勒斯都曾使巨龙入睡从而偷走园中的金苹果。金苹果树有时象征生命之树。

如同他平日喂猪或挤牛奶一样,
他去果园也严守时间一刻不差,
靴子总会沾清晨和傍晚的露水。
幼果于他比任何牲口都更值价,
悬乎乎挂在细枝上摇荡的幼果
就像烟杆上的气泡慢慢地长大。

他早已发现苹果从二变成了三——
他想多一个果子就多一分保险。
三只苹果能确保命运无计可施,
不管是苹果食心虫还是褐锈斑
都不可能阻止他最终尝尝果味,
从而证明金苹果之名名不虚传。

他伴着苹果渐渐接近了霜冻期。
一天秋季忽然来临,秋风乍起,
树叶窸窣作响,果实也直晃荡,
但他想只要能实现夏天的希冀,
能把完好的苹果摘下放进盘里,
他就不可能有什么特别的损失,

他可以让苹果在盘中慢慢成熟。
但他到果园却不见苹果的踪影,
树上树下和周围都没一丝痕迹,
而那棵轻浮的树好像并不伤心!
那天是礼拜日,黑尔穿着礼服,
教堂正传来最后一遍召唤钟声。

就像对偷吃苹果者没吭声一样,
马修·黑尔泄愤也是没语没言,
他只是摘下他那顶漂亮的礼帽,
像举行正式仪式那样放在地面,
然后他神情庄重地跳到帽子上,
慢腾腾地舞蹈,直到将其踩扁。

但他突然意识到了自己的行为,
急忙环顾四周看是否有人窥视。
这可是亚哈斯当年被禁的罪行
(世人迄今不解那段经文之义):①
在青翠的树下崇拜树上的苹果,
这不是异教崇拜又是什么意思?

上帝看见他在果园小径上跳舞,
但仁慈地遮住了过路人的眼睛,
使一个自尊者的错误没被发现,
所以这故事在迦特并没有风闻;②
马修·黑尔怀着感激之情发誓:
定要学会制怒,更认真地做人。

---

① 参见本卷第 220 页脚注④。
② 迦特是西亚古国非利士一城邦。《旧约·撒母耳记下》第 1 章第 19—20 节大卫吊以色列先王扫罗的哀歌曰:"以色列的英雄竟血染山岗!／以色列的勇士竟伏刃而亡!／别把这消息在迦特公布,／别让这消息传到亚实基伦街上;／以免非利士的女人们高兴,／以免异教徒的女人们欢畅。"

大暴雨之时

就让这场大暴雨如倾如注!
它能对我造成的最大损害
就是把我地里的一些沃土
冲刷得更为稍稍靠近大海。

这本是大暴雨天生的脾性,
当它向一座山区农场袭来,
它总要强行索取一份礼品,
总要对未来造成一点损害。

可这种损害其实并不可靠,
因为当所有的肥田与沃土
到头来都被冲得荒僻不毛,
当我的农场顺着水沟流去,

这时某种力量必然会崛起,
于是山峰将会沉没于汪洋,
海底将会上升演变成陆地——
大地将会改变其倾斜方向。

那时候我要做的就是逃避,
逃避到这个斜坡的另一端,
立足于太阳初照的新土地,
重新开始所有的憧憬期盼。

我用过的某件破旧的农具,
将会被犁头翻出重见阳光,
那时木头农具已变成化石,
但使用起来仍与现在一样。

但愿这首小诗的永恒寓意,
这种没完没了的老调重弹,
不会使我忧伤,使我厌腻,
使我对人的状况充满幽怨。

路边小店

那座小小的旧房子搭出一个新棚,
新棚面向有汽车来往的山区公路,
一爿可怜巴巴的在乞求的小店,
说它在乞求一块面包也许不对,
因为它也想要一点现钱,须知正是
钱的流通使城市之花永不枯萎。
亮铮铮的汽车都一门心思往前开,
即使偶尔旁顾也马上就会后悔,
因为风景被毫不艺术的招牌破坏,
那些会叫人辨不清东南西北的招牌
或是要兜售有银斑的歪脖子金南瓜,
或是要兜售用木筐盛出的野草莓,
兜售存在于美丽如画的山间之美。
你兜里有钱,但要是你觉得惭愧,

为何又捂着钱(执拗地)驱车如飞。
我要抱怨的与其说是风景被破坏，
不如说是因轻信而生的难言悲哀：
在远离城市的地方我们搭路边小店，
讨一点城里的钱在手中把玩把玩，
看它是不是能够使我们得到发展，
能不能给我们电影许诺的那种生活，
那种据说执政党不让我们过的生活。

据报上的消息说,这些可怜的人,
将由慈善家出钱把他们集中起来
安置到附近有剧院和商场的村镇，
在那里他们将不必再为自己操心；
那些贪婪的好心人，行善的猛兽，
会蜂拥而至把各种好处强加于他们，
这些好处有望把他们抚慰得发疯，
而且凭着教他们如何在大白天睡觉，
消除他们自古以来夜里睡觉的天性。

有时候我觉得自己几乎不能忍受
去想那么幼稚的毫无希望的盼望，
去想那藏在路边窗口后面的忧愁，
去想那成天在祈祷中等待的悲伤，
他们等待着上千辆路过的汽车中
有一辆会突然发出刹车的声响，
停下来问问农家小店的山货价格。
有辆车停下过，但只是犁翻荒草，
利用这农家小院倒车，掉头转向；

另一辆停下来是问它要去的地方；
还有一辆来问他们能否卖点汽油，
他们不能(回答如此干脆)，因为
他们没有，难道开车人看不出来？

的确，在国家的金钱财富的标度上
还从没见过必须具备的精神高度，
这个国家的声音似乎对此也不抱怨。
我不得不承认对那些人的最大安慰
就是结束他们的生命以解除其痛苦。
于是第二天当我重新神志清醒时，
我真想知道我怎么会喜欢让你来我
身边，用温柔的方式解除我的痛苦。

各司其职

一只蚂蚁从桌布上爬过，
撞上了一只死睡的飞蛾，
飞蛾的个头比它大许多，
但它却没显出丝毫惊愕。
它的使命与那飞蛾无关。
它甚至没有把飞蛾摸摸，
就只顾去履行它的职责。
但要是它碰上蚂蚁探子，
它就会把情况向其诉说，
因为那些侦察兵的任务
就是要探究上帝的本质

以及时间和空间的本色。
蚂蚁真是个奇特的物种,
总是忙忙碌碌行色匆匆,
即便是遇到同胞的尸体
它也不会有片刻的停留——
好像对此完全无动于衷。
但要是碰上回巢的伙伴,
它肯定会向其报信通风,
伙伴们当然会层层上报,
直到消息传进蚂蚁王宫。
于是王宫里会传出诏书:
"惊闻无私的粮秣官杰里,
在运粮的途中以身殉职。
现着令王家之特种侍卫
前去把粮秣官送归故里,
安葬以身殉职的粮秣官
本是特种侍卫分内之事。
务必用萼片做它的灵柩。
务必用花瓣做它的尸衣。
用荨麻灵液做防腐香膏。
此乃蚂蚁国女王之旨意。"
不久之后殡葬员到灵场,
它神情肃穆,举止端庄,
头顶上的触须静止不动,
它按正规仪式开始出丧,
先拦腰抓住死者的遗体,
再用力把遗体举在头上,
然后将其送去入土落葬。

现场不会有众蚂蚁围观,
因为这对它们不关痛痒。

这不能够被说成无情无义,
只能说是彻底的各司其职。

浓雾深处的旧谷仓

这谷仓的农舍在哪儿？它从不毗邻
农舍或与门前庭院的任何棚屋相连。
薄暮朦影中会有猎手从谷仓旁经过,
肩上的枪枪口朝下,踏着落叶远去。
获月的圆影蚀去,猎月的圆影蚀去。①
当又一次月圆时终于来了一个人,
他来关闭这偏远谷仓,来结束农时。
长毛皮或羽毛的小动物被他惊动,
越谷仓门槛窜进窜出在暮色中逃避。
他取下曾用来撑开仓门的抵门柱,
用它们把从外面关闭的仓门抵上,
那谷仓宽宽的双扇门有两层楼高。
这门不便于关闭的设计之好处在于
那些把谷仓当作避难所的流浪汉们
只能让大门敞开着,从而暴露自己。
这两扇又高又大的门只能从外关闭。
有一位此时正在海上或正在矿山

---

① 获月指9月22日或23日秋分后两周内的第一次满月。猎月指紧接其后的第一次满月。

或正在工厂的家伙(我遇见过他),
他就曾在谷仓的干草堆里睡过一夜
(他告诉我的)。他说的那个谷仓
就是我说的谷仓。我们说的细节
很吻合。有两次我俩措辞完全一样:
那座在浓雾深处的破旧的谷仓。
谷仓仅有的窗户就是墙上那些
高低不等的裂缝。所以第二天早上
醒来看见从那些裂缝射入的光线,
你就好像置身于一个银栅栏笼子。
仓门锁是抵门柱,这使他产生联想。
请相信他自有其激进的政治观点,
他仇恨那些他并不认识的有钱人,
他们住自己的房子,虽是抵押购买。
那些保守者,他们不知该节约什么。
想想他们在玻璃罩下珍藏些什么,
但却让如此珍贵的木柱在门外腐烂。
只有什么人及时采取行动,我们才
可能看到它们像名贵的桨一样贴上
"抵门柱"的标签被放到陈列架上,
作为已成为珍稀木材的栗木的标本,
一种已经绝灭的树种的遗迹——
它们一旦失去,就再也不可能弥补。
我说对了,仓门锁就是门外的木柱;
而他说那夜他几乎一直做噩梦,
因为他想到虽说他自己没法关仓门,
但任何打那儿经过的最卑贱的流浪汉
都可能来场恶作剧,把他锁在里面。

心开始蒙蔽大脑

夜半时分在犹他州的荒原
我从卧车下铺朝窗外观看，
我看见或以为看见了某种东西，
在月色朦胧的天空和大地。
天空稀稀朗朗地散布着星星，
大地的远方则有一盏孤灯，
一点忽隐忽现的微弱的灯火，
似乎是那里的人故意留着
用来与黑咕隆咚的夜晚对抗，
因他们怀着被上帝抛弃的绝望。
不出半个时辰那灯就会熄灭，
像最后一片花瓣在枝头凋谢。
但我的心开始蒙蔽我的大脑。
我知道有种说法听起来更美妙。
远处灯摇曳是因为树在摇。
那些人想让它亮多久就亮多久，
当他们对灯不再感兴趣的时候，
他们可把它留给别人去照料。
某个夏夜里回来时打这儿经过，
我会发现那灯火一如既往地闪烁。
我经过，但无疑刚刚一经过
就会有个人说："让咱们熄灯吧。"
另一个人会毫不迟疑地答应。
他俩完全可以让灯光亮个通夜，

也可在任何时候将其熄灭。
他从黑暗的屋里朝外看最后一眼，
看那点缀有黑影的朦胧的荒原，
黑影可能是人，但只是些雪松，
它们没有目的，也没有领袖，
所以从不曾迈出第一步去集合，
所以没有什么可使她浑身哆嗦。
她可以去想不同于那里的地方，
无须老想着"这对我们不适当！"
生活不是这般阴沉这般暗淡。
事实已经使他们变得勇敢。
他是她丈夫，而她是他妻子。
她不担心他，他们不惧怕生活。
他们知道哪里有另外一盏灯，
而对他们的同类不止一盏灯，
但今夜熄灯睡觉稍早了一点，
所以表面在逃避的我没能看见。

我半夜醒来时见过这番情景，
当时火车正在轨道上飞奔，
我正透过机车喷出的阵阵浓烟
把远方其他人的生活窥看。

门洞里的身影

我们的火车穿行在山区高原，
窗外几乎没什么景物可观看，
只有矮栎生长于硗薄的泥土，

薄土使矮栎没法生长成大树。
但正当火车在这单调中飞奔,
我们看见了一个活生生的人。
小屋门被他瘦高的身影堵住,
要是他向后摔进他那座小屋,
他肯定会头碰里墙脚在门口。
但我们并没有看到他摔跟头。
他远离尘嚣独自住在这山沟,
荒原里的生活他显然能承受。
他安然站立,虽说面容憔悴,
但那未必就是物质匮乏所为。
他有那些矮栎供他照明取暖。
他养的鸡和猪我们也能看见。
他有一口井,他还可以接雨。
他有一片几十码见方的菜地。
而且他也不缺少日常的娱乐,
我猜火车为此才打那儿经过。
他可以看见我们在餐车进食,
而这时他会挥手向我们致意。

在伍德沃德游乐园[①]

一个喜欢滥用其智力的男孩
有一次向笼子里的两只小猴
展示一面它们弄不明白的火镜,

---

① 伍德沃德游乐园在圣弗朗西斯科(旧金山),内设动物园、植物园和游乐场,弗罗斯特幼年时喜欢和妈妈、妹妹一道去那里游玩。

一面它们绝不可能理解的火镜。
火镜这名不好,但说成可聚光
的凸透镜大概也并非是个好名。
不过且让那孩子展示它的作用。
他把太阳光聚到一只猴子脸上,
然后又用光柱射另一只,直到
那两只猴子眼花缭乱头晕目眩,
使劲儿眨眼眼前也是一片朦胧。
它俩站在笼里,双臂攀着栅栏,
互相交换着看不清世事的目光。
一只猴若有所思地捂住鼻子,
好像是记起了什么,或好像是
想到某个一百万年前的主意。
它紫色的指关节针刺般灼痛。
已知的结果被这场心理学实验
再一次加以了科学的证明,
若非那孩子放肆地靠近笼子,
要宣布的就只是这次实验结果。
一只猴臂伸出笼子猛地一拽,
火镜成了猴子的,而非孩子的。
两只猴子马上退到笼子的深处
着手进行它们的调查研究,
不过它们缺乏必需的洞察力。
它们居然咬玻璃并倾听其味道,
还砸掉了透镜的手柄和镶边。
谁也看不出名堂,只好坦率放弃,
将其藏在它们睡觉的草堆下面,
以备对付被囚禁者无聊的日子,

然后又索然回到栅栏跟前
为自己作番交代:谁说猴子
懂什么或不懂什么就那么重要?
它们可能弄不懂何为凸透镜。
它们可能弄不懂太阳是咋回事。
重要的是知道如何应付局面。

空前的一步

在佛蒙特州的一间卧室里
有一个双扇木门的壁橱,
壁橱里有我的一双皮鞋,
鞋尖朝着里墙立正并步,

(里墙外是摇摇欲坠的烟囱)。
这对皮革已松垂的老冤家
过去总互不相让你追我赶,
但现在齐头并尾亲密融洽。

它俩爱听我在卧室里说话
并喜欢问我一两个问题,
关于谁已旧得不能走路,
关于谁承受了太多的压力。

我去年在蒙托克①湿了一只鞋,
因为我不得不保全一顶礼帽。

---

① 蒙托克,位于纽约长岛南岸东端一小镇,以其有两百年历史的蒙托克灯塔而闻名,是著名旅游胜地。

弄湿另一只是在克利夫饭店①
当时有一阵太高的浪潮。

是我两个完全不同的外孙
把我拽进了这两次冒险。
但等他们长大能读此诗时,
希望他们别以为这是责难。

如今我爱用舌头舔那双鞋,
而要是我的味觉没出毛病,
我能从一只鞋尝出大西洋,
从另一只鞋品出太平洋。

一只脚踏进一个大洋,
这是空前的一步,或称扩展。
这双可靠的美国产皮鞋。
我应该卖个应值的价钱。

但我却自豪地把它们献给
我的博物馆,并开始沉思:
差不多快成不能再穿的皮鞋,
厚脸皮没必要再扮薄脸皮。

我恳请大家尽量多多原谅,
原谅我今天过分兴高采烈,
仿佛是我丈量了这片国土
并使合众国确定了疆界。

---

① 旧金山一家濒临太平洋的海滨饭店。

·单声独韵·
迷失在天空

云,雨的源泉,一个风暴之夜
为露珠的源泉张开了一道裂痕;
我趁这个机会,目光那么急切,
在深蓝色的天空寻找我的命星。

可那块天幕上的星星寥落稀疏,
看不出哪些星所属的星座相同——
星光都很暗淡,叫人难以认出;
见自己又一次完全迷失在天空,

并非不知感恩的我也愕然长叹,
"我在天上何处?但别告诉我!
裂开的云啊,请为我裂得更宽。
就让我对天空的迷惘把我吞没。"

荒 野

大雪和夜一道降临,那么迅捷,
压向我路过时凝望的一片田野,
田野几乎被雪盖成白茫茫一片,
只有些许荒草和麦茬探出积雪。

这是它们的——周围的树林说。

所有动物都被埋进了藏身之所。
我太缺乏生气,不值得被掩埋,
但孤独早已不知不觉把我包裹。

尽管孤独乃寂寞,但那种孤寂
在其减弱之前还将会变本加厉——
白茫茫的雪夜将变成一片空白,
没有任何内容可以表露或显示。

人们要吓唬我不能用茫茫太空——
那无人居住的星球之间的太空。
我能用自己的荒野来吓唬自己,
这片荒野离我家近在咫尺之中。

将叶比花

树的叶片可以始终青翠悦目,
树皮木质也可永远给人满足;
但你若不使树下土松软肥沃
就不会有满树繁花累累硕果。

但我这个人也许是性情孤僻,
从不喜欢叫树开花或结果实。
叶代表光滑,而皮代表粗糙,
树叶和树皮就足以把树代表。

有些巨树开的花如纤尘细沙,

它们倒不如压根儿就不开花。
晚年我所喜欢的植物是蕨类。
苔藓也轮到了它应有的机会。

我曾叫人用简洁的语言回答：
哪样更美,是树叶还是树花。
他们都没有这般风趣或智慧,
说白天花更艳,晚上叶更美。

黑暗中相倚相偎的树皮树叶,
黑暗中凝神倾听的树皮树叶。
说不定我过去也追逐过鲜花,
但如今绿叶与我的忧郁融洽。

踏 叶 人

我整天踏落叶而行,直到我厌了秋色。
天知道脚下叶片有多少种形状和颜色。
也许是因为恐惧,我一直都用力过猛。
我实实在在地踩踏又一年的陨萚枯叶。

整个夏天它们一直在我头顶扬扬得意,
此刻却从我身边飘向它们的安息之地。
整个夏天我都觉得它们对我悄声威胁,
此刻它们似乎也希望拉着我一道去死。

它们像劝同伴般劝我心中那位逃亡者。

它们碰我的眼睑嘴唇,邀我一同陨灭。
但它们走我就必须走,这完全没有道理。
抬起来吧,我的腿,准备踏来年的积雪。

关于削顶扩基

石块从我们头上滚下!
你这座老迈的矮顶山,
你上一次真正的塌方
已经是很久很久以前。

你的山顶已变得太矮,
你的山脚已变得太阔,
因为只要你喜欢试试,
便会有石块滚下山坡。

然而就在说这话之时,
一块石头砸在了屋顶,
另一块石头冲进窗户,
因窗玻璃缺乏坚固性。

当那一双双惊恐的手
正在拼命想拔开门闩,
泥石流已经破门而入,
就像没有发酵的面团。

于是没人留下来唠叨——

对一座老山说长道短；
于是那山继续用山顶
来把自己的山脚加宽。

它们尽可以那样以为

伤悲也许以为这是因为伤悲。
忧虑也许以为这是因为忧虑。
它们尽可以自信地那样认为，
这一对自以为是的孪生兄弟。

但要凝成他头上的这层雪霜
得需要许多年头的严霜冷雪——
从他年轻时就开始降的银霜，
积在他床头矮屋顶上的白雪。

但每次当那屋顶白茫茫一片，
屋顶下黑暗之中的那个头顶
都会将其夜的颜色减去一点，
同时又把雪的颜色加上一分。

伤悲也许以为这是因为伤悲。
忧虑也许以为这是因为忧虑。
然而它俩谁也不是那个盗贼，
不是它俩偷了他的满头乌丝。

强者会沉默不语

眼下这片土地会得到耕耘和灌溉，
任何杂草的前途都几乎不予考虑。
锄头填了认可标签①的平坦地带
全都要留给精心挑选的少数种子。

耙平的一块地里很少有两人干活。
人总爱单干，他们的地相距遥远，
一个人在一片田野里把种子撒播，
另一个人在颠簸的推车后面蹒跚。

冲着这原始大地上新耕耘的黑土
一株无叶的李树新开出满树白花；
但真不知道这天气是不是太冷酷，
蜜蜂会不会来对它的美做出评价。

风一阵紧过一阵从农场吹向农场，
但却没吹来人们希望的时髦风气。
也许在另一个世界多少有点风尚，
但强者在看到它之前会沉默不语。

---

① 参见美国《家政杂志》散发的"认可标签"，人们可用这种标签对各种消费品表示认可。

最佳速率①

不管是风流之疾还是水流之湍
都比不上你们俩所拥有的速率。
你俩可以循一道光线直上云天,
你俩能够溯时间长河穿越历史。
你们被赋予这种能力不为倥偬,
多半也不为可以去想去的地方,
而是为在急速消耗的万物之中
你们可拥有能保持静止的力量——
避开你们说的任何静或动的事。
两个像这样拥有最佳速率的人
一旦结合就不会分手各自东西,
也不可能被外力拆散各奔前程,
只要你俩承认生活该天长地久,
共同生活该比翼双飞风雨同舟。

弯月圆规

趁两场大雨之间湿淋淋的间歇
我悄悄溜出家门去看沉沉黑夜。

---

① 这首诗是诗人送给其二女儿伊尔玛和她新婚丈夫的结婚礼物,伊尔玛于1926年10月15日与约翰·佩因·科恩结婚,但婚后并不幸福,八年后即与丈夫分居。

一弯朦胧的月亮把弯弯的月光
罩在夜半迷雾中一座锥形山上,
仿佛她的测量有决定性的魔力,
当在她的圆规弯脚下被量之时,
仍立在原处的锥形山居然升高。
于是爱将把一张脸捧在手中……

望不远也看不深

人们沿沙滩而立。
都转身看一个方向。
他们背朝着陆地,
整天凝视着海洋。

若有船在天边出现,
总是渐渐露出船头;
镜子般水汪汪的沙滩
映出停滞的海鸥。

或许陆地更富于变幻;
但不论真理在何方①——
海水依然涌向海岸。
人们依然凝视海洋。

---

① 参见本卷第 289—290 页《见过一回,那也算幸运》及其注释。

他们没法望得很远。
他们没法看得很深。
但这何曾成为障碍
遮挡过他们的眼睛?

表达方式

有些事物从来都模糊不清。
但由于一场涤污荡浊的雨,
今晚的天气格外清朗明净。
群山似乎都近在眼前,
星星似乎都剔透晶莹。
而你也仿佛来到了我身边,
还有你可爱而刻薄的口吻:①
"所以我们不能说凡事都不清。"

意 志

我发现只胖得起厴的白色蜘蛛
在白色万灵草上逮住一只飞蛾,
一只宛如僵硬的白丝缎的飞蛾——
与死亡和枯萎相称相配的特征
混合在一起正好准备迎接清晨,
就像一个女巫汤锅里加的配料——

---

① 弗罗斯特爱把他的小女儿玛乔丽叫作"可爱而刻薄的玛吉"。

蜘蛛像雪花莲，小花儿像浮沫，
飞蛾垂死的翅膀则像一纸风筝。

是什么使那朵小花儿枯萎变白，
还有路边那无辜的蓝色万灵草？
是什么把白蜘蛛引到万灵草上，
然后又在夜里把白蛾引到那儿？
除邪恶可怕的意志外会是什么？
没想到意志连这般小事也支配。

睡梦中唱歌的小鸟

一只半夜时还似睡非睡的小鸟
用它天赋的歌喉唱了半曲歌谣。
正因为它通宵只唱出这么半曲
而且是在并不太高的灌木林里；
正因为它唱歌像是在口技表演
而且在刺痛不友好的耳朵之前
它突然灵机一动便让歌声骤停，
所以它没有陷入可预见的险境。
要是像那样在睡梦中哼上半曲
就会使它轻而易举地被谁捕食，
那它就不可能在轮回的长链中
穿过万事万物相生相克的夹缝
沦落到我们这里成为一只小鸟，
而我们却是这颗星球上的人类。

雪 问

在一场大雪下得最紧的时候
我在雪上看见了我的影子,
于是我向后扭头仰望天空,
因为我们仍然爱望天询问
地上万事万物的原因。

如果是我投下了这团黑影,
如果我就是这黑影的原因,
那么衬着暴风雪无形的影子,
我有形的影子倒可以显示
我到底该有多黑。

我向后扭头仰望天空。
整个天空一片湛蓝;
暂停飘洒的纷纷雪花
不过是凝在薄纱上的霜结,
阳光正透过薄纱闪耀。

清朗并更冷些

风,季节气候的调酒师,
在我的《巫术天象启蒙》中说
要把这个秋天制成万灵药,

你首先要把夏天慢慢煨炖,
既不用汤匙也不用漏瓢,

直到差不多既不稠也不稀。
(这就像用星宿算命,
二等星以下的天体
统统都不复存在。)

然后再把剩余的冬天
弄一点到圣劳伦斯河以北。
招来刮掉树叶折断树枝的风,
招来滂沱丰沛如倾如注的雨——
要比季节允许的更冷些。

再掺和一些粉状雪。
如果这显得很像是巫术,
如果这像是女巫的杂烩浓汤,
(胡说八道,科顿·马瑟!)①

那就等着看这浓汤澄清。
我可以整天整天地等。
风会调出一壶醉人的酒。
人类喜欢这酒——喜欢这酒。
天上诸神也不会不屑一顾。

---

① 科顿·马瑟(1663—1728),美国牧师及学者,一生著述颇丰。他曾支持1692年的马萨诸塞州塞勒姆市的"巫术审判案"(该案有19人被判死刑,150人被判监禁)。

不等收获

一阵成熟的芳香飘过一道墙头。
我终于离开惯常走的那条大路
开始寻找那拖住我脚步的缘由,
结果我果然看到了一株苹果树,
它已经自己卸下了夏日的负担,
只剩下一树绿油油的细小叶子
正在轻轻地摇动像淑女的绢扇。
因为那儿刚刚下过一场苹果雨,
树下地面上形成了红红的一圈,
一棵树能给人的苹果全在那里。

愿常有果实不等收获便瓜熟蒂落!
不管苹果还是被疏忽的其他什么,
愿它们多多打破我们固定的计划,
这样嗅瓜果之香可不避瓜田李下。

大概有些地方

我们坐在屋子里谈论屋外的严寒。
每一阵聚足力量的狂风对这幢房子
都是一次威胁。但房子已久经考验。
我们想到那棵树。要是它不再长叶,
那我们应该知道它一定是死在今晚。

我们承认对桃树来说这里过于偏北。
人到底怎么啦,这是气魄还是理智——
他的生存环境可以不受任何局限?
你常常说人类的野心注定要扩展,
一直扩展到每一种生物的北极地区。
为什么人的天性这么难改,竟不知
虽然在是非之间没有一条明确界线,
但大概有些地方的法则却必须服从。
实际上今晚我们对那树已无能为力,
但我们禁不住有几分被出卖的感觉,
恰好在天气冷得砭人肌骨的时候,
西北风偏偏又如此凶狂,不留情面。
那棵树没有叶片,也许不再会有。
要知道结果我们得一直等到春天。
但要是它已注定不会再绽出新芽,
它有权谴责人心无限制这一特点。

试 车

我自言自语,像是在祈祷,
当你供给它所需的油料,
它将招来使你头发竖立的气流。
它将发出一阵疯狂的怒吼。
它将拼命震动其底部肋板。
它将越来越快,直到你的神经
以为它会在一声巨响中失事。
但你要坚守住你的阵地

像他们在战争中所说的那样。
它固定得很牢,安置得很稳。
它每个部件能产生的效果
都经过仔细的考虑和论证。
你轻轻一按它就会风驰电掣,
你一松手它就会和你一道停止。

不大合群

你们有些人会高兴我为我所为,
其他人也不会太严厉地惩罚我
就因为我做一件虽说没被禁止
但也没被明确要求和期望的事。

过于严厉地惩罚我肯定不正确,
这只能再次温和地向你们证明
城市对男人的约束力并不太强,
和它城墙高过屋顶的时代一样。

你们可以嘲笑我不能逃离地球。
留下我,但给我愿接受的宽松。
理解之道在一定程度上是欢乐。
你们不该认为我有过反叛行为。

任何人都可以把我判处死刑——
只要他肯让自然来执行这判决。
我将把呼吸遗赠给空气普通股
并为有教养的悔悟支付遗产税。

早防,早防

那个形容枯槁的丑老太婆,
那提着桶来擦楼梯的嬷嬷,
就是当年的美女阿比莎格①,

就是曾走红好莱坞的影星。
有多少巨星名流背时倒运,
叫你没法不怀疑气数会尽。

早辞人世可逃脱晚年悲境,
但若是命中注定寿终正寝,
就得想办法死得不失身份。

设法垄断所有的股票交易!
如果必要也不妨组阁登基,
这样就没人叫你丑老婆子。

有些人凭其学识维护尊严,
有些人仅凭诚实保持体面,
他人之法亦可为你的手段。

沉湎于对昔日辉煌的回忆
既防不了晚年被漠然视之

---

① 诗人为了押韵巧妙地借用了 Abishag(阿比莎格)这个名字。据《圣经》记载,阿比莎格(又译亚比煞)是服侍大卫王的美女(见《旧约·列王纪上》第 1 章第 2—4 节)。

也防不了临终时独卧枕席。

最好买些友谊守候在身旁，
这样便可以死得体面风光，
有总比没好。早防,早防！

·十度磨炼·

预防措施

年轻时我根本就不敢激进，
生怕年迈时我会变得保守。

生命周期

那老狗只回头狂吠而懒得起身，
我还记得它是小狗时很有精神。①

莱特兄弟②的飞机

这架双翼飞机是人类航空的雏形。

---

① 参阅本书下卷《始终如一的信念》第6段（第156页）："要探究他（白宫那位总统）意向之实现，我们可能得退回他还是个脚跟不稳的年轻政治家的时候……"
② 威尔伯·莱特（1867—1912）和奥维尔·莱特（1871—1948）于1903年驾驶他俩自行设计的飞机升空飞行了59秒，开辟了飞行器重于空气的飞行时代。

它的名字最好叫第一架摩托风筝。
时间绝不会把发明者的姓氏弄错，
因为在蓝天上书写着双重的莱特。①

邪恶倾向之消除

枯萎病会不会把栗树摧毁？
农人认为当然不会。栗树的
生命之火会在根部继续燃烧
并不断催生出新的枝条，
直到另一种寄生生物
开始把枯萎病孢菌灭除。

坚　持

让混乱风狂雨急！
让情况云遮雾蔽！
我依然等待形式。

黄　蜂

它总爱昂首挺胸傲然而立，
立于弯得很艺术的金属丝。

---

① 此行中原文 write（书写）和 Wright（莱特）发音相同，故而成趣。

自信地翘起它灵巧的翅膀，
气势汹汹把它的螯针摇晃。
这可怜的自大狂没法弄懂
它与芸芸众生没什么不同。

谜语一则

它眼中有灰尘，它以扇为翅，
它有一条可以用来唱歌的腿，
并有一口染料用来代替螯针。

算账之难

千万别问随便花钱的人
他把钱花在了什么地方。
这种人从来就不想记住
也不想清算，那每分钱
都被他用来做了什么。

并不在场

我曾转身对上帝说话，
想谈谈这世界的绝望；
但却把事情弄得更糟，
我发现上帝并不在场。

上帝曾转身对我说话，
(请诸君切莫见笑)；
上帝发现我并未到场——
至少有一大半没到。

在富人的赌场[1]

时间已到半夜可我还在输钱，
不过我依然镇定而且不抱怨。

只要《独立宣言》能够保证
我的权利在牌点上与人平等，

那么谁开这赌场对我都无碍，
就让我们来看看另外五张牌。

·异国远山·
复仇的人民——安第斯山

你们都喜欢听关于黄金的故事。

---

[1] 这首诗写于二十世纪美国经济大萧条时期，诗名中的"富人"原文用的是拉丁词 Divés，而 Divés 这个词可让一般英语读者联想到《新约·路加福音》第16章中那个关于狠心富人死后下地狱受苦、穷人拉撒路死后升天堂享福的寓言(而这正是大萧条时期美国穷人唯一的精神寄托)；末行中的"另外五张牌"暗喻罗斯福新政第二阶段出台的若干措施。

有位国王①曾用黄金堆满囚室,
各种形状的黄金饰物黄金器皿
从囚室的地板一直堆到屋顶。②
他想用这些金子赎回他的自由,
可满满一屋子赎金居然还不够。
他的俘获者收下了全部金子,
可依然不肯让那位国王获释。
他们叫国王发出了一道命令,
要他的臣民献出更多的黄金。
于是他的臣民尽力四下寻找,
找遍了所有仓库、宫殿和神庙。
但当看上去已再也榨不出油水,
征服者却宣布那国王犯有死罪,
罪名是他曾发动过一场战争,③
结果一根绞索要了国王的性命。

可实际上强盗们弄到手的财宝
与国王可希望的相比实在太少,
还不到一半,或不到三分之一,
或不到十分之一,微不足道。
而当国王刚刚在绞索下断气,
仇恨就发出了一阵可怕的狂笑,
仿佛地狱突然裂开了一条通道。
好吧,既然征服者喜欢黄金,

---

① 指印加帝国末代君王阿塔瓦尔帕(1502—1533)。他于 1532 年 11 月被到南美洲寻"黄金国"的西班牙殖民者皮萨罗(约 1457—1541)诱捕,次年被杀害。
② 据史书记载,囚禁阿塔瓦尔帕的那间牢房长 6.6 米,宽 5 米,高 2.7 米。
③ 皮萨罗处死阿塔瓦尔帕的罪名是:"篡位,杀弟,崇拜偶像,反对天主教并图谋组织反抗西班牙人。"

那这种东西就应该无影无踪,
叫征服者从今以后休想再见到。

全国民众不再去想他们的国王,
像玩游戏似的开始把金子掩藏。
他们发誓要让黄金都回到地下,
回到它们原来所蕴藏的地方。
他们一门心思寻找山罅岩缝。
一场埋金藏宝的运动迅猛异常。
人们今天还夸耀地谈起这事,
说是许多曾有过记载的宝藏
都在那时候消失于冥冥黑暗,
在仇敌的眼前永远熄灭了光芒。

自从野蛮的日耳曼人洗劫罗马
把所有的黄金烛台席卷回家,
这次自我洗劫是最壮观的洗劫,
这次自我毁灭是最壮观的毁灭。

一个被严刑拷问的印加王公
在气息奄奄历时不多之时,
告诉强盗们只要潜入某个深湖
便可得到他们似乎想要的东西。
强盗们潜入湖底但一无所获,
他叫强盗们潜水直到他们淹死。
征服者们一个个气急败坏,
对被征服者的迫害更变本加厉。
传说中的印加国是个黄金国,

遍地都是像太阳般闪光的金子,
可垂涎三尺的强盗却难遂心愿,
白白从秘鲁一直寻找到巴西。

被征服者们随着时光的流逝,
都不知不觉成了温和的老人。
但他们至死都没吐露藏金秘密,
而是怀着已复仇的满足心情。
他们谁都知道有一个藏金岩缝
在一个部落窑洞深深的底层,
在厚厚的柴灰和木炭下面,
在人类和野兽破碎的骨骸下面,
在一次次盛宴留下的垃圾下面,
一笔有人最想要的无价财宝
在它最后的安息地卷成一团,
那是一根有一千环的硕大金链,
金链曾装饰在一座宫殿门前,
金链的每一环都有一百斤重,
曾环环相扣拉在宫门玉柱之间,
并在每根玉柱上盘绕十匝
(似乎要把高大的玉柱坠弯)。
有人说金链早已被运往海滨,
有人说运过了东边的安第斯山,
有人说是运进了北方的丛林,
运链者当时排着纵队肩扛金链,
指挥队伍的是一名太阳祭司①,

---

① 印加人崇拜天体,建有许多太阳神庙。

他们曾一路扬起漫天尘沙,
长长的金链在阳光下金光闪闪。
不管人们还会传说些什么,
(这类传说永远都没有个完)
那条金链如今还深埋在土中,
既不会锈蚀,也不会腐烂。
而强盗们都已经遭了恶报。①

最好亦最狠的复仇方式
就是发现仇敌想要什么东西,
然后不管那东西有多么宝贵
都让它从地面上永远消失。
让仇敌的贪婪永远得不到满足,
让仇敌永远难遂炫耀的欲望,
让仇敌永远登不上想登的高位,
没法优雅,没法清白,没法风光。
剥下他们身上华丽的外表。
叫他们把忍饥挨饿的滋味尝尝,
并叫他们死于美梦破灭后的绝望。

去送凶信的人——喜马拉雅山

有一个去送凶信的人
在驿路上刚走了一半,
这时候他猛然意识到

---

① 皮萨罗本人也于1541年在利马死于内讧。

去报凶信有生命危险。

此刻他走到一个路口,
见有一条路通向王宫,
另一条路则伸向群山,
伸向陌生的茫茫荒原。

他选择了去荒原的路,
穿过了克什米尔谷间,
穿过遍地的杜鹃灌木,
最后到了帕米尔高原。

在高原上的一条深谷
他遇见一位年轻姑娘,
那姑娘把他领回了家,
不然他也许还在流浪。

她让他了解她的部落:
那是在很久很久以前,
一位来自中国的公主
前去嫁一位波斯王子,

可她半路上有了身孕,
卫队不得不停止前进。
不过那并非公主的错,
孩子的父亲是个天神。

看来留下是谨慎之举,

不回中国也不去波斯。
于是他们便就地住下，
在那片牦牛出没之地。

中国公主生下的孩子
建立了一个新的王室，
他的命令人人都服从，
因为他是天神的儿子。

从此在喜马拉雅山谷
就有了一个新的民族；
送信人听完这段故事，
也决定留在那里居住。

至少他和那些人一样，
他们有一个共同之处：
即他们都有正当理由
在停下来的地方止步。

至于说他要送的凶信，
是说伯沙撒行将归西，[①]
干吗要去告诉伯沙撒
他很快就会知道的事？

[①] 伯沙撒是古巴比伦伽勒底国末代国王。一日他大宴群臣时，忽见有手指在粉墙上写字，请先知但以理解之，方知大限已到。（见《旧约·但以理书》第5章）

夜空彩虹——莫尔文的小山

一个有雾的晚上，我俩互相指引，
摸索着走下莫尔文①的一道山岗，
穿过刚淋过雨的田野和树篱回家。
这时候出现了一阵使人困惑的光，
就像古罗马人认为他们在孟菲斯②
从高地上见过的那种奇异的光芒——
一轮旧太阳的碎片在再一次聚拢
成为新太阳之前发出的那种光芒。
那光在我们眼中像黏糊糊的颜料。
紧接着明月当空，又是一番景象，
月亮湿漉漉的，好像是浸在水中，
伫立的我俩也浸透了似水的月光。
纠缠在地上的红花草和花楸浆果
已尽其所能吸足了甘露般的雨水，
连空气也仿佛湿得可以拧出水来，
空气的压力早已变成了水的重量。
然后空中出现了一道小小的彩虹，
一道月光造出的小小的七色彩虹
像一道门廊竖立在我俩的正前方。
于是我们俩有幸目睹了那种奇观，
那种再没有另外两人见过的奇观，

---

① 莫尔文是英格兰中部一地区，这首诗记述了诗人于1914年8月与爱德华·托马斯在该地区山坡上散步时的一段共同经历。
② 孟菲斯乃埃及一古城。

可如今只剩我一人来讲述那景象。①
一种奇观！那道弯弓一样的彩虹，
(为了防止那些金杯被人发现)
它没有随我俩的前行而一道移动，
而是从它门廊上方带露的三角墙
收起了它赤橙黄绿青蓝紫的两端
并让两端连在一起形成一道光环。
而我俩就站在那转动的光环之中，
一对被上帝选中的相知相惜之友，
时间和敌人都不可能把我俩分开。

·培育土壤·

培育土壤

——一首政治田园诗

唷，提蒂鲁斯！你肯定把我忘了。
我是梅利波斯，那个种土豆的人，②
你曾同我谈过话，你还记得吗？
很多年以前，恰好就在这个地方。
时世艰难，我一直为生计而奔波。
我已被迫卖掉我河边低地的农庄，
在山上买了座价钱便宜的农场。

---

① 参阅《旧约·约伯记》第 1 章第 15—19 节，该章节讲述四名家仆接踵而至向约伯报告他遭灾祸的凶信，送信人都说了这句话："只剩我一人死里逃生来给你报信。"
② 提蒂鲁斯和梅利波斯是古罗马诗人维吉尔《牧歌》中的两个人物，前者是一位热爱农事的诗人，后者是一个刚刚失去了土地的农民，维吉尔在其《牧歌》第 1 首中借这两个虚构人物之口讨论了农民的困境。

那是个前不巴村后不着店的地方,
只有适合牧羊的树林子和草场。
不过牧羊是我下一步要干的行当。
我再也不种土豆了,才三十美分
一蒲式耳①。就让我牧牧羊吧。
我知道羊毛已跌到七美分一磅。
不过我并没打算出售我的羊毛。
我也不曾卖土豆。我把它们吃了。
以后我就穿羊毛织物并吃羊肉。
缪斯照顾你,让你以写诗为生,
你以农场为题材并把那叫作农耕。
哦,我没责备你,只说日子轻松。
我也该轻松过,只是不知怎样轻松。
但你该对我们劳动者表示点同情。
干吗不用你一个诗人作家的天赋
为我们的农场向城里人做点广告,
不然就写点什么来提高食品价格,
或者写首诗来谈谈下一届选举。

啊,梅利波斯,我倒真有点儿想
用我手中的笔来谈谈政治问题。
千百年来诗歌一直都注意战争,
可何为战争呢?战争就是政治——
由痼疾变成暴病的血淋淋的政治。

提蒂鲁斯,我的感觉也许不对,

---

① 谷物、水果、蔬菜等的计量单位,在美国约等于 35 升。

诗 歌

但我觉得这革命的时代似乎很糟。

问题是这时代是否已陷入绝望的
深渊,竟然认为诗歌完全有理由
脱离爱的更迭——欢乐与忧伤
脱离季节的轮回—春夏秋冬,
脱离我们古老的主题,而去判断
难以判断的谁是当代的说谎者——
当在野心的冲突中大家都同样
被叫作说谎者时,谁是头号骗子。
生活可能充满悲剧,十分糟糕,
我会斗胆如实叙述生活,可我敢
指名道姓地告诉你谁是坏人吗?
《艾尔森船长》的命运令我害怕,[1]
还有许多碰上华盛顿的人的命运
(他曾坐下来让斯图尔特为他画像,[2]
但他也曾坐下来制定合众国宪法)。
我喜欢稳稳当当地写些典型人物,
一些综合了典型特点的虚构人物,
以此证明有邪恶的化身这种东西,
但同时也请求免去我一项义务,
别让我当陪审员去说那声"有罪"。

我怀疑你是否相信这时势不妙。

---

[1] 《艾尔森船长》是一首美国民谣,讲述艾尔森船长因抛弃沉船上的旅客而受惩罚的故事。美国诗人惠蒂埃(1807—1892)曾据此民谣片段创作叙事诗《艾尔森船长的大车》(1857),但后来事实证明艾尔森船长是无辜受罚。
[2] 吉尔伯特·查尔斯·斯图尔特(1755—1828),美国肖像画家,曾为乔治·华盛顿画过肖像。

我眼睛总盯着国会,梅利波斯。
议员们所处的位置比我们的都好,
所以任何事情要出错他们都知道。
我的意思是说他们完全值得信赖,
要是他们认为地球要更换地轴,
或是某个天体正开始使太阳膨胀,
他们肯定会提前给我们发出警报。
可眼下他们就像课间休息的孩子,
在院子里玩的时间长如他们的会期,
他们的游戏和比赛还没组织起来,
正各自嚷着要玩捉迷藏、跳房子、
抓俘虏或玩跳背——一切太平。
就让报纸去声称害怕大难临头吧!
没什么不祥之兆,这点我放心。

你认为我们需要社会主义吗?

我们已经有了。因为社会主义
在任何政体中都是个基本成分。
天下并没有什么纯粹的社会主义,
除非你把它视为一种抽象的概念。
世上只有民主政体的社会主义和
专制统治的社会主义——寡头政治,
后者似乎就是俄国人拥有的那种。
通常专制统治中这种成分最多,
民主政体中最少。我压根儿不知
纯粹的社会主义为何物。没人知道。

我不怀疑那就像是用抽象的哲理
把各种不同的爱统统解释成一种——
一种肉体和灵魂的不健全状态。
感谢上帝,我们的习俗使爱分离,
这样在朋友相聚之处,在养狗之处,
在女人和牧师一起祈祷的地方,
我们就避免了陷入尴尬的境地。
世间没有纯粹的爱,只有男女之爱、
儿孙之爱、朋友之爱、上帝之爱、
神圣之爱、人类之爱、父母之爱,
当然这还只是大致地加以区分。

诗歌本身也会再次重归于爱。

请原谅我这样比拟,梅利波斯,
它使我远离主题。我说到哪儿啦?

可你不认为该更加社会所有化吗?

你的社会所有化是什么意思呢?

为人人谋幸福——比如发明创造——
应该使我们每个人都从中受益——
而不仅仅是那些搞开发的大公司。

有时候我们只能从中深受其害。
照你的意思来说,野心已经被
社会所有化了——被尝试的第一个
习性。接下来也许就该是贪婪。

但习性中最糟的一种还没受到限制,
还没社会所有化,这就是发明能力,
因为它并不为卑鄙的自我扩张,
它仅仅只为它自己盲目的满足
(在这点上它与爱和恨完全一样),
结果它的作用对我们是有利有弊。
甚至在我俩说话时,哥伦比亚大学
的某位化学家就正在悄悄地发明
用黄麻制羊毛,而他一旦成功,
成千上万的农场主将失去羊群。
每一个人都为自己要求自由,
男人要爱的自由,商人要贸易自由,
作家、空谈家要言论和出版自由。
政治野心早已经受到过教训,
遭到过迎头痛击,它并不自由,
在有些事上它得体面地有所节制。
贪婪也受到过教训,要稍稍克制,
但在我们了结它之前它还需教训。
只有白痴才以为贪婪会自己收敛。
但我们无情的抨击曾教训过它。
人不可让自己的野心无限膨胀,
也不可任其发明能力尽情施展,
不可,若要我说的话。发明能力
应该受到限制,因为它太残酷,
会给毫无准备的人带来意外的变化。

我就推举你来对它加以限制。

我要是独裁者,就会告诉你该咋办。

你会咋办呢?

    我会让万事万物都顺其自然,
然后把功劳成就都归于其结果。

你会成为一种安全第一的独裁者。

别让我说的对我自己不利的话
诱使你采取反对我的立场,
不然你也许会和我一道陷入麻烦。
梅利波斯,我不怕预言未来,
而且不怕,接受其结果的评判。
听好,我将冒一次最大的风险。
我们总是过于外向或过于内向。
眼下由于一种极度的扩张
我们是如此外向,以致想再次
转为内向的可能性也微乎其微。
但内向是我们必须达到的状态。
我的朋友们都知道我喜欢交往。
但在我喜欢交往的很久以前
我个人的性格非常非常内向。
与此相同,在我们国际化之前,
我们是民族的,我们都充当国民。
在这块调色板上,更确切地说在这
房间周围的盘子上,颜料尚未混合,
所以当颜料在画布上混合之后,
其效果会显得几乎是专门设计的。

有些想法是那么混乱,那么混淆,
它们使我想起这块调色板上的画:
"看发生了什么。肯定是上帝画的。
快来看我捏的意义非凡的泥饼。"
真难说哪种混杂最令人厌恶,
是人的混杂,还是民族的混杂。
别让我似乎要说这种交流和冲突
到头来不可能成为生死攸关的事。
完全可能。我们会融合——我不说
何时——但我们必须为这场融合
注入我们保留的力量所能注入的
最成熟、积淀得最久、最具活力、
最具特色并最有地方色彩的东西。

提蒂鲁斯,有时候我困惑地发现
商业贸易也有好处。我干吗要
把苹果卖给你,然后又买你的呢?
这不可能只是要给强盗们创造机会,
使他们能拦路抢劫并征收运输税。
说从中得到享受,这想法又太平庸。
我估计就像与人斗嘴或与人调情,
它会有益于健康,而且很有可能
使我们富有生气,使我们变得完美。

走向市场是我们注定的命运。
但虽说我们终将送许多东西到市场,
有更多东西仍从不上市或不该上市;
依我之见更多的东西应该被保留,

比如说土壤——不过你我都知道
有些诗人争先恐后地出卖土壤，
甚至把下层土和底土也送上市场。
甭说土壤，就是卖光所有的草
也是农事中一项不可饶恕的罪孽。
这教训就是，晚一点动身去市场。
我给你说说教好吗，梅利波斯？

说吧。我认为你已经在说教了。
但说吧，看我能不能听出点名堂。
我不说你也知道，我的论点
并不是要把城里人引诱到乡下。
就让爱土地的那些人拥有土地吧，
他们对土地爱得那么深那么痴，
以致他们会上当受骗，被人利用，
被商人、律师和艺术家们取笑。
可他们仍然坚持。那么多土地
还未被利用不一定使我们不安。
我们无须试图去将其全部占用。
这世界是个球体，人类社会则是
另一个稍稍扁平更为松软的球体，
后者依附于前者，随前者慢慢滚动。
我们有自己可以不被打破的圆形。
这世界的大小与我们已不再相干，
就像宇宙的大小与我们不相干一样。
我们是球，因同一圆形之源而圆。
你我都是圆的，因为头脑是圆的，
因为所有推论都是在圆内转圈圈。

至少这能够说明为什么宇宙是圆形。

你所说的是不是一种行为方式，
而我应该按照这种方式去行事？
用循环论证的方法来进行推理？

       不，我是说不要因为
土地似乎有要人去使用它的权力，
城里人就被诱回乡下。除了农民
别让任何人假装去耕种土地。
我只是作为他们中的一个对你说话。
你该回到你那座被抛弃的山区农场，
被贸易抛弃的可怜的土地，而且
不要让任何人看见你来市场——
久久地隐居在那里。只种植生产
你所种植生产的，并把产品消费光，
或把庄稼犁入其生长的土中做肥料，
以培育土壤。因为天下还有什么
比贫瘠硗薄的土壤更糟糕的呢？
什么更需要我们这类人的同情呢？
我将与你订个契约，梅利波斯，
使每个行动每项计划都适合于你。
我身边的朋友都有他们的五年计划，
这种计划在苏维埃俄国已成时尚。
你上我那儿来吧，我将向你展示
一个五年计划，我这么叫不是因为
这计划需要十年或十一二年来完成，
而是因为构思这计划至少需要五年。

你靠近点儿,让我们共同商量——
若要限制贸易,先要自我限制。
你将回你那座被抛弃的山区农场,
做我命令你做的事。不管怎么说,
我会当心只命令你做你想做的事。
这就是我这个独裁者的风格。
培育土壤。让那座农场与世隔绝,
直到那农场没法再包容其自身,
而是向外溢出葡萄酒和一点儿油。
我将回到我那过时的社会思想
并将尽我所能与它一道不合群。
我原有的想法,我最初的冲动是
走向市场——我将把它抛弃。
来自那种想法的想法也将被抛弃。
如此这般,直到我本性的极限。
我们过于外向,如果不自己收缩
就会被迫收缩。我被培养成了
拥护州权自由贸易的民主党人。
那是什么?自相矛盾。似乎一个州
应有自己的法律,然而它却不能
控制它卖些什么或买些什么。
假若某个说话频率和思想频率
都比我快的人来到我身边,于是
我上当受骗,沉默不语,灰心丧气,
那该怎么办呢?我会甘心让他
取代我成为更经济划算的生产者、
更妙不可言、美不胜收的生产者吗?
不。我会不声不响地悄悄走开,
走得远远的好让我的思绪恢复。

对我来说,与思想和食品的生产
过程相比,思想和食品毫无意义。
我曾寄给你的一首歌中有如下叠句:

　　让我做那样的人
　　去做已被做的事——

我的份额至少使我免于空虚无聊。
不要互相接近并不让人互相接近。
你会看出,我这个建议的妙处是
它没必要等待轰轰烈烈的革命。
我命令你进行一场一个人的革命——
这是即将来临的唯一的革命。
我们相互之间是过于分不开了——
因为有货物要卖,有想法要说。
有个青年带着半首四行诗来找我,
问我是否认为他值得再下番功夫
写出剩下的半首,写出另外两行。
我被人用来担保年轻人在学校
公开发表的歪诗,担保这些诗不被
疑为剽窃,并帮助欺骗他们的家长。
我们聚在一起,从互不信任中拥抱
尽可能多的爱,大家挤得太紧,
谁都难以突出。溜走吧,悄悄溜走,
那首歌唱到。溜走,待到一边去。
别加入太多的团伙。要加入也只
加入美利坚合众国和你的家庭——
但除学院之外别经常脚踏两只船。
咱俩说定了吗,牧羊人梅利波斯?

或许吧,但你说得太快而且太多,
在你面前我的脑子简直没法转动。
等我回家以后我能理会得更清楚,
从现在起一个月之后,当我砍木桩
或修篱笆之时,我将回想起当你
打断我一生训练的逻辑的时候,
我都想了些什么。我同意你的看法,
我们是过于分不开了。而离开人群
回家意味着恢复我们的知觉。①

致一位思想家②

刚迈出的一步发现你的重点
决定性地压在了左边。
下一步竟然把你抛向右方。
再一步——你会看到你的窘况。
你管这叫思想,但这是行走。
甚至说不上行走,那只是晃荡,
或像一匹厩中马左右摇晃:
从影响到问题再回到影响,
从形式到问题再回到形式,
从正常到疯狂再回到正常,

---

① 这首"政治田园诗"表达了诗人对二十世纪三十年代美国经济大萧条时期出现的政治思潮的担忧,诗中亦不乏对富兰克林·罗斯福之政见的嘲讽。
② 这首诗原名为《致办公室里的一位思想家》,笔尖直指(椭圆形办公室里的)富兰克林·罗斯福总统,以致弗罗斯特的妻子恳求丈夫不要将其发表,但诗人只是将标题稍加修改,仍将其收入了1936年出版的《山外有山》。

从束缚到自由再回到束缚,
从声音到意义再回到声音。
如此反复。这种成双配对
的方式几乎令一个人恐慌。
你刚刚才宣布抛弃民主
(带着一种彬彬有礼的悔悟),
转而去依靠独裁的权威;
但要是你想要收点小费,
你马上又会转动舌头和笔,
摇身一变又成为民主斗士。
一个如此优秀的理论家哟,
即便这使你显得茫然不知所措,
使你成为人们忍不住嘲笑的主,
也请你不要因此变得太糊涂。
就算你心中压根儿就没方向,
我也不认为你必须一如既往
继续用你所具有的天才
多少有点道理地左右摇摆。
我承认我并不真正喜欢
改邪归正或洗心革面,
不过转变立场也有其地位,
这姿态也并非说毫不优美。
所以你若觉得在论理之时
你必须忽左忽右地改变主意,
那请你至少不要煞费苦心,
请相信我的直觉——我是诗人。

·遐想幽思·

已发出的信号

在远古时代的阿齐尔①
有人曾拾起一块小圆卵石
用红色为我画上小圆点，
并把它投给我，穿过岁月——
确切地说穿过了一百万年——
穿过了重重冰川的阻隔：
两个圆点和一条波纹线，
那么生动，似乎在发信号。
但看上去不甚明了的是
那两个小圆点是不是两滴泪水，
两滴从两只眼睛滴下的泪水，
而那条线是不是一声颤抖的叹息。
但不是，因用的颜料是红色。
那不是泪珠，而是血滴。
那条线想必是砍缺的刀口。
发信号者当时肯定必须死去，
而他想让今天的某个人知道
他的死是为了献祭而牺牲。
几乎已弄清楚，但仍然费解。
要是有人能肯定当时的动机
也是一种动机，那就好了。

---

① 阿齐尔是法国南部一村镇，1887年在其附近发现一洞穴，内有中石器时代的手工制品，包括绘有彩色线条、圆点和几何图案的卵石。

哦,把这送到我手中的人哟,
你不是一名普通的送信人
(你的身份标志是一把石铲)。
让你这么久不代表任何意义,
这总使我感到悲哀。没有回信——
我担心没有任何回音
能穿越冰川的阻隔
传给我那位无名的请求人。
假如他的灵魂就站在旁边
迫不及待地给予我们暗示
并成功地使暗示被传达,
那还有谁会看不出
完整地存在于这图形和色彩
中的隐喻和象征!
我为何不进行类比推理呢?
(在有些人眼中我太善于此道。)
哦,我的理解力竟如此迟钝,
足以使一个灵魂悲叹
或在树上或灌木丛中呜咽。
我有这块绘红色图案的燧石,
两个圆点和一条波纹线。
这图案的意义无人知晓,
不然我会怀疑这完全属于我,
属于现代,与远古毫无关系,
我们谁也不会对它感到满意。
虽然我们都想把信号传远,
虽然我常让信号传到远方,
但要跨越灵魂之间的深渊,

永远都会有一道时间的极限,
超越极限信号便注定要偏向。
两个灵魂相遇时可能会相隔太远。
那块因遥远而悲哀的河滩卵石
可以怀着极度的渴望哀求,
但它的信号不可能传得这么远。

见 证 树＊
1942

＊《见证树》初版有献词:"献给 K. M. ／感谢她为此书所做的工作。"K. M. 指凯瑟琳·莫里森。弗罗斯特在妻子去世(1938 年 3 月 20 日)后曾向她求婚 。她虽然拒绝嫁给诗人,但却答应做他的私人秘书,并在弗罗斯特的余生中一直担任这个角色。《见证树》获 1943 年度普利策诗歌奖,这使弗罗斯特成为第一个四次获得该奖的诗人。

山毛榉

在我想象中的界线在树林中
成直角转弯的地方,一溜铁丝网
和一道真实的石墙已被竖起。
而在离开这个角落的旷野里,
在这些石块被冲来并堆积的地方,
一株树,因被深深地挫伤,
给人的印象也是一棵见证树①
并成了我并非不受约束的物证,
成了我记住这一事实的物证。
于是真理被确立并被证明,
尽管被蒙昧和疑惑所包围——
尽管被一个疑惑的世界包围。

——《穆迪·弗罗斯特集》②

桑 树

撒该曾一度
爬上这棵树

---

① 美国移民在查勘新移居的土地时,习惯把地角处的某棵树剥去部分树皮并刻上标记以作为界桩,这种作为界桩的树被叫作"见证树"。
② "穆迪"是弗罗斯特的母亲婚前的姓氏。

看我主耶稣。①

——《新英格兰初级读本》②

·一叶知秋·

丝织帐篷

她宛若原野上的一顶丝织帐篷，
当夏日正午时一阵和煦的柔风
吹干露珠，根根牵绳变得温和，
它便会在绳索怀中悠悠地晃动，
而它中央那根雪杉木的支撑柱，
它那伸向无垠天空的高高篷顶，
那显示出它灵魂之自信的篷顶，
似乎对每根拉索牵绳都不欠情，
仿佛它并不受绳索控制，而是
由无数爱慕和期盼的丝带松松地
与周围世界之万物连在一起，
只有当某一根丝带被夏日柔风
一时的任性逞强轻轻拉紧之时，
它才会感到最轻微的一丝束缚。

---

① 《新约·路加福音》第 19 章第 1—4 节中记载：耶稣路过耶利哥城，身材矮小的收税官撒该怕人群挡住视线，于是便爬上路边的一棵桑树看耶稣。
② 《新英格兰初级读本》是由本杰明·哈里斯编的一册加尔文教派学校课本（约 1683 年出版），在此书中，这三行据《路加福音》第 19 章第 1—4 节内容编的无标题歌谣是字母 Z 的实用范例。（撒该的西名 Zaccheus 第一个字母为 Z）

所有的发现

为观测洞察,头脑总爱深入,
不过它是从哪里深入的呢?
或者说它沿库柏勒①的途径
所深入的到底是什么呢?
它的深入会有什么结果呢?

它将会缩回到什么地方去呢?
它因此会取走或留下什么呢?
头脑对这些问题已经思考过
一会儿,而且仍在继续提问。
这就是头脑捉摸不定的现象!

然而那种不易穿透的晶核
已经被穿透,它的水晶内壳,
它那每个点每个面都放射出
阴极射线的内壳,终于发光
以回应头脑的强行深入。

寻求目光之回应的目光
可使星星闪烁,可使花儿开放,
大地和天空就这样浓缩,
于是谁也不必害怕广袤无垠。
所有的发现都是我们的发现。

---

① 库柏勒,古代小亚细亚人崇拜的自然女神,在古典神话中被称为"大神母",即众神以及世间一切生灵之母,她使自然界死而复生,并赐予大地丰收。

幸福会以质补量

哦,多风多雨的世界哟,
你不被迷雾笼罩的日子、
你不被阴云遮弇的日子,
或说你不被裹尸布覆盖的日子,
以及那轮灿烂的太阳
不被完全遮离视线的日子,
甚至不被半遮半掩的日子,
从来都是这么得少,
以致我不能不纳闷
我为何有这种持久的感觉——
总感觉有那么多的光和热。
如果我猜得不错,
我这种感觉可能完全
来自于最美好的一天,
那天早晨碧空如洗,
整个白天万里无云,
傍晚时分也天朗气清。
我深信不疑
我心中美好的印象
可能全部都来自那天:
那天当我们离开小屋
穿过烂漫的花丛去树林
排遣寂寞的时候,
大地上只有我俩的阴影。

请 进

当我走近树林边的时候,
忽然听画眉一阵啼鸣,
若说当时林外正值黄昏,
树林中已是一片幽冥。

树林里太黑,漆黑一团,
鸟儿即便有灵巧翅膀
也没法为过夜另择高枝,
不过它还能继续歌唱。

那片在西天消散的晚霞,
那抹渐渐隐去的余晖,
依然还辉映在画眉心中,
使它还能够哀歌一曲。

在黑咕隆咚的树林深处,
画眉的歌声依然悠扬,
歌声仿佛是在叫我进去,
去暗中与它一道悲伤。

但不,我是出来看星星;
并没想到要进入树林。
我是说请我我也不会进,
何况我从没受到邀请。

我可以把一切都交给时间①

对时间来说,似乎它绝不会
吹嘘自己能与巍巍雪峰作对,
让雪峰匍匐在地如滚滚流水,
让雪峰趴下它也不欣喜若狂,
而只是若有所思,神情端庄。

这有何妨,即使陆地变孤岛,
即使旋涡会冲刷沉没的暗礁
像弯弯皱纹围住微笑的嘴角;
即使在这样一场巨变的时候,
我也能像时间那样不喜不忧。

除我自己一直所拥有的之外,
我可以把所有一切交给时间。
但为何要说趁海关打盹儿时
我已带过了安检厅的违禁品?
因为我还保留着我不愿给的。

---

① 诗人曾把这首诗印在他 1941 年的圣诞卡上寄给友人,以此方式告诉朋友他已渡过了一次难关,因为在此之前的六年中,他曾先后失去三个亲人:小女儿玛乔丽于 1934 年死于败血症,妻子埃莉诺于 1938 年死于心脏病,儿子卡罗尔于 1940 年因抑郁症而自杀。

及时行乐

老人看见一对少男少女
在暮色中相亲相爱地走过,
他不知这对情侣是回家
还是从村里去到野外,
或是上教堂(钟声正敲响)。
(他俩是陌生人)他等到
他俩听不见说话声时
才轻声祝愿他俩幸福。
"祝你们幸福,幸福,
抓紧时间及时行乐。"
这古老的主题属于老年。
正是老年把及时摘花①
的主题强加于诗歌,
以告诫人们提防那种危险:
因被过多的欢乐充溢
而过度陶醉的情侣
居然会拥有幸福
却不知道自己拥有。
然而该叫生活抓住现在吗?
须知与未来相比
现在总是太短暂,
而现在与未来加在一起

---

① "摘花"原文为 gather-roses,语出英国诗人罗伯特·赫里克(1591—1674)的名句"玫瑰堪折莫迟疑"。

也少于过去的千年万年。
现实生活过分为了感官,
现实太急迫,现实太混乱——
现实现实得没法想象。

风 和 雨

1

那久远的一天曾让秋叶
在更冷的日光中纷飞飘零。
那儿曾吹过一阵季末的风,
当风吹遍那座森林的时候
我怀着唱歌的希望扑向风,
让它也把我吹向死亡。
我踏进尘土的脚步并不协调,
却不曾努力要缩短大步。
我歌唱死亡——但要是我早知道
这许多次死亡,那么我肯定会在
我的死期来到之前就死去!
哦,难道该让一名少年不受警告
以致他唱出的一首首悲歌
都好像是他的预言么?
若对生活的另一半不闻不问,
只歌颂美好而不咏叹不幸,
那唱歌的舌头就毫无价值。
然而,命运对那名少年

在幸福的悲哀中唱出的歌
似乎除了应验就别无选择。

2

灼热荒原上的野花
为了滋润它们的根
总会设法开放
在小溪从雪山上引来的水边。
但有些事情仍然并不完善。
在我想到枯花因水而吐艳之前,
我会看见它们被水冲倒。
我要汲起除盐之外的所有海水,
天上的云所能携带的所有海水,
把水全都交给乌云,
让翻滚的云把水卷到陆地,
毫不吝惜地全都倾泻在花上,
让开败的花在洪水中失去花瓣,
(有谁会关心花蕾的未来呢?)
而且雨下得越大
我越要冲到雨中分享我的一份。

不仅仅是滋润根,淋湿嘴,
还要让水重重地浇在我头上
带着消除一场干旱的全部激情。

说出的总是比该说的更多。

屋外的雨同屋里的酒一样浓烈,
同阳光触摸肌肤一般奇妙。

在下雨的时候
我从来就没法待在屋里;
我得走进黄昏——我最喜欢的时辰,
去看天空卸下负荷。
雨曾是我眼睛采集的眼泪,
如今这眼中已没有一滴泪水。

它的极限

他曾经以为他独自拥有这世界,
因为他能够引起的所有的回声
都是从某道藏在树林中的峭壁
越过湖面传回的他自己的声音。
有天早晨从那碎石遍地的湖滩
他竟对生命大喊,它所需要的
不是它自己的爱被复制并送回,
而是对等的爱,非模仿的回应。
但他的呼喊没有产生任何结果,
除非他的声音具体化:那声音
撞在湖对岸那道峭壁的斜坡上,
然后在远处溅起一大团水花,
但在够它游过湖来的时间之后,
当它游近之时,它并非一个人,
并非除了他之外的另外一个人,

而是一头巨鹿威风凛凛地出现,
让被弄皱的一湖清水朝上汹涌,
上岸时则像一道瀑布向下倾泻,
然后迈蹄跌跌撞撞地穿过乱石,
闯进灌木丛——而那就是一切。

鸟的歌声绝不该一成不变

他经常宣称而且可能还相信
房前屋后园子里的所有小鸟
由于整天都听见夏娃的声音,
所以早用她意味深长的腔调
为它们的歌声添了一种意味。
不可否认,当呼声笑声高扬,
让那么柔和生动的意味飘飞,
只能对鸟儿产生不多的影响。
尽管如此,她已在鸟的歌中。
而且她融入鸟儿歌声的声息
已经在树林里存留了那么久,
所以它也许永远都不会消逝。
鸟儿的歌声绝不该一成不变。
这就是她来帮助鸟儿的因缘。

被骚扰的花

她往后缩,他很镇静:

"正是这样才带劲儿。"
他用花瓣娇嫩的花
抽打他摊开的掌心。
他微笑,想引她回眸一笑,
但她要么是没看见
要么是故意狠心。
他注视了她一会儿,
为一个女人和一种困惑。
他手指一弹扔掉了那朵花,
然后另一种微笑
像手指尖似的
抓住了他的嘴角
并使他突出的嘴咧开。
她站在齐腰高的
金穗菊和凤尾蕨丛中,
她光亮的头发已凌乱。
他使她伸直双臂,
仿佛她使他的双臂
渴望拥抱她——不是伤害;
仿佛他腾不出手来
摸她的脖子和秀发。
"要是咱俩都想这样,
而不是我一个人——"
她觉得她听见他这样说;
不过他每吐出一个字
他的嘴唇都吮吸一下,
这种努力使他透不过气来,
就像是老虎含着根骨头。

她不得不偏开身子。
她不敢移动脚步,
唯恐一动就会唤醒
那在一个野蛮人心中
沉睡的追求邪念。
就在这时,她母亲的呼唤
从花园里越过墙头传来,
这使她惊恐地偷看了一眼,
看他是否可能听见呼唤
并趁她母亲过来之前
扑上来把事了结。
她所看见的令她遗憾:
一只手像爪子般垂下,
一条胳膊像锯子般抽动
仿佛是为了有说服力,
一种讨好的笑容
把那个大鼻子分成两半,
一双眼睛变得躲躲闪闪。
一个姑娘只能看出
是一朵花毁了一个男人,
但她看不出的是
那朵花也许
并不臭也并不卑贱;
那朵花只是尽了责任,
而她自己不足的勇气
早已可怕地结束了
那朵花开始做的事。
她看并看见了最糟的。

那条狗或那个随便什么,
遵从野兽的法则,
除了在夜晚外就是懦夫,
早已转身匆匆逃去。
她开始听见他跌跌撞撞,
在逃跑中手脚并用。
随即她听见他大声咆哮。
哦,对这么年轻的一位
她吐出的尖刻言辞
就像黏在舌头上
扯不掉的嚼子。
她为此把嘴一噘,
厌恶感仍挥之不去。
她母亲揩干她腮上的
唾沫,拾起她的梳子,
然后拽着她朝家里走去。

固执的回归

天色渐晚,该是他走近屋子的时候,
但暴风雪使他看不见前方任何房子。
雪化成冰水顺着他的脖子直往下流,
像床上一只淘气的猫吮吸他的气息。

雪花打在他身上又从他身上被吹出,
竭尽全力迫使他骑在一堆积雪之上,
使他压出一个鞍印并冷静考虑归途。

他用敏锐的目光凝视眼前飞雪茫茫。

既然他想进一道门他就会进那道门,
不过目标和速度都受到如此的拖累,
他可能要摸索好一阵才能摸到门柄,
在关心他的人看来他可能稍稍迟归。

云　影

一阵风发现了我摊开的书
并开始翻动书页左盼右顾,
想找一首吟咏春天的旧词。
我试图告诉她"没这种诗"!

因为谁会写诗把春天吟咏?
但风对我的解释无动于衷;
这时一团云影飘过她脸庞,
生怕我会使她找不到地方。

寻找紫边兰

我已感觉到脚下草地的寒气,
头上却是红日当空;
而描述这般景象的短歌小诗
就是我的低唱高咏。

我循一条绵延数英里的路线
绕那座桤树林寻觅。
那天该是各种兰花吐艳之时,
我却不见任何踪迹。

但在镰刀割倒高高的草之前
我依然继续前行;
直到我看见那条小径,那条
狐狸出没的小径。

于是我尾随狐狸并终于发现——
恰好就在那一刹那
当色彩正显于花瓣,它定是——
我远道来寻的兰花。

紫叶片亭亭玉立,在桤树下,
在那漫长的一天里,
既无轻风也没有莽撞的蜜蜂
来摇动它们完美的姿势。

我只是跪下来拂开桤木树枝
观赏它们,或至多
数数它们在矮林深处的花蕾,
白得像幽灵的花蕾。

然后我起身静静地漫步回家,
路上我自言自语
秋天就要到来,树叶会飘零,
因为夏天已过去。

诗 歌

马德拉群岛之发现①

哈克卢特的一首诗②

一位被偷来的女士出现在船上，
不过她是从她丈夫那里被偷来
还是自己不得已要偷渡私奔，
船货清单上都没有明确记载。
大家只知道她是被偷来的女人。
傍晚狂风骤起时，娇弱的她
被悄悄领到了这个乡村码头。
她竟然没看看那条要命的船。
为了使这段磨难早一点开始，
她情人不得不帮她关键的一把，
迫使她的双脚离开了海岸。
她紧紧依偎他的那种方式
似乎更能说明她别井离乡
并非是完全违背她的意愿。
可身边没有任何女性伙伴，
把英格兰的法律抛在身后
去寻求某个缥缈的爱情乐园，
这已经开始预示她前途黯淡。

---

① 马德拉群岛之发现有多种说法，其中一种说法是于1344年前后被英国冒险家罗伯特·梅钦发现的，当时他带着情人安妮·达菲特从英格兰私奔去布列塔尼，但船被大风吹离了航线……
② 哈克卢特（约1552—1616），英国地理学家，著有《英格兰民族重要的航海、航行及发现》(1598)。

他们那条小船被暴风雨所困，
更像在海上颠簸而不是航行。
它忽而一颠一簸地往前一冲，
忽而又因帆被撕裂而旋转急停，
忽而船头扎入水中，船尾翘起，
直到那些海盗水手诅咒发誓，
说要是上帝让他们逃过此劫，
他们将到何处何处去朝圣。
当一左一右两排相撞的巨浪
未能使他们的小船碎骨粉身，
或当狂风未能折断他们的桅杆，
他们便狂笑，仿佛阴谋得逞。

这可不是女人漂洋过海的季节。
因为那女士得久久地待在舱底，
而所有的水手心里都明白
她很可能在下面被颠簸致死。
不过当大海的狂怒稍稍平息，
她被扶上甲板倚在桅杆之旁，
她整天都昏昏沉沉地躺在那里，
或与她的情人面对面席地而坐，
阴郁地互相吸收对方的目光，
她虚弱而迟钝的头不住地摇晃。
他最想从她目光中看见的
是她承认女人希望被人支配，
可实际上她并不那样希望。
难道是他的直觉愚弄了他？

他不知道,他俩谁也不知道。
他们只能像别的情侣那样说:
"你告诉我,那我将告诉你。"

有时候当她露出宽容的微笑,
他便让她独自去遐想一会儿,
自己则走到船头靠上栏杆,
让船长给他讲一段故事。
(他得继续讨那位船长的欢心。)
那条船似乎曾是条奴隶贩运船。
他们曾贩运过一对黑人情侣,
但贩运者对爱情都是些旁观者,
他们对他俩的爱漠不关心。
对啦,当时船上发生了热病,
这病可以毁掉贩奴者的财运。
那黑人青年属于第一批发病者,
"把他扔到海里去,"他们嚷道,
"趁这该死的病还没开始蔓延。
因为我们得让船舱保持干净。"
但那个姑娘与他们展开了争斗,
她就像丛林里的一只野猫,
这很容易使那些人勃然大怒。
于是有人脑子里冒出个邪念,
想把深深的海底当一张婚床。
于是汤姆对迪克或哈里①说:
"这对情人显然应该结婚。

---

① 汤姆、迪克和哈里是英语中最常见的男性人名,通常用来泛指某人。

我们在海上举行过许多次葬礼,
这回变变口味,来次婚礼怎样?
要不就喜事丧事一块儿操办,
来一次婚礼加葬礼又如何?
他俩如胶似漆,不管这黑鬼
得的什么病,她也许都已染上。"
于是他俩被剥得一丝不挂,
面对面地被拦腰捆在一起,
天下多少情人因外力肆虐
而被迫劳燕分飞,各自东西,
但这对情人临死却有爱相伴,
在他俩被抛进大海之前,
他俩亲吻,吸着对方的气息。
他俩互相搂紧对方的脖子,
拥抱着沉入冰冷与黑暗,
用自身充当婚宴去喂鲨鱼。

当一个男人与其他男人交谈之后
再回到一个女人身边之时,
他往往会隐瞒一些血腥肮脏,
以免对她造成过分的伤害刺激。
"那海盗船长刚才讲什么笑话?
只听他笑却不见你露笑脸。
他好像是在自己打趣自己喝彩。
我听见他高嚷'多带劲儿呀!'
是你们男人之间的什么笑话吗?
你要是不想说,可以不告诉我。"
在一阵缺乏同情的考虑之后,

他说:"好吧,如果你想知道!"
"我不相信!那不是真的!
没发生过这种事!你说是吧?"
见没法减轻极度晕船的症状,
她又一个人缩回到了底舱。
此时她的心几乎要停止跳动,
她的灵魂已快要离她而去,
不过眼下还弥留于她的肉体。
她想她已经得到了她的报应。

他对船长说:"快下命令吧,
把我们送到最近的陆地;
让我们站到一个不颠簸的地方,
看那样能不能缓解她的病情。"
他们把她送到一座无名小岛,
船在那个海湾里停泊了一阵
等着看她的病情是否会好转,
但最终还是把他俩丢在了岛上。
她的情人眼睁睁看船扬帆而去,
但一整天都没敢告诉她实情,
因为她对他的感觉已很迟钝,
连爱情本身也渐渐变得黯然。
他再也不能使她露出一丝微笑。
她最后在遐想幽思中香消玉殒。

她孤独的情人没急着离开小岛,
而是留下来为她刻了块墓碑,
墓碑上并列着她和他的名字,

四周还雕刻了一圈藤蔓花饰,
而这就是她唯一的结婚证明。
然后他利用一棵倒下的大树
凿了一条独木舟渡海逃生;
他平安地到达了非洲海岸,
可一上岸就被摩尔人囚禁。
不过那些摩尔人可真够奇怪,
竟相信了他只身渡海的航行,
于是把他送去向国王邀赏。
最后他终于回到了故国海滨。
他发现的那座小岛后来被证实,
而那名被偷的女士殒命的海湾
不是以她而是以他的姓氏命名。①
不过历史总是这样可能出错。
很快就这儿不是,那儿也不对,
不管时间的奖赏公平不公平。

·以少见多·

彻底奉献

在我们属于这土地前她已属于我们。
在我们成为她的人民之前,她属于
我们已有一百多年。在马萨诸塞,
在弗吉尼亚,她早就是我们的土地,
可那时我们属于英国,是殖民地居民,

---

① 即马希库湾。

那时我们所拥有的尚未把我们拥有，
我们如今不再拥有的却拥有我们。
我们保留的某种东西一直使我们软弱
直到我们发现正是我们自己没有把
自己彻底奉献给我们赖以生存的土地，
于是我们立刻在奉献中获得了拯救。
（这奉献的行动就是战争的伟绩。）
我们不过如此，但我们彻底奉献自我，
献身于这片正在向西部拓展的土地，
不过她依然朴实无华，未载入史册，
她过去是这样，将来也定会如此。

三重铜墙

无限的空间如此广袤
所以上帝赐予我皮肤
作为我的内层防线。
我自己又亲手用木材

或用花岗石或用石灰
修筑起一道外层防线，
一道罪恶攻不破也爬不上的
坚如磐石的墙。

然后我们中有些人
又商定出一条国界。

于是在无限与我之间
便有了三道铁壁铜墙。

我们对地球的影响

我们要天下雨。它没有电闪雷鸣。
它没有因我们的要求而愤然作色
从而刮阵狂风。它没有误解我们，
它的给予也没有出乎我们的预料；
它没有因为我们承认希望下场雨
就给我们来场洪水把我们都淹死。
它让一阵亮晶晶的雨珠轻轻降下。
当我们让清水注入谷物的根之后
它又为我们一阵一阵地降下细雨
直到松软的土壤恢复其自然湿润。
我们也许怀疑善恶之比有失均衡，
担心大自然恶太多，却又忽视了：
若把自古以来不管太平或兵祸时
包括人性在内的自然作为整体看，
那么它对人类的善肯定稍多于恶，
即便说只多微不足道的百分之一，
不然我们的生命不会持续地繁衍，
我们对地球的影响不会日益增加。

致一个小坏蛋

(波伊提乌式的安慰)①

你喜欢偷用你父亲的斧子,就像
你爱用他的猎枪钓竿去打猎钓鱼。
你砍我的云杉树直到它纤维断裂,
直到它放弃亭亭玉立而嚓嚓倒地。
然后你拽住它的树枝并弯下身子
冒雪把散发着清香的它拖回家去。

我本可以为你买一棵同样好的树,
同样会被烛火烤得树脂吱吱作响,
而那点花费对于我算得了什么呢?
但人家白白施舍的树毕竟不一样,
毕竟不同于靠冒险远征弄来的树。
我不能用悔罪使你的圣诞节泡汤。

是你的那些圣诞节损害我的树林。
但即便这种利益冲突会引起杀戮,
它们也更多地被认为是善的对立,
而不被认为是善与恶之间的冲突;
这使战神看上去并非十足的白痴,

---

① 波伊提乌(约480—524),古罗马晚期哲学家及政治家,曾用拉丁文翻译亚里士多德的著作,因涉嫌反对东哥特人对罗马的统治而被捕并处死,在狱中时写成《哲学的慰藉》一书,书中称只要能找到生活中麻烦和灾难的原因,人便可以得到安慰。

虽他在战场上总同时把双方援助。

我那棵囚禁在你凸窗里的云杉树
虽然被金丝银带装饰得花枝招展
但已失去了在我山坡上的立足处,
已失去了天上的星星,哦,但愿
它树尖举向你天花板的信仰之星
让我怀着圣诞之情接受它的命运。

今天这一课

即使我们生活的这个动荡的时代
真像我听哲人们说的那样黑暗,
即使我确认这些哲人都名副其实,
我也不会咒自己同它一道下地狱;
我不会离开我一直安坐的这把椅子,
而要专心把历史往回翻一万页,
回到那些无可置疑的黑暗时代,
一边温习温习我的中古拉丁语,
一边追溯普遍原因和诗人情谊,
(无论如何——我应该,我应该)
同那些能安于天命的诗人交谈,
那些诗人生不逢时,命运乖蹇,
因此没成为圣哲大儒一代宗师,
只能在树林中把狄俄涅①咏叹,

---

① 狄俄涅是西方古典神话中的提坦女神,后来的神话传说把她与赫拉相混,说她是宙斯之妻,爱神阿佛洛狄忒之母。

或吟诵"春天将百花撒遍大地"①,
使古老的拉丁诗渐渐开始押韵,
从而使人淡忘了古老的时间长河,
从而使我们生活的现代社会开始。

我会说,哦,宫廷学校的老师②,
你不是查理大帝或任何人的弄臣;
请作为一名教师告诉我这名教师,
你并不知道自从查理大帝当政
你就再没有机会成为伟人,是吧?
你的光芒似乎像是射进了浓雾,
浓雾使你光芒黯淡并把你遮隐。
那个时代也许真应该受到谴责,
它使你未能获得维吉尔那种名声。
不过也没人听说过你有那种要求。
想必你不会认为你的学问足以
来评判这个对你已有详论的时代。
我们拥有今天,而且我知道有哪些人
深谙如何使自己的诗文出格脱韵,
使自己的辩解看起来自相矛盾。
他们总试图用太多的社会细节
去理解一个太广阔的社会环境。
要是你我能弄懂那么多统计资料——
你我的精力不能再应付的可怕资料,

---

① 此句原文是拉丁文,出自《剑桥拉丁诗歌集》(1915),该书英文版由乔治·F. 惠彻(1889—1954)翻译并题献给弗罗斯特。
② 指英国神学家及教育家阿尔昆(约768—804),他于公元781年应查理一世(即后来的查理大帝)之邀到法兰克王国主持宫廷学校,其间把盎格鲁–撒克逊文化传统介绍到欧洲大陆。

那我俩也许会不寒而栗,胆战心惊,
因为我们已不可能恢复人类常态,
但却必须心如明镜地继续活着,
不然就死于自然科学的扩张延伸。
我们这样感觉——而我们并非特殊的
　　神秘主义者。

我们不能评判我们所置身的时代。
但面对它的愚昧,就让我们假装
我们的学识足以使我们知其有害。
又一个一千年很快就要结束。
让我们为此庆贺,我远方的朋友,
让我们为此来一场公开的辩论:
是我的现代还是你的中世纪更糟。
作为知名教授,你我应该有资格
展开一场非常精彩的学术争论,
看我俩谁处的时代应该得低分,
评判愚昧,或许我应该说高分。
我恰好能听见你对这问题的看法:
世上总有那么些令人遗憾的事,
苟且偷安的和平或残酷的战争。
当然,当然,我和你观点一致。
一切信仰的基础都是人类的不幸。
这问题完全值得一开始就提到。
你也许会补充,世上只有非正义,
这世界没给诗人留下选择的余地,
但怎样看这祸因,是悲剧还是喜剧。
这些也完全值得一开始就讨论。

但让我们接着谈谈我们的分歧,
若有分歧的话。让我来提个话题。
(在我俩观点不同时我们是对手,
请记住这点并一定得板起面孔。)
太空使现代人苦恼,我们讨厌太空。
太空的注视会证明我们非常渺小,
渺小得就像转瞬即逝的微生物,
在它的显微镜下,我们也许就像
在这颗最小的星球表面上蠕动。
但在这点上我们有任何优势吗?
你们被贬低成毫无价值的虫豸——
上帝几乎都不能容忍的虫豸,
这与微生物名称不同但实质一样。
我们都是因比较而被贬低的人类,
一个因同上帝比,一个因同太空比。
我一直认为现代人被贬得更低,
不过这肯定只是我独特的想法。
修道院的圣人和天文台的圣人
都会从这同一抱怨中得到安慰。
所以科学与宗教实际上互相交汇。

我恰好能听见你在召唤学生上课:
来学学如何用拉丁语唉声叹气。
你也许想用也许不想用 Eheu[①]。
哦,十二位武士,今天这一课
是学不高兴时如何做到彬彬有礼。

---

① 拉丁文叹词,可用以表示悲痛、遗憾、怜悯等等。

罗兰和奥里佛①都应召而来，
还有一个个窘迫的贵族和骑士，
他们都已在战斗中经受过考验，
如今却在学校里坐下来尝试
看能否像贺拉斯那样撰文赋诗，
能否像基督徒一样接受训导：
要时时刻刻用心考虑来生来世。
人终有一死，所以得服从上帝。
艺术和宗教都喜欢忧郁的心境。
地球终归不是灵魂获救之地，
但要是它能被置于国家控制之下，
我们全都会自然而然地获得拯救，
它与天国的分隔也可以消失；
它满可以顷刻之间就成为天国。
(也许这要等到下一个千年期。)

但这些都是共相，或者说普遍现象，
不受时间、空间或人种的局限。
我们既不是虚无亦非上帝的遗憾。
通常当哲学家们聚集到一起，
不管他们大胆地想有什么发现，
不管他们是据何特殊情况进行推理，
他们是哲学家，而出于老习惯
他们都会结束于普遍的完整体系，
像任何一只兔子那样毫无创见。

---

① 罗兰(相传是查理大帝的侄子)和他的朋友奥里佛均属于查理大帝手下的十二武士。他俩在隆世福山谷战斗中牺牲，后来成为包括《罗兰之歌》在内的许多传奇文学所歌颂的英雄。

我告诉你,一个时代本质上会像
另一个时代,你还一句话都没说,
除了我借你之口说出来的这些。
我正按我的方式进行全部的辩
论——
但对你有利——请告诉你们国王——
我承认你说的每个时代都既有光明
又有黑暗,你我的时代同样黑暗。
我是自由主义者。你是贵族之一员,
你可能不清楚我这话是什么意思。
我是说具有如此利他主义的品行
我在争论中绝不会偏袒任何一方。
我会抓住他那只握着权杖的手,
身子往椅背上一仰并偷偷发笑,
然后告诉他我曾读过他的墓志铭。①

他的墓志铭使我最近去了趟墓地。
墓地里唯一的另一活人离我很远,
他拎着一个洒水壶在墓地另一边,
在一个特别的角落里默默祈祷。
他在那儿是要让死去的花儿复活
(你别误以为那些花早化为尘土);
但我去那儿只是为了读读墓碑,
看墓碑上一般都必须写些什么,
看它们说一个人可以期望活多久,
近来我对这问题越来越感兴趣。

---

① 史书并无查理大帝自撰墓志铭的记载。旁人替他撰的墓志铭内容大致是:此墓中安息着伟大的罗马人的皇帝查理的肉体。他曾荣耀地拓展法兰克王国的疆土。他四十七年的统治使国家繁荣昌盛。他死于公元814年1月28日,享年七十岁。

看来在这一点上人们有许多选择:
凝固在墓碑上的寿数长短不等,
短则几小时几月,长则许多年,
有个人在世上活了一百零八岁。
但虽说我们每个人可能都倾向于
等待并注视国家的某种发展,
或想看到科学发明会有什么结果,
但我们在世的时间总有个限度,
我们都注定有朝一日要撒手人寰,
国家和整个人类也终有其末日,
连我们赖以生存的地球也可能
在某一天突然莫名其妙地毁灭。
(于是才会有那么多文人悲泣,
有那么多我倾向于嘲笑的泪水。)
我过去或许也曾为天下人悲叹,
叹其一命呜呼,叹其痛失良机,
叹其财运、官运或桃花运不济,
实际上这全是对我自己的嘲讽。
我会和其他人一样接受我的遗憾。
上帝只顾他自己,不保佑任何人。
我会记住你的教诲:人终有一死。①

---

① 阿尔昆用拉丁文为自己撰写的墓志铭是篇较长的韵文,其大意是:"嘿,旅行者,请在我坟头小坐,/请用心把我这番话琢磨,/你会因此而认识自己的命运:/你的皮囊将会同我的如出一辙。/你今天怎样,声名显赫,我一直都闻名遐迩,旅行者,/而我的此刻将是你的彼刻。/我在世时曾徒然寻欢作乐,/而今我为尘土任蛆虫吃喝。/所以请记住与其善待肉体,/不如对灵魂多加关怀体贴,/因灵魂永存,肉体将泯灭。/你为何要追求土地财富?/你看我这墓穴多么窄小,/你的墓穴也会同样逼仄。/你为何迫不及待要紫袍加身?/那要不了多久就会被蛆虫吞没。/你的肉体和荣耀终将会消失,/正如秋风一来百花都得凋落……"墓志铭的结尾两句是:"我在世时名叫阿尔昆,学问是我的爱好。/当你静读这篇铭文时,请为我祈祷。"

如果需要段墓志铭来概括我的一生,
我愿自己为自己写一个短句。
我也许会在自己的墓碑上这样写道:
我与这世界有过一场情人间的争吵。①

· 中途小憩 ·

中途小憩

正是那一阵小憩使他意识到
他正在攀登的那座山有道坡
犹如一本书竖立在他的眼前
(虽然掩在花中但仍是本书)。
矮茱萸、金线草和五月铃兰,②
他一边阅读一边触摸那些花,
花正在凋谢,种子即将成熟;
但重要的是那道坡使他想到:
阅读的目光就像思索的目光,
不同于蔑视敌人的严厉目光,
也不同于对战争的平静注视。
它是阵不屈不挠的徐徐清风,
虽然可以被运动和帮派惊扰,
但它总会有沉思冥想的时候。

---

① 这行诗后来被刻在弗罗斯特的墓碑上。
② 均为多年生植物:矮茱萸即御膳橘;金线草株形美丽,根如金线;五月铃兰是一种百合科植物,开小白花。

致冬日遇见的一只飞蛾

这是在衣袋里暖透的没戴手套的手,
树林与树林之间的一个栖息之地,
你这黑眼褐斑银光闪闪的飞蛾哟,
为啥不合上翅膀安歇,却仍在展翅?
(凭那些特征,我不知你究竟是谁,
不知飞蛾是否像花一样需要我帮助?)
现在请告诉我是什么用虚假的希望
引诱你进行这场没有尽头的冒险,
引诱你在这隆冬时节寻求同类的爱?
请停下听我把话说完。我当然认为
你会不辞辛劳飞向那么虚幻的一位,
在自勉自励中把自己累得筋疲力尽。
你不会找到爱,爱也不会找到你。
你让我感到可怜的是某种人情味,
那种古老的无可救药的不合时宜,
那就是世间一切不幸的唯一原因。
但去吧。你没错。我同情也没用。
去吧,直到你翅膀湿透,被迫停止。
你肯定是天生就比我更具有智慧,
所以知道我一时冲动伸出的这只手,
这只能帮你越过附近每道鸿沟的手,
可以够着你,但够不着你的命运。
我够不着你的生命,更不用说救你,
因我暂时得竭尽全力救我自己的命。

值得注意的小点

（用显微镜看到的）

除如此白的稿笺外，一个在任何
纸上都不可能被我看到的小点
开始爬过我已经写下的字行。
刚才我懒懒把笔悬在稿笺上方，
结果一滴墨水挡住了它的去路，
这时它的奇特之处引起我沉思。
它绝不是我呼出的气吹来的尘埃，
而分明是一只活生生的小虫，
具有它能声称属于它自己的意向。
它稍稍一停，像是怀疑我的笔，
接着又开始疯狂地向前爬动，
爬到我手稿上墨迹未干的地方；
然后它又停下，尝了尝或闻了闻——
显出厌恶，因为它又拼命逃开。
我显然在和一种灵性打交道。
它看上去太小，小得没地方长脚，
但想必它长有足够多的脚，
用以表明它是多么不想死去。
它惊恐地逃奔，狡诈地迂回。
但它动摇了，我能看出它犹豫；
最后在稿笺中央的开阔地带
它终于绝望地把身子蜷作一团，
准备听天由命，任我怎样处置。

我并不比你们任何人更有柔情,
也没有集体主义的标准化的爱,
那种正在席卷这个现代社会的爱。
但眼下,这可怜的小东西哟!
既然它并非我所知的邪恶之物,
我让它蜷在那儿直到我相信它睡着。

我有自己的意向,而且不管遇见
怎样伪装的意向我都能认出。
没人能知道我会有多么高兴,当我
在任何纸上发现丝毫意向的流露。

迷路的信徒①

如我所知他们都热情而高尚,
他们弃金色诗篇去追求的财富
不是从黑暗矿井里挖出的黄金
而是一种金灿灿的神圣光芒。

神灵跟我们开奇怪的宗教玩笑,
不管对哪尊神我们都感恩戴德。
还不曾有人离开诗人的行列
是为了联合一家家有钱的银行。

诗歌蒙受的损失,背信的危险

---

① 弗罗斯特曾对友人说,这首诗是关于一对他在三十年代认识的新婚夫妇和像那对夫妇一样的其他年轻人,那些人当时放弃诗歌而去热衷于苏俄式的社会变革。

通常总是朝着相反的方向。
有些人像雪莱那样心灰意冷①
于是转向去尝试看再来次普选

能否抄近路引我们到最后阶段——
那些印在精美书页上、为美而
洋溢着金色激情的诗行未带给
我们的阶段——我是说黄金时代。

若这不可能(没十拿九稳的事),
那至少可以接受没有金光的贫穷,
忍受没有金光所必须忍受的现实。
这历来是诗歌抗拒诱惑的美德。

缪斯会为他悲哀,他很久以前
就隐入了城市某条深深的街道,
他那位与他分食面包皮的新娘
对社会的败坏和他一样沉重。

这已证明,即便在开玩笑时
与如此危险的朋友进行争论,
你们一心一意追求的千年天国
不会因国家控制的金钱的恩惠

或因保皇派或教皇派的政治主张
就出现在人类发展的最后阶段,

---

① 参见雪莱《心灰意冷时写于那不勒斯附近的诗行》(1818)。

而是像书一样在你身边的书架上，
或甚至像神一样在你的心中。

他太相信我的爱，故未屈尊作答。
但在他悲伤的目光中，有种
东西是关于一个天国，(一个
尚未降临人世)他欲追求的天国。

十 一 月

我们看见树叶纷纷飘落，
然后几乎像是在流浪
顺着小路慢慢飘走，
最后终于结束其行程，
在一天的暴风雨中
零落成泥，化为乌有。
我们听见一声喊叫"完了"。
一年的树叶全被浪费。
唉，我们总夸耀自己
会储藏，会节约，会保存，
但却只是凭着忽略
睡觉时间的浪费，
喜极而泣的浪费，
只是凭着否认和忽略
交战各国的浪费。

猎兔者

那位猎手静静地
潜伏,漫不经心地
让猎枪平卧,
独自望着那片
桤树丛生的
雪白的沼泽地。
而他的猎犬
像着了魔似的
在不远处折腾,
欢天喜地地吠叫,
嬉耍着追逐,
把身影朦胧的野兔
赶到他枪口下,
让他开火
并造成一次死亡,
一次他(和我)
都没有能力
理解的死亡。

松动的山

(用望远镜看到的)

你昨晚熬夜(东方三贤士①就没睡)
看了黄道带狮子座的流星雨吗,
那场一年一度凭手或凭器械
那么神秘地抛向我们的流星雨?
它们不过是摩擦燃烧的碎石尘埃,
无疑是直端端冲着我们头顶而来,
像一群手持火把火炬的叛乱分子
在反抗漫漫黑夜自古以来的统治。
虚幻的闪光,空包弹的迸发,流星
绝不会到达地球,除非作为灰尘,
你脸上丝毫也不会感觉、露珠上
也不会留下一丝一毫痕迹的灰尘。
然而这场流星雨给了我们一个暗示:
那座靠近我们的松动摇晃的山,
那座近来显得在阳光中闪烁的山
是巴利阿里投石器②中的某种东西,

---

① 指《新约·马太福音》第 2 章记载的前往伯利恒朝拜初生耶稣的三位智者,相传他们是研究天象以测未来的星相家。
② 人们推测,地中海西部的巴利阿里群岛之所以得其名,是因为该岛的古代居民擅用投射器具(巴利阿里是希腊文 βελεαρες 的音译,意为"投掷")。

是那个皮肤黝黑的残忍的外星巨人①
依然保留在黄道带的某种东西,
但由于他背地里还在犹豫不决,
不知进入我们的轨道最好在何时,
所以我们绝不可能受到它的撞击。

快到 2000 年

为开始这个旧世界
我们有过一个黄金时代——
其金并非采自金矿的金,
于是某些人说有迹象
第二个黄金时代已到来,
那个真正的千年王国②,
它将结束于最后的
金光闪耀。若果真如此
(科学应该知道)
我们会从正在除草的
花坛和正在评注的书上
抬起头来
观看这个辉煌的结局。

---

① 此行原文为 The heartless and enormous Outer Black,语焉不详,无从考证;疑指希腊神话中的大力神赫剌克勒斯,因为传说狮子座即由赫剌克勒斯打死的那头涅墨亚狮子幻化而成。
② 亦称"千年天园"或"千禧年",基督教神学用语,指基督复活并为王的一千年。

·微乎其微·

在一首诗中

评判可无忧无虑地进行,
可调侃可针砭亦可打油,
如它一如既往畅所欲言,
稳稳地保持节拍和节奏。

我们对失势者的同情

先由下而上,然后又一头栽下,
我们看到两条狗在玩轮圈杂耍,
参议员无一敢进场将它俩踢开,
怕它们隔着托加袍①咬他一下。

一个问题

一个声音说,地球上的人哟,
看看天上的我并老实告诉我
是否灵魂和肉体的全部伤疤
都还不足以作为出生的代价。

---

① 托加袍是古罗马人穿的一种宽松衣袍,美国人用来指参议员之职位。

比奥夏

我喜欢玩味柏拉图的看法
智慧并不非得那么阿提卡,
可以拉哥尼亚甚至比奥夏。①
至少我不会让智慧系统化。

秘密安坐

我们爱围成圈跳舞并东想西猜,
可秘密却安坐圈内并明明白白。

平 衡 者②

如凯撒之名即凯撒那么真实,
经济学家谁也比不上他明智
(尽管他爱浪费,瞧不起资本,
而且还把节约称之为小气)。
当我们的财富分配极不公平,
他脑子里却想到了公共卫生,

---

① 阿提卡、拉哥尼亚和比奥夏均为古希腊地名,它们派生的形容词 Attic、Laconic 和 Boeotian 分别可译为古雅的、简洁的和愚笨的。
② 此诗和下一首都在暗讽富兰克林·罗斯福和他的新政。

为了让穷人不必偷偷行窃，
我们时不时应该有个平衡者。

不彻底的革命

我主张进行一种不彻底的革命，
因一场彻底革命的麻烦就在于
（去问可敬的玫瑰十字会会员）①
它总会让同一个阶级登上峰顶。
所以当局训练有素的管理者们
应该让制定的计划能半途停顿。
千真万确，革命是治病之良药，
但也是件应该只做一半的事情。

自　信

我相信感觉实际上蔑视
在舷窗玻璃和镶窗玻璃
的那两圈黄铜环后面的
只有一英寸之隔的危险。

---

① 玫瑰十字会乃十七、十八世纪间流行于西方的一个宗教秘密社，自称有古传秘术。

答 复

感谢你,孩子,除了在极乐世界
我还不曾遇见过一位被赐福的人。

·回归·

非法侵入

我的确没设禁止入内的告示,
我这片土地也没有围上栅栏。
然而这片土地是属于我的,
当时我的确受到打扰和冒犯。

不管是谁那么放肆那么随便
不经我允许就闯入我的地盘
在我的树林小溪旁奔走忙碌,
都使我度过了不自在的一天。

他当时也许正在翻石头书页,
翻看早已绝种的三叶虫画册,
这地方就因这种化石而闻名,
但是几乎没有化石的所有权。

使我一再掉头看钟的并不是
我可以失去的节肢动物标本

和岩石标本所具有的价值,
而是他对标本属谁全然不理。

最后他终于稍稍表示了承认:
他到我厨房门口来讨杯水喝,
这也许是他不得不找的借口,
但这使我的财产再次属于我。

一个自然音符

四五只三声夜鹰①
从它们出生的岩脊
飞到这开阔地边缘
来给我们一阵叫声。

有两只六月时是一对——
你曾老说它们够吵,
可这是一大家子,
羽毛丰满的一大家子。

全都不合拍地乱叫!
我没有参与那玩笑
除非它们是来走亲戚,
来假装向我们告别。

---

① 参见本卷第 4 页《荒屋》脚注。

我留意过此事的日期,
那是九月二十三日,
我记得它们最后一次来
是在九月二十三日。

咏家乡的卵石

我经营着一片遍地卵石的牧场,
卵石像满满一篮鸡蛋令人动心,
虽说它们无人稀罕,一钱不值,
可我依然想知道这是否有意思——

若是我捡块卵石寄给远方的你。
你住的地方有三十尺厚的土层,
每一英亩沃土都够你丰衣足食,
土细得就像面包房筛过的面粉。

我会给你运去一块光滑的卵石,
让你能够抚摸并竖在你庭院中,
像一尊古老的帕拉斯①女神雕像,
以守护西部并保持古老的传统。

别在石上刻字,对质询和嘲笑,
你尽可以用下面的话进行自卫:
"这是我祖父精神的真实写照。
再说它来自他来自的那个地方。"

---

① 即智慧女神雅典娜,她亦是雅典人的保护神。

未到上学年龄

转过了一个又一个路口，
风吹袭的树林没有尽头。
我仅仅遇见了一座房子，
我仅仅交上了一个朋友。

一个孩子在那房子外面，
开始他疑惑地犹豫不安，
但他终于迎风对我说话，
风使他不得不高声叫喊。

他脸蛋上沾有苹果黄粉，
吃剩的苹果攥在他手心，
他扬起小手顺着路指去，
像一位将军在发号施令。

他母亲从屋里探出头来
关注她这个小小的儿子
当她看见我在她家门外，
一时间不知出了什么事。

那孩子的口齿不太清楚。
但我慢慢也听出了眉目。
他说某个我能去的地方——
他不能但我能去的去处。

他不能去,因为他太小,
恐怕他当时四岁都不到。
对啦,他要我去趟学校,
那儿有面大旗,你知道

那面有红条白条、蓝底
和白星星的壮观的大旗,
他打赌说那天旗没挂出,
我愿去看他是否正确吗?

轻松地迈出重要的一步

在地图上两段齿线之间
有一条脑袋凹陷的长蛇。
齿线是山,长蛇是溪流,
凹陷的舌头则是个湖泊。

标在一个地名前的圆点
应该是一个小小的镇子。
而我们只消再攒点儿钱
就可以在那儿买座房子。

曾因为车轮陷入了水沟,
我们离开了闷热的汽车,
偶然敲了一座房子的门,
如今我们在此安居乐业。

在浩瀚的大西洋的这边
这房子已经历了三百年，
其间主人姓名一再变换。
我们要让它再过三百年。

以我们的姓氏在此牧耕，
远离喧嚣但非弃世绝尘，
让土壤肥沃，牛羊成群，
常修补篱笆，修葺屋顶。

那将是十万个日日夜夜，
其间有每日的头版新闻，
会有六场大规模的战争，
还有四十五个美国总统。①

有文化的农夫和金星

一首过时的科普集锦曲
关于最近傍晚时分见于西方
天际的一种神秘之光

暮色中我突兀地敲响那扇房门
使厨房里顿时响起一阵嘈杂之声，
椅腿碰响地板，刀叉敲响杯盘，

---

① 弗罗斯特曾在致友人的信中解释说："三十个总统的八年任期加十五个总统的四年任期恰好等于三百年。"

人声则像候选人们在唇枪舌剑。
一个魁梧的农夫猛地把门打开,
他和他的一大群孩子涌了出来,
我们以平等的地位相向而立,
当时正是敲门有益的大好时机。

"我停下来是想说你们真幸运,
在家门口便可欣赏那美丽的星星。
如此遥看那晚霞中唯一的光芒
你也许会以为那是西坠的太阳,
是太阳没按它正常的方式下落,
而是悬在西边天际慢慢地收缩,
缩得那么微小,仿佛已经消隐,
但实际上却在那儿注视夜晚来临——
就像某个死者被允许逗留人间,
有足够的时间看他是否被怀念。
我未见落日西坠。难道它已沉西?
有谁敢发誓说那团光不是落日?
今晚你能否让我在此留宿过夜?
如果不能,给杯牛奶喝也行。"

"过路人哟,很高兴你问起那光。
你心头预感到这事有点不正常,
所以不问个明明白白清清楚楚,
你自然不会心安理得继续赶路。
真是凑巧,你刚好求助于我们,
你来之前我们正在说这件事情。

那儿有一颗名叫天狼星①的恒星,
但这团光的性质与之大相径庭。
此光出现在那里已经有好几年,
尽管有时候我们以为它已消散。
你会听见各种说法,遇见有些人,
他们会告诉你那是伯利恒之星②
正照耀着某个躺在马槽里的圣人。
但过路人哟,应把那视为迷信。
干吗需要一颗篮球般大的星星?
在咱俩看来那压根儿就不是星星,
而是一种最近才发明的新型电灯,
被那个新泽西人升起来做实验,
所以现在可预料未来将大有改变,
人类发展将受到决定性的推动,
我们将被变成将要成为的新的人种,
除非半个世纪以来的激烈争论——
猴子变人的学说——是奇谈怪论,
出错的不是《圣经》,而是达尔文。
我们将变成什么,争论相持不下,
我想你对此肯定会有自己的看法。"

"作为自由主义者,我非常乐意
被任何显然更优秀的人种取而代之,
不管那个人种的皮肤是什么颜色。
(可白人是怎样的一个人种啊!)
我曾听一个家伙举行公开演说,

---

① 即大犬座 α 星,夜空中很明亮的一颗恒星。
② 指耶稣诞生时出现在伯利恒上空的那颗星。参见《新约·马太福音》第 2 章。

讲普韦布洛印第安人及其建筑风格,①
他宣称这该死的世界若由他们继承,
祖先留下的这份遗产才算值得。
不过就说这话的那位演说者而言,
在印第安人受到进一步迫害之前,
他早已赚到了旅费,买到了船票,
登上了他返回故里的'五月花号'。
但听我说,你的谈吐像挺有见识,
你该不会认为那团光不是颗星星?"

"认为?我知道它不是颗星星。
任何无云的夜晚都可对它做出说明。
你会看见它只被允许升得那么高,
在西天它大概也只能升到半道,
然后就悠悠缓缓地被拉回大地。
你若住在城里,对此也许不注意,
我猜你是住在城里。城市生活
会妨碍你注意天空里发生些什么。
这计划毫无疑问是要努力尝试
以太阳在白天普照大地的方式
用一团像人造太阳的巨大电光
把黑沉沉的漫漫长夜照得透亮。"

"繁星闪烁可使夜空更有色彩,
而且在一些有智慧的人看来
星光比任何灯光弧光都更适用,

---

① 普韦布洛族印第安人生活在美国亚利桑那州东北部和新墨西哥州西北部地区。他们居住的村落建筑由梯形多层平顶的城堡式结构组成。

因为它们的目的只是烁烁闪闪,
而不是要彻底驱除宝贵的黑暗。
我们需要黑夜来与白天交替,
以便过度紧张时分散下注意力,
中断一下我们太长的逻辑思维,
问问我们的前提是对还是不对。"

"瞎说,瞎说,真是感情用事!
这么说话对你有百害而无一利。
我算是了解你了,让人类永远
免除黑暗的希望也不能使你激动。
有人总把无知与天真混为一谈。
让黑暗包裹我们吧,浓密的黑暗。
奴隶永远都不知感激他的解放者,
而这往往使解放者感到苦涩。"

"总之,你认为那颗星是爱迪生
先生用来医治这个世界的专利药品。"

"你说对了——我的确这般认为。
我在泽西城的儿子说他有个朋友
认识那个老人,说没人像他那样
专注于白炽灯并且放弃睡眠。
那老人证明科学已使速度跌价。
现在需要一种廉价的照明工具。
若让我们一天有廉价的二十四小时,
而且二十四小时分秒都不浪费,
那谁敢说有什么事我们做不到呢?

在睡眠和缓慢中浪费时间是犯大罪。
那老人自己就已经放弃了睡眠,
这使那张脸浮肿并变得粗暴。
你会认为那丑陋的外观非常可怕,
认为那是下床下错了方向的缘故。①
认为那也许是人类仇恨的根源,
而且很可能是引起战争的原因。
只要人们不从错误的一边下床,
这世上将既无杀戮也没有战争。
你知道人类被创造得多么精巧:
我们一手充满仁爱一手充满仇恨。
仁爱之手使我们彼此相亲相爱,
然而我们却用仇恨之手互相争斗。
但争斗不能比攫取掠夺更为激烈,
不然我们很快就会斗得两败俱伤,
这样争斗还斗不满一局就会结束。
可两败俱伤的情况也非常糟糕,
所以要是我们开始一天时从正确
的一边下床就能避免冲突争斗,
那我们欢迎这药方。但他却说
经过实验发现,床没有正确的一边。
问题就在于,有了那种爱的处方,
床却没有正确的一边供我们下床。
我们不能被托付给我们的睡眠,
而必须逐步养成永远不睡的习惯。
他认为桌子椅子将会永远存在,

---

① 西方迷信认为,从正确的一边下床会带来好运,从错误的一边下床会使人整天脾气暴躁。

但卧床——他坚信不出五十年
这种家具就将从地球上一去不返。
他肯定集中心思想过床的事情,
我们没有必要为这种事伤脑筋,
因为我们凡夫俗子没那份智力。
智力最好是留给他那一类伟人,
除了造福于我们他们没别的目的。
这世上还有那么多弄不懂的事情。
当人类还在河边洞穴里栖身之时,
为了把洞穴附近的翼手龙①吓跑,
并未限制生火时不能烧何种东西,
这难道不是对今人的一种告诫?"

"一九二六年不可思议的世界。"

---

① 一种古代爬行动物,属飞龙类,生存于侏罗纪与白垩纪之间。

绒毛绣线菊*
1947

---

* 弗罗斯特把《绒毛绣线菊》初版献给他孙子普雷斯科特、外孙约翰和哈罗德以及外孙女埃莉诺·弗朗西斯、莱斯利·李和玛乔丽·罗宾等。

一株幼小的白桦

那棵白桦开始褪去绿色的胎衣，
渐渐露出它胎衣下白色的树皮，
若是你喜欢这幼小纤细的白桦，
那可能早就注意到了这种变化。
它不久就会一身素白高大巍然，
使白日成双，把黑夜劈成两半，
树皮白皙如雪，唯有树冠青翠，
这周围的树就数它最勇敢无畏；
凭着天生丽质它不怕依偎蓝天，
恐怕轻信的美人也没这么大胆。
某个爱回忆往事的人将会回忆
有次在顺着墙根砍除灌木之时
他大开杀戒却偏对它刀下留情，
那时它的树干还细如一根蔓藤，
后来慢慢长得像钓鱼竿那么粗，
但最后终于长成那么一棵大树，
连你雇来的那位最能干的帮工，
也知道它在那儿就是让人赞颂，
知道他若是趁你读书或者外出时
将它砍倒，那他将会被解雇。
它是美的化身，是上天的赐予，
它将作为装饰品度过它的时日。

总该有点希望

肯定会照眼下的方式发生,
不久之后,牲口不爱吃的
白花绣线菊和绒毛绣线菊
就将挤掉牲口爱吃的牧草。

然后能做的事情就是等候,
等枫树白桦云杉破土而出
挤过头顶的绣线菊属灌木,
以类似的方式把它们挤走。

在这乱石中耕耘得不偿失。
所以趁树木在增长其年轮,
趁它们的长树枝横行霸道,
你最好去忙乎些别的事情。

等树木成材时再将其伐倒,
于是你的土地将恢复原貌,
将摆脱花艳但无用的杂草,
再一次准备为牧草所拥有。

我们可以设百年为一周期。
这样深谋远虑就不会干预
一种我们可能都有的美德,
除非有一个政府出面干涉。

要学会忍耐并学会向前看,
有些事我们只能听其自然。
虽说希望不可能养殖牛羊,
但据说它可以把农人滋养。

后退一步[①]

不仅仅是沙子和碎石
又开始继续流动,
而且大量的巨砾卵石
裹着吞噬一切的泥沙
也轰轰地互相碰撞着
开始冲下那条山沟。
一座座山头裂成碎片。
在这场全球危机中
我感到脚下大地在晃动。
但凭着后退一步
我避免了坠入深渊。
一个撕裂的世界从我身边
逝去。然后风停雨住,
太阳出来把我晒干。

[①] 据诗人自述,写这首诗的灵感来自他目睹的一场山洪,当时他正乘火车穿越亚利桑那,见暴雨造成的一股巨大山洪冲向一座横跨干涸河床的桥,一辆刚上桥的汽车急速倒车,刚倒回桥头,桥就被洪水冲垮。

指　令

抽身离开我们难应付的这所有一切，
回归一个因失去细节而简单的年代，
一个像墓园里的石雕因风吹日晒
而变得凋零衰飒支离破碎的年代，
在一个如今已不再是市镇的市镇里，
在一座如今已不再是农场的农场上，
有一幢如今已不再是房子的房子。
要是你让一个实际上只会使你迷路
的向导为你引路，那里的道路
也许会显得仿佛一直是个采石场——
昔日的城镇，一块块巨大的基石，
早已不再佯装有屋顶遮盖的模样。
在一本书中有段关于这古镇的记载：
除大车的铁轮留下的辙痕之外，
岩壁上划有从西北向东南的直线，
那是一条巨大的冰川雕凿的作品，
而那条冰川的底部支撑着北极。
你千万别介意来自那条冰川的寒冷
据说依然还逗留在潘瑟山这一侧。①
你也不必介意会经受一系列考验，②

---

① 潘瑟山是阿迪朗达克山脉之一山峰，位于美国纽约州东北部。"这一侧"指靠佛蒙特州这一侧。
② "一系列考验"之英文原文"the serial ordeal"可能使一些英美读者联想到亚瑟王的圆桌骑士在寻找圣杯的途中所经受的各种考验。

诗　歌

比如说来自四十个地窖口的窥视，
就当那是来自四十只木桶的目光。
至于说那片树林在你头顶上骚动，
使它们的树叶发出窸窸窣窣之声，
就权把那归咎于树林的狂妄无知。
试问约二十年前它们都在哪里？
现在竟自命不凡地以为已经盖过
那几株被啄木鸟啄空的老苹果树。
你自己谱写一曲令人振奋的歌吧，
唱这条曾是某人干活后回家的路，
那人说不定正徒步走在你的前面，
或赶着辆嘎吱嘎吱作响的运粮车。
这番探寻的顶点就是这地方的顶点，
有两种村社文化曾在这儿相互交融。
如今那两种文化都早已经湮灭。
若你因舍弃得够多而获得了自我，①
拐进梯级路后就在身后竖块招牌，
标明除你我之外任何人不得进入。
然后请像回到家里一样无拘无束。
这儿如今只留下鞍伤般大小一块地。
当初那里是孩子们玩耍的游戏室，
现在散落在一棵松树下的破餐具
便是当年游戏室里孩子们的玩具。
先悲叹这等小玩意儿竟使他们快活，
再悲叹那幢房子如今已不再是房子，

---

① 《新约·马太福音》第 10 章第 38—39 节云："不背着十字架跟随我者，不配做我的门徒。获得生命者将失去生命，但为我舍弃生命者将获得生命。"

而只是一个被野丁香覆盖的地窖口，
像生面团上的凹坑正慢慢合拢。
认真说来这是幢房子，不是游戏室。
你的终点和你的命运是一条小溪，
小溪就发源于那座房子里的水，
像一股清冽的泉水刚刚冒出泉眼，
那么高洁那么原始以致不汹涌。
（我们知道谷间溪流在汹涌之时，
会把它们的碎片挂在荆棘枝头。）
在泉水边一棵苍老的雪松下面，
在老雪松拱起的树根形成的洞中，
我一直藏有一个摔坏的高脚酒杯，
它像有魔力的圣杯，恶人看不见，
因此恶人像圣马可所言不可能得救。①
（我是从孩子们的屋中偷得这酒杯。）
这儿就是你的泉水和饮水之处。
喝下去你便可超越混乱重获新生。

太为河流担心

顺着这长谷望去，可见一座大山，
有人说过那儿就是世界的尽头。
那这条河怎么办，它既然已经形成，
就必须找个地方流入，直到流干？

---

① 《新约·马可福音》第 4 章第 11—12 节云："天国的奥秘只对你们明言，对外人讲则只用隐喻；让他们看，但却看不明，让他们听，但却听不清……他们就难以得到救赎。"

我没见过这么急的水腾不起云雾。
唉,我通常总是太为河流担心,
以致不把流出山谷的事留给它们。
实际上这条河会流进那条峡谷——
谷名叫"别再问与我们无关的事",
因为我们迟早都得在某处停下。
太远的远处没地方供我们迷路。
让黑暗一下子从四面八方紧紧地
包裹我们,这也许是一种幸运。
这世界如我们所知是一乘象轿,
而驮轿的象站在一只海龟的背上,
海龟则匍匐于大洋中的一块岩石。
在科学吹灭孩子们眼前的灯光
并告诉他们故事结尾在梦中之前,
她还能把一个故事讲多长多久?
"你们会梦见故事并在明天讲出。"
我们曾被熔化,我们曾是云雾。①
什么使我们燃烧,什么使我们循环,
也许伊壁鸠鲁的信徒卢克莱修
会说那是可构成万物的某种东西,
我们无须像他老师那样进入太空
去证明那是努力,是爱的尝试。②

---

① 《新约·雅各书》第 4 章第 14 节云:"你们的生命是什么呢? 那不过是一片云雾,转瞬即逝。"
② 卢克莱修(约公元前 99—公元前 55)在其哲学教诲长诗《物性论》中用伊壁鸠鲁的原子学说来解释宇宙现象,以为支配宇宙的不是变化无常的推动力,而是一种可用无限的结合方式构成万物的原子。

弗罗斯特作品集

我家乡邮信箱里一封没贴邮票的信

昨晚你家的看门狗叫个不停,
于是你一度起床点亮了灯。
其实那并非有人来撬门拗锁,
而是我往你家的乡邮信箱里
投下了这封没贴邮票的短信,
告诉你只不过是一个流浪者
借用你家的牧场露宿过夜。
一株株形同黑桃牌点的幼杉
围成了一片片林间空地,
在黑暗中显得那么整齐均匀,
简直就像城里的一个公园。
我决定在一棵杜松下过夜,
那棵杜松垂得低低的枝叶
就像一条毯子把我遮盖,
既可挡住露水又可保暖,
但却一点不妨碍我的视线
使我整夜都能看到头顶苍天。
大概是凌晨两点钟左右
我身下一块石头的棱角
从草丛和蕨丛间渐渐冒出,
我醒了过来,但不敢翻身,
甚至不敢分开交叉的双腿,
唯恐宝贵的热量白白散失,
我下半夜再也没法暖和身子,
这时候由于两颗星星的结合

而形成的一团巨大的流火
拖着一条光带划过西天。
眼见在天国恒定不动的苍穹
有这番毋庸置疑的动静,
于是我这个流浪的占星家
自己也感到了同样的骚动,
只是在内心。在脑海里
两段被久久深埋的记忆
战栗着扑向对方,一块儿
轻声交谈,一块儿悄然而行:
于是人们百思不得其解的一切
一下子全都变得清晰明白。
请原谅,我非自愿的主人哟,
如果我显得有点言过其实。
不过你自己可能也同样看见了,
哪怕是透过生锈的纱窗,
上天显现给你客人的征兆。
个人最了解个人的洞察力。
你也有过你自己的机会。
想必也曾有事情发生在你眼前,
而你肯定也想到过一些事情,
即使不因为像这样在外露宿,
那也是因为你所从事的工作,
在你干得挺不错的农活中。
而这在一定程度上驱使
我自己,不花一分邮费,
告诉你我信中所说的这些。

致一位古人

你因这两样东西而永垂不朽。
一样由你变成一样由你造就。
真遗憾你的名字已无从考究。

实际上我们只要朝远处凝眸,
就会见一样东西在小河之洲,
另一样在你曾经做饭的洞口。

发现这样一处古代人类遗迹
似乎同发现人类一样有意义,
如同与一个活人面对面相遇。

我们据泥沙厚度算你的年月,
我们议论你生性可能很粗野,
而这一点令我们都大惑不解。

你造出这石器,你变成白骨,
而这白骨更是你的独有之物,
看来单凭它就足以流传千古。

你使得我想问要是我想不朽,
是否我非得靠写诗获得成就?
难道凭我这把老骨头还不够?

·夜曲五首·

一、长明灯

夜里她总得把一盏灯点燃
放在阁楼上她的床边。
这使她常从噩梦中惊醒,
但却便于上帝守护她的灵魂。
笼罩她的黑暗被赶跑,
而我仍然日夜被黑暗笼罩,
如我所料,在我的前面
还有最浓的黑暗令我胆寒。

二、若是我烦忧

在对面那座高高的山上,
在我以为没有道路的地方,
一盏车灯闪出炫目的光彩
开始蹦下一道花岗石台阶,
像是一颗星星刚落到地上。
在与那山相望的我家树林中
我被那并不熟悉的光所触动,
它使我感到不再那么孤独,
因若是今宵黑夜令我烦忧,
旅行者也没法消除我的忧愁。

三、故作勇敢

难道我不是一走夜路就抬眼望天
小心翼翼地盯着头顶上那些星星，
那些坠落时很可能砸上我的星星？
这是我不得不冒而且冒过的风险。

四、查明有何事发生

我可以去干更糟糕的工作
也不愿充当这夜空观察者，
因为天上若掉下任何星星
观察者都得将其情况查明。

即使坠落的星星只有一粒，
即使那粒星星小得像珍珠，
我仍然得查实并做出报告
是某个星团有粒星星短少。

我肯定有充分的理由踌躇，
唯恐惊吓了教会或者政府，
譬如说宣布有颗星星坠落
从十字星座或从仙王星座。

要弄清哪颗星星我没看见，

我将不得不翻看星宿清单,
核对看得见的每一颗星星。
这可能使我通宵忙个不停。

五、在漫漫长夜

我要在那堕指裂肤的地方,
在罗盘针始终竖立的地方,
和一位寂寞的朋友一道
建起我的水晶玻璃小房。

我们会朝炉火上浇油,
会因没书读而背诵旧章。
我们会从小屋鱼贯而出,
去观看美丽的北极光。

要是埃图卡肖和库德鲁图[①]
这两个爱斯基摩人来访,
那儿会有生鱼和煮熟的鱼,
还有够大家喝的油汤。

作为一个热心的知情者,
我会对另外一个人说,
我们可以在鸭绒上安心休息,
另一个白天将会来临。

---

① "两位曾陪伴库克博士前往北极的爱斯基摩人。"(《绒毛绣线菊》初版原注)

·尖塔与钟楼·

特殊心情

有一次我跪在蓬茸茸的草上
合着一支集锦曲柔和的拍子
懒洋洋地用小刀戳着大地;
但意识到有些放学的孩子
在篱笆外面停下来朝里窥视,
我停住歌声并几乎停住心跳,
因为要窥视一种特殊的心情
任何目光都是邪恶的目光。

惧怕上帝

若是你竟然从低处升到高处,
若是你居然从白丁变成要人,
你千万要对自己不断地重复
你把这都归功于任性的上帝,
虽他给你而非给别人的恩惠
经不起过分吹毛求疵的检验。
保持谦恭。若你因未被允许
穿上符合你身份的那套制服
而打算用顺从的表情或声调
对这一不足之处进行番弥补,
那你千万得当心别过分外露,
别把遮掩你灵魂的那道幕帘
当成包裹你肉体的这身衣服。

惧怕人类

当一位没有情人护送的姑娘
半夜从朋友家出来独自回家,
她会恨不得一口气回到家里,
而这并非因为她想到了死亡。
高楼林立的城市似摇摇欲坠,
但她可以相信今晚不会倒塌。
(它在倒塌之前便会被拆除。)
除了一家银行里的保险柜旁
城市的所有窗户都没有灯光
(金钱应该感谢有这份保险。)
但是有她该信任的小小街灯
在风尘中那么珍贵那么安稳。
她的恐惧正被这无礼者说出
而且正在使她的出现被误解。
但愿我匆匆打那儿经过之时
我本来的意图不会被人误解。

屋顶上的尖塔

若万一证明出,来世永生
就是我们生活的屋顶上的尖塔,
是把居所变为膜拜之地的尖塔,
　那将会怎么样呢?

我们夜里不会去尖塔上睡觉。
我们白天不会去尖塔上居住。
我们永远都没必要去那儿生活。
尖塔和钟楼与屋顶的关系
意味着灵魂与肉体的关系。

天生的氦气

宗教信仰是一种最轻的气体。
它经浓缩后在我们体内旋动,
从而使我们脱离重力上升——
像纸样薄的鸟骨间充溢的气体
为鸟儿的飞翔增添更多的浮力。
某种像氦的气体肯定是天生。

更新的勇气

我听见世人说个没完,
说他们再也不会重犯
古人曾经犯过的错误,
兴戎起衅,狠毒凶残。

心头的悲伤尚未消失,
肉体的创伤尚未愈合,
他们又开始大谈特谈
子虚乌有的人类联合。

但是他们都天生聪明，
所以认为人性的特征
并非那个最卑劣的人，
那个使他们厮杀的人。

他们还会告诉你更多
只要你告诉他们该用
其断断续续的更新和
更新的勇气去做什么。

艾奥特下加符①

别在我身上寻找大写的 I，
也别在我头上找那个小点。②
要是我身上有任何 I 像，
那便是希腊语中的下加符 ι。

我小得需要恳求别人注意。
你将发现我所依附的字母
不是阿耳法、艾塔和欧米加③
而是表示你的希腊字母 γ。

---

① 艾奥特是希腊文字母表中第九个字母 I(ι) 的音译。"艾奥特下加符"是希腊文中写在 α、η 和 ω 下面的小 ι。
② 希腊字母艾奥特的大小写 I 和 ι 相当于英文中的 I 和 i，而 I 在英文中意为"我"。
③ 阿耳法、艾塔和欧米加分别是希腊字母表中的 α、η 和 ω。

•远走高飞•

路 中 央

在那座小山之巅
路似乎已到了尽头
像是伸向了蓝天。
所以在拐弯的远方

路似乎拐进了树林,
拐进了凝滞的寂静,
永远有树挺立的地方。
可想象力还会想象,

驱动我汽车的汽油,
还有我负重的车,
虽说可由近去远,
却限制在道路中央,

既没有任何可能
领略蓝天暗示的高飞,
也没有丝毫希望
享受绿林暗示的静躺。

天国玄想曲

主哟,我一直爱你的天国,

不管这对我是福分或灾祸，
我一直都爱它高远清朗，
或爱它阴沉萧瑟；

直到因为过分地仰望
我脚下一绊打了个踉跄，
这一跤摔得我低人一等，
从此拄上一根拐杖。

主哟，我对你所统治的
从第一重到第七重的
每一重天的热爱
应该受到你的奖赏。

这可能不会使我奢望
当有朝一日我升到天国
我的头皮会被化成星座
镶嵌在你的天穹上。

但如果那似乎是为了
照顾我过甚的名望，
那至少应该让我上升
而不该让我下降。

怀疑论者

远方那颗为逗乐而撩拨我光感的星

那颗把两粒黑原子煎成白原子的星,
我不相信我相信你说明的任何事情。
我对未必真实的事实真相没有信心。

我不相信我相信你是天上最远一颗,
我不相信我相信你靠近最远一颗星,
我不相信那种使你面红耳赤的颜色
大爆炸之后会那么迅疾地远远而去。

这宇宙也许无边无垠也许并不很大。
实际上往往有这种时候,这时候我
很容易感到宇宙紧紧地把我给包裹,
就像依然把我包在其中的胎头羊膜。

两盏导航灯

我碰巧从未比较过
天幕上那两盏导航灯,
那两盏巨大的导航灯。
太阳只满足于白天。
在我所知的任何时候
他都不曾照耀过夜晚。
然而他是光中之王,
他可以凭借其支配权
一口气制服黑暗,
把黑暗之处也变成白天。

他不得不抑制其伟大。
月亮虽有华光与优雅,
却没学会弄清她的位置。
那些最著名的天文学家
把黑夜留给她作为领地。
可是在许多清朗的夜晚
她却不屑于在夜空露面。
某些古怪或任性的念头
非要把她引出幽暗,
把她自己置于太阳旁边,
像示巴去把所罗门觐见。①
人们可以宽容地认为
她并非想与太阳比高低。
使她去觐见太阳的
只是太阳能凭其如意环
变冬天为春天的名声,
一种滥用她的阴柔、
不负责任的神力。

一件罗杰斯群像②

多么年轻多么谦恭,
他们等候在街上,

---

① 示巴女王觐所罗门王之事见于《旧约·列王纪上》第 10 章和《旧约·历代志下》第 9 章。
② 约翰·罗杰斯(1829—1904),美国雕塑家,曾创作一种小型群像雕塑,作品反映历史、文学和幽默题材;这种群像的石膏复制品曾售出数千件。

婴儿抱在他们怀中,
行李放在他们脚旁。

他们招呼的一辆电车
当啷啷地径直驶过,
这时他们开始猜想
是否把等车街口弄错。

没人这样告诉他们
作为对旅行者的帮助,
没人曾这么深深感动
被罗杰斯这件雕塑。

有感于成为偶像

波浪涌回,用最后一点力量
把一束海草缠在我的腿上,
并用含有沙粒碎片的急流
把我的脚下掏空,使我踉跄,
我若不移动脚步早已被掀翻,
就像某个错误的情人的偶像。

希望顺从

我看见它闪过吗,

那种密立根①微粒?
好吧,就算我看见了。
我进行了很好的尝试。
但我的话不能引用。
如果我有啥缺点,
那就是我希望顺从,
希望按吩咐去看见。
我有几分怀疑
我看见的不过是眼皮
稍稍眨了一下。
说实在的我认为
我看见的是一次眨眼。

悬崖居所②

那儿黄沙像金色的天空,
金色的天空像沙漠平原。
放眼望去不见房屋人家,
除非在远远的天边,
那道石灰岩悬崖上的
黑点不是污迹或阴影
而是一个古老的洞穴,
曾有人常爬进洞穴安息
抛开他无法摆脱的恐惧。

---

① 罗伯特·密立根(1868—1953),美国物理学家,因研究电子电荷及光电效应之成就而获1923年诺贝尔物理学奖。
② 指史前印第安人在今美国西南部地区崖洞中的栖身之所。

我总看见他脚底的老茧——
他和他那个饥饿弱小
的民族最后消失的部分,
哦,那是在一万年前。

大有希望

这出戏似乎要永远一场接一场。
别为演员打斗这等小事而恐慌。
我所唯一担心的事是那轮太阳。
只要照明不出问题我们就无恙。

难以形容

沿着水沟边的那一溜冰柱
摸起来就像我的仇恨军火库:
而你,你……你,你说……
你给我等着!

杰斐逊的一个问题

哈里森也热爱我的祖国,
但却想让它被完全翻新。
他夜里是弗洛伊德的维也纳人,

白天却是马克思的莫斯科人。
这并非因为他是俄罗斯犹太人。
他是地道的清教徒似的新英格兰人。
他酷爱星期六的猪肉和菜豆。
但他的思维却像他十几岁的时候：
对他来说热爱祖国的意思就是
把祖国彻底炸个粉碎
然后再让它被完全翻新。

卢克莱修对湖畔诗人①

"我爱过自然，此外我爱过艺术。"②

主任③哟，成人教育也许显得愚蠢。
那有什么关系？在过去的一天晚上
我曾对要不要你这个位置犯过犹豫。
幸亏我犹豫（让我们别那么没正经！）
因我当时想到伊壁鸠鲁和卢克莱修④
说自然的意思是那整个讨厌的体系。
但你说在大学的术语表中，对兰多

---

① "湖畔诗人"指华兹华斯、柯尔律治和骚塞，他们曾一度住在英格兰西北部风景如画的湖区。
② 引自英国诗人兰多（1775—1864）的《我不曾与人斗》（1853）一诗。该诗全文如下："我不曾与人斗，因没人值得我去斗；／我爱过自然，此外我爱过艺术；／我向着生命之火烘暖过双手；／如今火快熄灭，我也准备离去。"
③ 指当时任哈佛大学英语系主任的霍华德·芒福德·琼斯教授。弗罗斯特与他曾就兰多这首诗中"自然"一词的解释有过一次连续的争论。
④ 参见本卷第495页脚注②。

那首四行诗中的"自然"之解释,
唯一可能的意思该是"美丽的风景"。
此说使自然与艺术相对显得荒谬。
算你说得对,若你对这个词有把握。
愿上帝保佑主任并使他名符其位。

·刍荛之言·

寓言告诉我们

一位名叫拉封丹的盲人,
一位只依靠自己和拐杖的盲人,
一位人世间最自负的盲人
顺着村里街道笃笃嗒嗒而行。
此时在他的前方有一个豁口,
一条为铺水管而挖出的深沟。
那盲人本可以凭拐杖发现险情,
但有人对他的安危却过分担心,
他不仅高声向他发出警告,
而且还迎面冲过去伸手拦他。
盲人认为这阻拦是多管闲事,
愤怒地挥杖朝阻拦者打去,
可这一击未中,他却身子一扭,
一头栽进了他面前的那条深沟。
伴着一阵冷酷无情的欢天喜地,
工人又开始干活,把他埋在沟里。

寓　意

这故事的寓意几乎无须挑明，
所有那些试图独来独往的人，
所有那些自负得不要帮助的人
毫无疑问都注定要遭受不幸。

使其微妙

如果人们长久地坚持一种理论，
这理论便可被视为教义来遵守：
譬如说肉体可以被我们所抛弃
以便精神能够获得完全的自由。
于是当人类的四肢都萎缩蜕变，
当头脑成为了残存的唯一东西，
我们就会与海草一道躺在海滩，
每天让柔和或汹涌的潮水冲洗。
在进化过程反方向的另一终端
我们曾像一团团水母躺在海边。
可如今我们像摊脑浆躺着梦想，
怀着已退化的生物的唯一愿望：
哦，但愿潮水能尽快涨得够高
以免我们抽象的诗行变得枯燥。

干吗要等科学

尖酸刻薄的科学也许想知道
既然她已让事情如此,以致
我们不得不离去或者被抹掉,
我们多想逃离她得意的恐惧。
我们是否可以求她告诉我们
我们如何才有希望乘上火箭
离开这个星球去另一颗星星,
穿过零下温度并花上半光年?
既然现在任何外行都有办法,
干吗还要等科学来提供措施?
若有人记得五千万年前的话,
那我们离开这个星球的方式
应该与五千万年前来时相同。
我有一套理论,但不起作用。

大小不论

当时没有人关心他孤寂的境遇,
所以他像个快发疯的前沿哨兵
沉迷于一种戏剧化的荒唐魔力,
不过脸上并非没有几分难为情,
他向黑暗的空间伸出他的双臂,
极富感染力地让双臂绝对平行。

然后他骂了一声"真他妈该死",
又将手缩回为了自己暖和暖和。
他想如果他能把他的空间弄弯,
让它把自己裹起来并自我亲近,
他的知识就不必使他如此不安。
他早已经倾其全力,尽其所能。
他拍了拍胸口以核实他的钱包,
然后为他的整个宇宙暗自庆幸。

进 口 商

有位要人的太太去过亚细亚。
她带回来的东西会令你惊讶。
竹子、象牙、翡翠和清漆、
制作酥油茶的各种方法、
用来驱魔避邪的烟花爆竹、
用于宗教仪式的连篇废话、
可保全面子的借口托词、
鉴赏各种花瓶的高雅情趣,
还有陈腐得不值一提的
反对美国人发明创造的议论——
大部分成批生产的商品
都注定证明我们灭亡的命运。
什么摩天大楼、安全剃刀、
电话和报纸,都不过是
我们对我们应归功于一个
亚洲人的真理的回避。

但她展示的最妙的东西
是一个从西藏带回的祈祷轮,
凭借花园中小溪流水的冲力
它可不停地重复"饶恕,饶恕";
就像风景画中别致的机器
不停地击打着一个日晷——
最为原始的机械装置
拼命地进行着成批生产。
想教那些亚洲人成批生产?
先教教你老祖母怎样吃鸡蛋。

设 计 者

如果有什么东西能结束这一切,
那么我将认为那个未来的世界
绝不会惦念他们没有过的幸福。
对于死者,任何能使正在进行的
一切突然终止的核爆炸现象
都绝不可能有什么明显的差异。
即使在核爆炸发生的那些日子
也只有很少的人有很多话要说。
而任何人都可能会问他们是谁。
他们究竟是谁呢?社会设计者
的指导者?旗帜上写着想再有
机会来改变我们生活方式的人?
这些人至少该认为这点很重要:
那就是人类历史不应该被缩短。

他们没有神圣的战争

强得能行善的国家寥寥无几。
其数量看来大概限制在三名。
行善是大国强国能做的好事,
而小国弱国都只能做做好人。
小国做好人意味着站在一边
当名义上的盟友看一场战争,
待战争结束时又看天下财产
在获胜的大国强国间被瓜分。
上帝哟,你注意到这点了吗?
对这个问题你是抱什么态度?
诸如古巴和瑞士这样的国家
不可能希望担当全球性使命。
对小国而言没有神圣的战争。
他们充其量惹点恼人的纠纷。

爆炸的狂喜

我曾经去找那位医生诉苦,
说过去人人都能从事农耕,
用一种简单方式挣钱谋生;
可如今这个地方也像别处,
挣钱就得用心学科学技术;
每天都有更多要学的东西,

务农的规矩变得如此严厉,
我似乎已难忍受这份辛苦。
但那位医生说:"没事没事,
你说的辛苦各国都在忍受。
他们的努力是种极度狂喜,
当狂喜强烈得叫人难承受,
它便会在一阵爆炸中获释。
那是一种炸弹送来的厚礼。"

美国1946"我不玩了"①

已经发明了一种新的屠杀工具,
而且首先用它赢得了一场战争,
他们怎么会急着手画十字高喊:
我不玩了——再玩下去不公平!

欠债之巧妙②

我猜想这些字眼的意蕴颇深,
所以把自己刻在石墙以求永存,
就像刻在额上眉宇间的烦恼:
"务必在你的马死之前将它卖掉,
生活的艺术就是把损失转移。"

---

① "我不玩了"原文为King's X,此语本是英美儿童退出游戏时的一种呼声。
② 此诗是弗罗斯特为其女儿玛乔丽的遗诗集《弗朗科尼亚》(1936)写的序诗。

泰西封①是留下这段话的城市，
凭借战争和贸易，那座古城
也许曾一时间免于一蹶不振，
曾一时间免于变成一堆废墟，
但从它这么少的遗迹来看，
即便是向时间欠债之巧妙
也未能使它免于遭受其损失。
黄沙一直在挤入它那道拱门，
越过它地板上的棋盘花纹，
眼下不过是像蛇匍匐在地上，
满足于静静观看、沉思默想，
随后它便会振作精神进入大厅
直起身来紧贴墙上那段铭文。

被间断的干旱

灾害祸殃的预言者停止了说话。
就在大厅外面有事情正在发生。
一场雨开始降临，虽说雨不大
但却非常有碍于他的旱灾理论，
而且所有的与会者都掉过头去。
一阵欢呼声震动了墙头的箴言。
他来了个莎士比亚笔下的行为：

---

① 泰西封，伊拉克中部一古城，位于底格里斯河沿岸，巴格达东南32公里处，曾以其辉煌灿烂而闻名。遗址现存一些高大的泥砖墙和宫殿，其中以萨珊王朝霍斯罗夫一世（Khosrow Ⅰ，又译哥士娄一世）的巨大拱顶宫殿最为有名。

善演说者无话可说时便会吐痰。①
不过他坚定的心中却依然坚信
一阵小雨对这场干旱于事无补。
这场干旱是人类应受到的报应。
地球很快会像月球不适宜居住。
若事情果真如此又有什么关系?
让人类来地球居住是谁的主意?

致正常人②

在我们相当于一个郡的某个州
有一座我欣赏的地区学校校舍,
而且我最欣赏的是校舍的位置。
照我看来,在落基山脉这一侧,
很少有公共机构建筑比它更高——
它高出海平面足足有两千英尺。
因为男女生合校它有两个入口。
但两道入口门似乎都紧紧关闭,
关闭的还有与门相配套的窗户,
这仿佛是说纯粹的学问是魔鬼,
这所学校从此以后将不再上课,
除非为忏悔者,他们在门阶上
就座,就像匍匐在神恩的脚下
为他们缺乏沉思默想进行补赎。

---

① 语出《皆大欢喜》第 4 幕第 1 场第 75—76 行。
② 参阅本书下卷《始终如一的信念》第 16 段(第 160 页),作者在用此诗为例讲解诗歌写作时说:"某些人也许会觉得奇怪……在正常人看来……"

诗全集·尾声＊
1949

＊ 弗罗斯特出版《诗全集》时已七十五岁。他也许没想到自己还能活上十四年，因当时他妻子埃莉诺、小女儿玛乔丽和儿子卡罗尔都已经去世。《诗全集》汇编了他此前出版的全部诗集，外加以《尾声》为辑名的三首新诗。

选择某种像星星的东西

啊,星哟,视野里最美的星,
我们承认高悬的你有权高傲,
对一些阴晦而卑微的乌云——
既然黑暗可显示出你的光亮,
那么对黑夜就不便加以评论。
高傲同某种神秘性相称。
但你矜持得完全沉默不语,
我们就不能允许,不能答应。
说点什么吧,让我们铭记,
让我们孤独之时能反复诵吟。
说点什么吧!星说:"我燃烧。"
可请你说说用的是什么温度。
谈谈华氏温度,讲讲摄氏温度。
请用我们能够听懂的语言。
告诉我们你由什么元素构成。
星给我们的帮助会出奇地少,
但最终会告诉我们某些事情。
星永恒不变像济慈说的隐士,①
从不屈尊降低它的身份,
它对这儿的我们会有点要求。
它会要求我们保持一点高度,
因此当有时候民众被左右,

---

① 英国诗人济慈的十四行诗《灿烂的星》第 4 行为:"像世间耐心的隐士彻夜凝望。"

把赞美或指责弄得太过分,
我们可选择某种像星星的东西,
保持对它的信仰并被它信任。

永远了结①

我所拥有的许多
都是欠昔日的路人,
因为他们的来来往往
开辟了这条路径,
今天我欠他们更多,
因为他们都已离去,

而且不会再回来
责怪我走得太慢,
让他们飞驰的马车
把我吓得躲到路边。
他们已找到别的地方
为匆忙和别的财产。

他们把这路留给我,
让我独行默默无语,
也许只对着一棵树
在心头自言自语:
"这条路得到一件

---

① 此诗的修订版见于本书中卷《在林间空地》(1962) 第 9 页。

你的树叶做的外衣。

"不久后因缺乏阳光，
这景象会变得凄凉，
外衣将会变成白色，
但披这般轻薄的衣裳
树叶会在一层雪下
显示出它们的形状。"

接着时令进入冬季，
直到我也不再出门
到雪地上留下脚印，
那时只有些野兽，
胆小或狡猾的野兽
代表我去踏出脚印。

这种事多么经常：
我向人们偿还欠债
因为离开了一个地方
而且仍然不会忘记
与他们分享甜蜜
因为曾经住在那里。

从水平到水平

他俩之间谁也说不上谁比谁强。
他俩都是雇工。虽说派克的优势

在于有五十年耕地割草的经验,
但迪克上过大学而且年轻力壮。
所以要是他俩为平等来一场争论,
那可真是一场势均力敌的较量。

"你的毛病就在于不能紧扣主题。"
派克生气地说道。迪克很想说:
"你的毛病就在于乡巴佬没有逻辑。"
不过他说出的是,"什么是主题?"

"就是这些职业算不算真正在工作。
就拿医生来说——"

      他俩正用锄头
在为玉米地除草松土,这是在开始
全力以赴割晒牧草前的最后一遍。
向上伸展的玉米叶像一面面小旗
自由自在地围着他俩的双腿波动——
你说不清一亩地里有多少面小旗。
派克和迪克每次抬起头来,都看见
一只脚踏在马车挡泥板上的医生
依然在视线内,像个靠得住的人。
除了在康涅狄格河畔低洼地带的
布拉德福德①,任何人都不可能
久久地在人家视线内当一个例子。

---

① 在佛蒙特州奥兰治县境内,靠近康涅狄格河。

"看他那么悠闲自得,好像他并不
在乎失去了一个患者。"派克说。
当他发现迪克又抬头多看了一眼,
他又补充道:"除草对迪克真够呛。
迪克希望能够同医生交换一下工作。
让我们叫住他,问他愿不愿为
人类开个处方,让全人类完全
停止这整个一场恶作剧。
但求他给予同情会有什么用呢?
他们那种人不会懂得何为工作——
就像他们不知道何为勇气,勇气
要求有道德的人敢于面对枪林弹雨。"

迪克告诉派克对医生应公平一点:
"在我看来,他像是凯旋归来,
得胜回家,踏在挡泥板上的那只脚
像是他授予自己的一枚道德勋章。
我注意到你每次锄到河边之后
便会收起锄头,或把它扛在肩上,
然后优哉游哉地顺着垄沟回来,
再从这头开始拍泥土的马屁。
这难道不是完全一样的意思?
你自己说过你干活儿不偷懒耍滑。
你大概还会打赌说,凭这种法子,
你一天或至少一生可以干更多的活。"

"我替谁除草都只朝一个方向除!"

"说得不错。你这么除草就好比
我们读书一样,不是吗,比尔?——
我们每读完一行便会收回目光,
让它们闲着掠过书页回到左边。
另一种读法是从右至左再从左至右,
那叫牛耕式读法①,被认为挺别扭。"

被一个小伙子这般剖析这般看透,
派克不安而蔑视地轻轻哼了一声:
然后当他顺垄沟除草到河边之时,
他仿佛并不在意要谁理解似的,
旁若无人地停下活儿,扛起锄头,
开始一边往回走一边大发议论:
"人必须给自己留点空闲时间。
重要的是他不能被他不得不干的
那份赖以谋生的工作完全拴住。
再说我讨厌不停地与杂草作对,
我喜欢让我的敌人有休战的机会。"

"请注意你说这番话的影响。
如果我做出决定要当一名医生,
那就得怪你为我提供了理由。"

"我还以为你想当个印第安酋长呢——

---

① 针对"牛耕式转行书写法"而言,古埃及文和古希腊文都曾用过这种书写方法,即先从右至左再从左至右互错成行。

你说起过特库姆塞①的第二次降临。
记住你当时是多么嫉妒谢尔曼将军。②
威廉·特库姆塞·谢尔曼。特库姆塞?③
(他试图模仿迪克说话的语气声调。)
你曾希望你的中间名叫特库姆塞。"

"我想我可以改变主意。"

      "你这么说
是要故意站在医生一边来气我。
你没有一点人们所说的社会良知,
不然你对社会等级的感觉就会不同。
你不能声称你是个社会空想家。"

"我这么说是想证明医生的想法
和你的想法一样,只会更加一样。
而且我认为,你工作的级别越高,
你的想法和他的想法就会越相像。
你可能干得比让我看到的更糟。"

"这并不一样,大学生,有朝一日
我会让你知道为什么这并不一样——
不是今天,今天我想说说太阳。

---

① 特库姆塞(1768—1813),北美肖尼族印第安人酋长,曾组织印第安人联盟,进行反对白人入侵的斗争。
② 威廉·特库姆塞·谢尔曼(1820—1891),美国内战时期联邦军将领,著有《谢尔曼回忆录》。
③ 谢尔曼在其《回忆录》中写道,他父亲"在1812年英美战争期间被肖尼人那位酋长吸引",并"坚持将'特库姆塞'这个名字移植进了家族名册"。

五月不出所料是令人失望的季节,
六月也好不了多少,阴冷而多雨。
然后天上的太阳有了最长的白天,
但从感觉来说,可能谁也不曾认为
太阳在天空的存在异乎寻常。
它仅仅是停下来把夏天点燃,
然后就匆匆逃走,生怕岩石再度
融化,它会被流淌的岩浆粘住。
每个人都得让自己有那么点空闲。"

"那正是医生在做的,给自己点空闲。
那也是我在学校时不得不做的,
不去了解那些我没法理解的东西。
你从你自身和太阳看到了这点,
但你却不愿在医生身上看到这点。"

"好吧,让我们心平气和地来看医生。
在某种意义上他可以说是个好人。
我承认,当冬天太阳进入天鹅座时,
当人人都渴望过圣诞节的时候,
他的确显得十分忙碌,那时他那匹
摩根马总是在飞奔,马蹄把雪球
抛向它身后那乘雪橇的挡雪板。"

迪克很想说"可天鹅座并不属于
黄道十二宫",但他对自己的天文学
知识信心不足。(他明年必须去
修一学期天文学。)而且再说啦,

何必让已平息的争论又开始呢?
他们俩都一心一意地松土锄草,
淤积土那么细软,所以当谁的锄口
出人意料地在石块上碰响之时,
他俩都试图抢先发出一声迷信的
喊叫,以便留住种地人的运气——
一种使他俩感到更友好的竞争。

为了使派克觉得已体面地获胜,
而自己又不过分正式地承认失败,
于是迪克说:"比尔,跟你一块儿
干活真有学头。可你甭想我谢你。
我倒认为在这点上太阳和你一样——
既然你刚才提到太阳这个话题。
这大概就是我对太阳的解释。
它赐予我们夏天,但在我们意识到
我们必须为得到的感谢它之前,
它已逃走。它不想要我们的感谢。
它喜欢对感恩戴德置之不理,
而且总是避免被人当作神来崇拜。
我们的崇拜是它早已受够的东西,
在古代的秘鲁,在古代的波斯。
我是接着说呢,还是已说得够多①——
我这是表达我对你身份的敬重?"

"我想也是,"不知弥尔顿为何人的派克说,

---

① 这行诗语出英国诗人弥尔顿的假面剧《科玛斯》(1637),是在森林中迷路的埃杰顿夫人对伪装成牧羊人的科玛斯说的一句话(见《科玛斯》第779—780 行)。

"我认为这正是需要圣诞老人的地方——
在给圣诞节礼物时他来充当
我们父母的替身,以便他们能够
逃避感谢,而让他来充当替罪羊。
而且你会注意到,就连他也总是
顺着烟囱逃走,以避免被人感谢。
我们都知道他住在冰岛的赫克拉山,
所以任何人想给他写信都可以寄去,
不过人们说圣诞老人从来不拆信。
需要个圣诞老人。于是便有了一个。"

"我也听说过这些,还真有几分相信。"①
迪克对不知莎士比亚为何人的派克说。

---

① 这行诗语出莎士比亚《哈姆莱特》,是哈姆莱特的朋友霍拉旭与守夜的同伴谈论鬼魂时说的一句话(见《哈姆莱特》第 1 幕第 1 场第 165 行)。